KB197665

랑하의 밤

Đêm làng Hạ

by Sương Nguyệt Minh

랑하의 밤

Đêm làng Hạ

스엉응웻밍Sương Nguyệt Minh | 배양수 옮김

도서출판 b

차례

작가의 말

전쟁은 인류의 큰 비극이며, 각 나라, 민족, 그리고 사람에게 가장 혹독한 시련이다. 그곳에서 인간의 운명은 생사의 갈림길로 던져지고, 그 가운데서 인간 본성이 가장 적나라하게 드러난다. 폭탄과 연기, 불길, 황폐해진 대지, 폐허가 된 마을과 거리는 죽음과 함께 비참하다. 전쟁은 인간을 나약하고, 보잘것없고, 하찮게 만들며, 심지어는 비겁하고 타락하게도 만든다. 그러나 전쟁은 또한 많은 사람을 용감하고, 영웅적이며, 위대하고, 비범한 존재로 변모시킨다.

이 생사의 참혹한 현실 속에서 누군가는 전장으로 나가고, 누군가는 집에서 기다리며, 누군가는 돌아오고, 또 누군가는 치열한 전장에서 영원히 잠들기도 한다. 전쟁터에 나간 사람과 후방에 남은 사람 중 누가 더 고통스럽고 비참한지는 알 수 없다. 어쩌면 집에 남은 여성들이 전장에 나간 남성보다 더 고통스럽고 슬플지 모른다.

고향에서 아들, 남편, 애인을 기다리는 여성들은 5년, 10년, 그 이상을 기다리다가 마침내 '망부석'이 되는가 하면, 어떤 이들은 남성에 대한 갈망을 억누르며 많은 불편과 고통을 견뎌야 했다. 전쟁은 시골 마을의 골목 구석구석까지 스며들고, 집집의 침실까지 찾아가, 모든 사람의 마음과 정신을 짓밟고 괴롭힌다. 전쟁의 비극은 아무도 피할 수 없다.

아무리 혹독한 전쟁의 참혹함, 상실감, 죽음과 공포에 직면하더라도, 인간은 생존 본능과 적을 인식하고 맞서는 의식 속에서 끝까지 살아남으려 노력한다. 그리고 결국 전쟁은 끝나게 된다. 하지만 전쟁이 끝났다고 해서 인간이 전쟁에서 완전히 벗어나는 것은 아니다. 지구상의 어디나 마찬가지다. 전후의 고통은 끝없는 것처럼 보이며, 전쟁의 무거운 후유증은 예측할 수 없을 정도로 심각하고 무겁다. 인간의 상실, 재산, 돈, 그리고 불구가 된 정신의 짐이 사회의 모든 측면에 계속 쌓여간다. 죽음의 기억이 떠오르고, 파괴의 그림자가 따라다니며, 잃어버린 것들에 대한 고통이 내리누르고, 상처의 기억이 사라지지 않는다. 이러한 상처와 상실은 베트남-미국 전쟁뿐만 아니라 지구상 모든 전쟁에서 트라우마로 남아 있다.

전쟁은 끔찍한 파괴력을 지니고 있지만, 사랑은 놀라운 생명력을 지니고 있다. 폭탄이 터지고 불길이 타오르는 곳에서 인간의 생명뿐만 아니라 인간성조차 파괴되는 것처럼 보이는 곳, 무력함과 절망이 가득한 곳에서조차 사랑은 싹트고 자라난다. 전쟁이 끝나고 난 후, 살아남은 자와 집에서 기다리던 자, 장애를 입은 자와 멀쩡한 자가 모두 피로에 지치고 힘겨워해도, 사랑의 힘은 기적적으로 이들을 일으켜 세운다. 사랑은 인간의 마음속에 희망과 믿음을 심어주고, 상처받은 육체와 마음을 치유한다. 인간은 전쟁을 넘어서야만 한다. 국가, 민족, 고향, 가족, 그리고 앞으로 나아가야 할 삶이 있기 때문이다. 생존 본능뿐만 아니라 사랑 또한 인간이 존재하고 살아가야 할 이유일 것이다. 전쟁을 넘어서기 위해서 말이다.

지구에서 폭탄이 터지지 않는 순간은 없다. 한 곳에서 전쟁이 끝나면 다른 곳에서 다시 불타오른다. 마치 전쟁이라는 괴물은 결코 파괴될 수 없는 것처럼 보인다. 전쟁과 전후의 상처, 그리고 그 고통을 기록하며, 필자는 단순히 전쟁의 사실과 인간의 운명을 드러내는 것에 그치지 않고, 독자들에게 평화와 행복에 대한 열망을 심어주고자 한다.

끝으로 한국어로 번역하신 배양수 교수님과 이 책이 나올 수 있도록 도와주신 도서출판 b의 조기조 대표님, 교정을 봐주신 편집부에 감사드린다.

스엉응웻밍

랑하의 밤 Đêm làng Hạ

베트남 전쟁을 겪은 미국인들은 그들이 왜 패배자인지 설명할 수 없었다. 그들이 베트남과 베트남인을 이해하지 못했기 때문인가?

존 마크는 수십 번의 세미나에 참석했고, 수천 페이지에 이르는 자료와 베트남에 관한 많은 영화를 보았지만, 여전히 그에 대한 타당한 해답을 얻지 못했다.

존은 베트남을 방문하는 미국 참전 용사 작가단에 참여하기로 했다. 포연이 자욱하던 날들 동부전선에 있었던 참전 작가인 레수언은 존 마크와 그의 동료들을 옛 전쟁터로 안내하는 임무를 맡았다. 레수언은 아주 가끔 영어를 사용했다. 존 마크가 베트남어를 꽤 잘했기 때문이었다. 옛 전쟁터는 이제 다시 파랗게 돌아왔고, 여기저기 부서진 탱크와 철조망만이 그곳이 한때 전쟁터임을 알게 했다.

휴게실에서 존은 레수언에게 전쟁 이후 베트남 사람들에 관해 여전히 궁금한 것을 이것저것 물었다. 레수언은 존에게 문학잡지

한 권을 주었다.

"이 단편 소설을 읽어보세요. 베트남 사람들에 대해 이해할 수 있을 것입니다."

존은 기뻐했다.

"오케이!"

그는 점심시간이 다 되었음에도 책상의 불을 켰다.

해가 기울고 있었다.

쯔엉은 마을 초입에 있는 반얀나무에 도착했다. 불같은 태양이 바익밧산맥 쪽으로 기울고 있었다. 구름이 나타났다 사라지며 기괴한 형태를 만들며, 그날의 마지막 빛줄기를 감추고 있었다.

하늘이 점점 회색으로 변했다.

아직도 태양은 분명히 보였다. 쯔엉은 반얀나무 아래 가게로 갔다. 새가 둥지로 돌아가고 있었다. 나뭇잎이 바스락거렸다. 짜이 절은 조용히 침묵하고 있었다. 잘 익은 반얀 열매가 가끔 툭툭 떨어졌다.

"물 한 잔만 주세요."

쯔엉은 중부 지역 사투리를 흉내 냈다. 그는 군모를 벗고 물통을 바라보면서 선글라스를 벗었다. 여자아이가 보고는 놀랐다. 쯔엉은 그 아이가 놀라서 눈을 크게 뜨는 것을 느꼈다. 그 아이의 손에 있던 녹차 잔이 흔들리고, 가루사탕 통 뚜껑 위로 미끄러졌다.

"아저씨, 물 여기요."

아이는 눈을 껌뻑였다. 그 앞에 물잔을 놓고 물을 더 따랐다.

"할머니! 손님요. 할머니, 나와보세요."

아이는 일어서서 책을 챙긴 다음 재빨리 안으로 들어갔다. 쯔엉은 속이 상하기도 하고 자책감이 들기도 했다. 그는 자기 얼굴을 만졌다. 투박하고 푸석푸석하며 질척했다. 그것은 죽은 사람의 얼굴 같은 느낌이었다.

"군인 아저씨 고향이 어디요?"

등이 굽은 노파가 천천히 나오면서 물었다. 쯔엉은 꼼 할머니인 것을 알았다. 노파는 그가 집에 있었을 때보다 등이 더 굽고, 더 약해졌으며 더 늙었다.

"네, 저 바로 예안입니다. 할머니 계속 이곳에 계셨어요?"

"그렇지! 전에는 마을에 살았지. 아침에 물건 들고 와서 장사하고, 밤에는 집으로 갔었지. 그러다 꾸테오의 전사 통지서를 받은 후로, 내가 많이 약해져서 짐을 싸서 오가는 것이 힘들어졌고, 그래서 그냥 이곳에서 지내. 아까 그 손주가 공부하고 와서 밤에는 나와 함께 잠을 자."

순간 쯔엉의 가슴이 막혔다. 어린 시절 같이 뒹굴던 꾸테오가 죽었구나! 자신은 전쟁터를 벗어났으니, 운이 좋은 거였다. 비록 다쳐서 돌아왔지만.

"곧 밤이 되니 아직도 갈 길이 멀다면 여기서 자고 내일 가시게. 아이고, 군인들 너무 고생해!"

"고마워요! 할머니, 저는 랑하 마을 쯔엉의 친구입니다."

"아이고! 그래? 총탄이 멈춘 지 5, 6년이 됐지. 살아남은 아이들은 다 돌아왔는데 쯔엉은 죽었는지 살았는지 돌아오지도 않고 전사 통지서도 안 왔어. 이번에 자네가 가면 쩐 씨 부부가 아주 기뻐할 거야."

"쩐 씨 부부는 건강하십니까? 쯔엉의 아내 트엉은 어때요?"

그는 계속 물었다.

"아이고, 다 늙었어. 아프기도 해. 트엉에 관심을 둔 사람이 많아. 쩐 씨 부부는 며느리를 므어이 선생에게 시집 보내려고 해."

쯔엉은 가슴이 조여오고 쿵쾅거렸다. 돌아가야 해! 바로 가야지. 트엉! 모두 멈춰야 해. 내가 지금 너에게 가고 있어….

어두워졌다.

쯔엉은 벽돌로 포장된 랑하 마을로 발걸음을 서둘렀다. 집 떠난 지 6년이 넘었고, 이제 어머니는 늙었을 것이다. 꼼 할머니처럼 늙었을까? 얼굴이 이런데 어머니가 알아볼까? 그리고 아버지는 아직도 흙 파는 일을 하고 있을까? 그 일은 너무 고생스러워요, 아버지! 그리고 트엉은? 아직도 나를 그리워할까?

쯔엉은 그의 사랑을 여러 번 목격한 2백 년 된 반얀나무가 생각났다. 달빛이 잎사귀 사이로 트엉의 머리칼과 어깨로 쏟아졌었다. 머리칼에서 자몽 향이 은은히 날아왔다. 그는 트엉의 가슴에 머리를 묻었다. 트엉의 가슴이 쿵쾅거렸다. 트엉의 가슴이 흔들렸다. 그리고 트엉이 그의 품에 안겨서 얼굴을 들고 눈을 바라봤다. 쯔엉은 뜨거운 트엉의 입술에 키스했다. 우주가 꿈속에 가라앉는 것 같았다. 트엉이 갑자기 깨어나 몽롱한 눈빛으로 나뭇잎을 바라보다 그를 꽉 껴안으며 소리쳤다.

"아, 오빠! 너무 무서워요!"

그는 주변을 둘러보았다. 반얀나무 틈에 험상궂은 인형이 서 있었다. 그가 웃었다.

"아, 나쁜 놈! 겁내지 마."

"왜 나쁜 놈이 여기에 있어요?"

"이런 장난을 칠 친구는 꾸테오밖에 없어. 그놈이 사당에서 가져온 거야."

"오빠, 나쁜 놈 되지 마!"

그는 트엉을 토닥였다.

"나는 영원한 네 남편일 거야."

존은 읽기를 멈추고 깊은 생각에 잠겼다. 한때 사람들이 그에게 베트콩은 심장이 없는 사람들로, 총 들고 방아쇠만 당길 줄 아는 자들이라고 했었다. 레수언이 재촉했다.

"계속 읽어보세요." 존은 다시 책을 들었다.

쯔엉의 등 뒤에서 물소 발굽 소리가 쿵쿵 울렸다. 그는 발을 멈추고 뒤돌아보았다.

"어, 어, 어…."

아이가 밧줄을 잡아당겼다. 크고 검은 물소가 쯔엉 앞에서 멈추었다. 아이가 달구지에서 내렸다.

"꼼 할머니가 물값 안 받는데요. 아저씨 세뱃돈이라고."

아이가 잔돈 몇 장을 그의 배낭 주머니에 쑤셔 넣었다.

"우리 집이 쯔엉 삼촌 집 연못 바로 옆이에요. 어? 아저씨 다쳤어요?" 아이가 소리쳤다.

그 아이는 하오 씨 아들이었다. 그가 휴가를 받아 왔을 때는 아주 어렸었다.

"내가 상처를 입은 걸 보니 무섭니?"

"조금 놀랐을 뿐이에요, 무섭기는요? 한밤중에 물고기 잡으러 저기 마쟝 언덕도 지나다녔어요. 저희 아버지도 다쳤는데, 삼촌처럼은 아니에요. 지금은 인공 턱관절을 했어요."

쯔엉은 기억났다. 트엉을 데리고 전쟁터로 가기 전에 동네 인사를 다녔다. 하오 씨는 누워 있고, 아내가 숟가락으로 먹여주고 있었다. 그는 아래 턱관절 반이 없어서 힘들게 씹었다. 쯔엉이 들어가니 그가 일어나 쯔엉의 손을 힘주어 잡고 인사했다. 마지막 날 밤 트엉이 말했다.

"저는 당신이 온전하게 돌아오기만 바랄 뿐이에요."

그는 아내를 당겨 꽉 껴안았다.

"쯔엉 삼촌 집이에요. 삼촌, 들어가세요. 저는 가서 소몰이해야 해요."

쯔엉은 놀랐다. 너무 골똘히 생각하다가 집 앞 골목을 몇 걸음 지나쳤다.

"고맙다!"

쯔엉은 골목에 섰다. 여기가 우리 집이다. 마음속으로 외쳤다. 아, 얼마나 많은 세월을 전쟁터에서 보냈는가? 그리움, 갈망, 기다림 속에서 몇 년을 살았는가? 어머니, 아내, 아버지의 모습은 항상 고통스럽고 걱정과 근심이었다. 이제 집에 돌아왔다. 그가 태어나고, 자라고, 전쟁에 나갔던 곳이다.

연못과 밭, 골목에서 반짝이며 나는 반딧불이가 그의 어린 시절을 생각나게 했다. 그의 옆에 있는 자몽나무가 바스락거렸다. 그는 잎사귀에 고개를 댔다. 매콤한 향이 격정적인 사랑을 하던 청춘을 일깨웠다. 그의 가슴이 콩콩거렸다. 발걸음을 가볍게 했다. 어머니를 어떻게 만나지? 그냥 빨리 달려가서 어머니를 껴안을까? 안되지. 눈을 슬며시 감고 두 손을 앞으로 내밀어 마당을 더듬어 다가갈까? 그것도 안 되지. 그걸 보면 어머니가 기절하겠지. 그래, 한쪽 발을 접고, 바지를 입은 다음에 지팡이를 짚고 절뚝거리며 들어가지. "오, 우리 아들!" 어머니가 소리 지르며 주저앉았다. 그는 어머니를 껴안았다. 어머니의 눈물이 그의 얼굴에서 어깨로 흘러내렸다. 어머니는 꿈꾸듯 말했다. "아들아! 쯔엉아! 팬티만 입던 놈! 오줌싸개!" 그리고 그의 머리와 얼굴, 어깨를 더듬었다. "멀쩡해! 다친 데가 없어." 어머니가 중얼거렸다. "그런데 얼굴이 왜 이리 울퉁불퉁하지? 게다가 다리도?" 어머니는 그의 무릎을 폈다. "아이고, 이놈아! 엄마가 기절할 뻔했다. 다리 한번 펴봐." 쯔엉은 웃으면서 "엄마, 이거 봐요." 하며 배낭을 내려놓고 어머니 앞에서 깡충깡충 뛰었다. 어머니는 눈물을 훔치며 웃었다. "여보! 아내가 있는데도 어린애 같아요. 됐다. 엄마는 밥 차릴게. 네가 좋아하는 삶은 우렁이도 만들었다." 그리고 어머니는 서둘러 부엌으로 달려갔다. 어머니, 우리 어머니! 어머니는 늘 가장 먼저 내가 배고플까 봐 걱정했다. 그리고 아버지 앞에 차려 자세로 섰다. "어르신께 보고드립니다. 저 무공훈장 두 개를 가지고 돌아왔습니다. 요즘 어르신 주량은 어느 정도인가요?" 아버지가 활짝 웃었다. "네 아비잖니! 어머니와 네 아내도 눈물은 끝났다." 또 아내 트엉도 있었다. 그는 배낭을 메고 방 앞에 기다릴까! 아니다! 방으로 들어가 침대에 얼굴을 묻고 엎드려 있기로 했다. 트엉이 문을 열고 방으로 들어왔다. 트엉이 누웠다. 그는 몸을 돌려 트엉을 꽉 껴안았다. "나야, 당신의 쯔엉이야!" 트엉은 꿈속에서처럼 눈을 감았다. "당신! 정말 당신이 맞네!

익숙한 땀 냄새. 내가 틀릴 리가 없죠." 그는 더 세게 트엉을 껴안았다. 시간이 멈추었다. 공간이 막힌 것 같았다. 구름도 멈추고 날던 새도 멈추었다. 모든 것이 우주 속에 잠겼다. 아주 조용했다. 오직 급한 숨소리와 심장 박동 소리만 있었다. 그는 트엉의 가슴에 얼굴을 묻었다. 트엉이 소리쳤다. "아, 쯔엉! 너무나 오랫동안 간절하게 기다렸어요." 그는 그녀의 머리와 얼굴에 키스했다. 트엉이 갑자기 깨어나 그의 얼굴을 똑바로 바라봤다. "안돼! 안돼! 가슴은 당신인데 얼굴은…."

"트엉, 샤워하고 밥 먹어라. 네 어미 안 돌아와."

쯔엉은 깨어났다. 아버지 목소리였다.

"아버지 먼저 약주 드세요. 어머니가 며칠 후에 오신다고 했어요."

트엉의 목소리는 여전히 옛날처럼 부드럽고 사랑스러웠다.

"나는 므어이 선생님 성품이 아주 좋더라. 네가 선생님과 같이 있다면 우리가 늙었을 때도 안심이 된다. 그 선생님은 소박한 분이고, 군대도 다녀와서 우리 집 사정을 잘 이해하고 있단다."

쯔엉의 귀가 울렸다. 전쟁, 격리, 상실, 이별과 승리. 그는 소스라치게 놀랐다. 소녀의 놀란 눈빛, 꿈 할머니의 말, 소년의 경악한 외침, 사악한 얼굴, 아버지의 말, 그의 마음이 움츠러들었다. 그의 집이 갑자기 낯설어졌다….

존 마크는 잡지를 책상에 내려놓고 담배에 불을 붙였다. '전쟁에 나갔던 사람이 고통스럽게 돌아왔다. 승리를 했지만 전쟁의 나쁜 결과에 관해 그들이 어떻게 대처하는지 보자.'라면서 존은 계속 읽어 내려갔다.

쯔엉은 배낭을 메고 고개를 돌려 밖으로 나갔다. 넘어졌다. 그는 허둥지둥 일어났다. 눈물이 저절로 나왔다. 그는 걷고, 걷고, 또 걸었다.

"아저씨! 제 등불을 꺼트렸어요."

쯔엉이 어둠 속에서 사람과 부딪혔다. 물소를 몰던, 하오 씨 아들이었다. 그는 어쩔 줄 몰랐다.

"아저씨 왜 집에 안 들어갔어요? 아니면 잘못 아셨나…."

"아니~ 야!" 쯔엉은 엉뚱한 소리를 했다.

"할아버지, 할머니! 트엉 이모! 쯔엉 삼촌 친구가 왔어요."

소년이 크게 소리치면서 그를 잡아끌었다.

"안녕하세요, 아버님!" 그의 목소리가 기어들어 갔다.

"아이고! 귀한 손님이네, 어서 들어와요."

아버지는 그의 양 어깨를 잡고 흔들며, 두 손을 잡았다. 쯔엉은 좀 움츠러들었다. 하지만 그의 손은 아버지를 꽉 붙잡고 있었다.

"저희 엄마가 할아버지, 할머니께 닭고기 좀 가져다드리고, 소금 좀 얻어오라고 했어요."

"할아버지 상에 놓아라. 그리고 부엌에 소금 있으니, 퍼 가거라. 빌려주기는 무슨…."

소년이 소금을 가지고 달려갔다. 쯔엉은 돗자리에 앉았다. 술통이 반쯤 남았다. 술잔이 비었다.

"저와 쯔엉은 7, 8년을 같이 보냈어요. 지금 저는 요양원에 있어요. 오늘 휴가차 가는 길에, 마침 기차가 가잉역에서 서길래, 내려서 인사나 드리려고 들렀습니다."

쩐 씨는 솔직하게 말했다.

"총소리 멎은 지 오래됐지만 우리 쯔엉은 아직 안 돌아왔네. 계속 기다리고 기다렸네. 나와 아내 모두 약해졌어. 언제 역경을 벗어날지 알 수 없지. 오늘 자네가 찾아오니 한편으로 기쁘면서도 한편으로는 슬프다네. 자네 오늘 나와 함께 취해보세."

"아버님, 어머님은 어디 가셨나요?"

"쯔엉 누나가 막 출산해서 꾸잉 마을에 갔네. 쯔엉 아내는 씻고 있어. 그저 불쌍해. 여자는 때가 있는데."

쯔엉은 마음이 편했다.

트엉은 목욕탕에 앉아서 눈물을 흘렸다. 전쟁 후에 여러 번 남편 친구들이 찾아왔었다. 지금 또 한 사람이 찾아왔다. 새로운 안부를 물었다. 매번 그럴 때마다 그녀의 아픔이 불타올랐다. 사람들이 남편의 소식을 물으면 그녀는 슬프게 침묵했다. 이 랑하 마을에서는 오래되었다. 전사 통지서가 올 때마다 온 마을이 장례식장이 되었다. 이 집의 슬픔이 저 집으로 전해졌다. 그리고 그녀는 늘 가슴이 쿵쾅거렸다.

트엉은 아직도 남편의 땀 냄새, 남자 냄새를 기억하고 있었다. 매번 사랑을 나눈 후, 쯔엉이 엎드려 사랑스럽게 쓰다듬으며 얘기하던 일이 트엉의 머릿속에 남아 있었다. 트엉의 청춘이 거의 끝나가지만 앞에 남은 삶은 아직도 길었다. 트엉은 기다림의 슬픔 속에서 영원히 살 수는 없었다. 한때의 추억을 트엉은 영원히, 영원히 마음속에 간직할 것이다. 트엉은 그리워하고, 기다리고, 실망했었지만, 새로운 원앙의 행복 앞에 설레기도 했다. 트엉의 가슴은 청혼하는 남자 앞에서 떨기도 했다. 트엉은 걱정으로 망설일 때도 있었지만,

행복을 기다리며 기쁠 때도 있었다.

"트엉, 어서 씻고 상 차려라. 손님 기다리신다."

시아버지가 부르는 소리를 듣고, 그녀는 옷 바구니를 들고 목욕탕을 나섰다.

"트엉, 안녕하세요?" 쯔엉은 예안 사투리로 말했다. 가슴이 먹먹했다.

트엉은 들릴 듯 말 듯한 목소리로 인사했다. 그녀의 눈에 눈물이 그렁그렁 맺히더니 갑자기 돗자리에 주저앉았다. 빨강, 파랑, 보라, 노랑 반점이 눈앞에서 춤을 췄다.

"며느리가 곧 밥을 내올 거요." 쩐 씨가 헛기침했다. 트엉은 돌아가려다 눈을 비볐다.

"모자를 벗으세요. 시원하게 세수 좀 하라고 하세요." 트엉이 쩐 씨를 돌아보며 말했다.

트엉은 통에서 빗물을 퍼서 세숫대야에 콸콸 쏟아부었다. 그녀는 그늘진 우물가에 대야를 가져다 놓았다.

물이 시원했다. 자몽꽃이 향기로웠다. 쯔엉은 자몽꽃 하나를 집어서 코에 대고, 대야에 얼굴을 묻었다. 쯔엉은 그렇게 한참이나 있다가 고개를 들고, 다시 얼굴을 묻었다. 그는 트엉이 전에 자몽꽃을 빗물 대야에 띄워 그가 세수하고, 머리를 감도록 했던 일을 잊을 수가 없다. 머리가 이상할 정도로 맑았다. 그가 물탱크 쪽을 바라보고 있는데, 호롱불 속에서 그의 아내가 매혹적인 삿갓을 벗어놓고, 항아리에서 까 열매 절임 하나하나를 사발에 담고 있었다.

시골 밥상은 단출했다. 게 국, 까 절임, 새우와 돼지고기볶음이었다. 하오 씨가 가져다준 라임잎을 넣은 닭고기가 가장 고급스러운 음식이었다. 세 사람이 둘러앉았다. 쯔엉은 조용히 젓가락을 놀렸다. 갓 지은 밥은 달고 향기로웠다. 그는 천천히 씹고, 묽게 끓인 게국의 달콤한 맛이 치아 사이에 스며드는 것을 맛보았다. 까 절임은 약간 시큼하고, 바삭해서 입맛을 돋웠다. 쯔엉은 아주 오랜만에 그렇게 맛있는 음식을 먹었다. 그것은 쯔엉이 제일 좋아하는 음식이었다. 쯔엉이 좋아하는 또 다른 요리는 고추, 느억맘, 생강, 라임잎에 찍어 먹는 삶은 우렁이 요리였다. 집에서 게 국, 까 절임, 새우볶음, 우렁이 삶은 것을 보고는 눈이 환해졌다.

존 마크는 읽기를 멈추었다. "베트남 전쟁터를 떠나며 죽지 않았다는 사실에 기뻤습니다. 나는 한 달 동안 마이애미에서 살았습니다. 당신네 병사들은 정말 소박하군요." "맞아요." 레수언이 대답했다. "그들은 항상 자신을 고향에 두지요. 바로 그 고향이 그들이 의지할 곳이고, 그들을 길러준 곳이죠. 계속 읽어보세요."

돌아온 이후로 지금까지 그는 지금처럼 아버지와 아내를 자세히 본 적이 없었다. 트엉은 예전과 다르지 않았지만, 약간 말랐고 여전히 아름다웠다. 그의 아버지는 더 늙었고 이마에 주름이 늘었다. 쩐씨는 여전히 술을 마시고, 닭 날개를 안주로 삼았다. 그는 가끔 고향, 가족, 그리고 건강에 관해 물었다.

"자네와 우리 쯔엉이 함께 지냈고, 이제 자네는 돌아왔는데 그놈은 아직도 안 왔어. 그놈은 키는, 자네만 한데 몸무게는 60kg이나 나갔어. 자네처럼 마르지는 않았지."

트엉은 먹을 수 없었다. 그녀는 입안이 씁쓸했다. 반 공기도 안

되는 밥을 다 먹지 못하고 남겼다. 그녀는 배고픔을 덜기 위해 국을 더 펐다. 땀 냄새와 닭고기에 올린 라임 잎사귀 향이 섞여서 익숙하면서도 낯선 느낌을 받았다. 그녀는 먼저 숟가락을 놓겠다고 말했다. 방으로 들어가서 누웠다. 창문으로 내다봤다. 호롱불이 노인과 청년, 두 사람의 그림자를 비췄다. 트엉은 울음을 터뜨렸다.

식사를 마치자, 이웃이 찾아와 안부를 물었다. 집안이 떠들썩했다. 하오 씨가 말했다.

"얼굴에 있는 흉터에 대해 너무 신경을 쓰지 말아요. 어찌 되었든 나와 자네는 돌아왔으니, 쯔엉보다는 낫지 않은가!" 하오 씨만이 그의 아픔을 이해했다.

"고맙습니다."

랑하 마을에서 가장 입이 빠른 사람인 져이 아주머니가 쯔엉 옆으로 끼어들었다.

"자네 트엉과 결혼하게. 여기에 같이 살면서 쩐 씨 부부를 돌보는 것이 도리야."

하오 씨가 막았다.

"어! 이 집 며느리는 므어이 선생님과 결혼하잖아요!"

져이 아주머니가 수줍게 웃었다.

"아, 나는 이 청년이 꾸잉 마을의 므어이 선생님인 줄 알았지."

사람들이 모두 돌아갔을 때, 쩐 씨는 술을 많이 마셔서 비틀거렸다. 쯔엉은 그를 부축해서 방에 눕혔다. 그는 커튼을 치고, 아버지 옆에 누웠다. 잠시 후, 쩐 씨는 침대에서 코를 골았다. 잠이 오지 않았고, 몸이 답답해졌다. 머리가 터질 것처럼 불쾌했다. 집에 들어서며 교차하는 기쁨과 슬픔은 속이 타는 안타까움과 더해져 감정을 형언

하기 어려웠다.

방에서 트엉은 계속 몸을 뒤척였다. 침대가 계속 삐걱거렸다. 트엉의 꿈속에서 쯔엉이 공중으로 날고 있었다. 그녀는 반얀나무 아래에 서 있었다. 그녀는 쯔엉의 이름을 불렀다. 그가 내려와 반얀나무 잎사귀 하나를 따서 그녀의 머리 위에 올려놓았다. 그가 말하길 그것은 신부 면사포라고 했다. 트엉이 결혼식장에 들어가니 므어이 선생님이 신랑 옷을 입고 옆에 동행하고 있었다. 신혼의 밤이었다. 그녀는 다시 쯔엉이 자기를 안아 침대에 눕히는 것을 보았다. 그가 그녀 머리에 키스했다. 그리고 쯔엉과 사랑을 나누었다. 그는 엎드려 트엉과 함께 웃었다. 트엉이 소리쳤다. 웃지 마! 아니야! 당신이 아니야!

그 순간 트엉이 깨어났다. 땀이 이마에 송골송골 맺혔다. 심장이 막 뛰었다. 마당으로 나갔다. 쯔엉은 쫙쫙 물 끼얹는 소리를 들었다. 그는 일어나 아버지 발끝을 지나 커튼을 빠져나갔다.

밤이었다.

하순의 달이 나뭇가지에 걸렸다. 별이 드문드문했다. 바람 한 점 없었다. 나무가 쥐 죽은 듯이 서 있었다. 쯔엉은 살금살금 소리를 죽여 우물가 바나나 덤불 옆으로 다가갔다. 트엉이 목욕하고 있었다. 그는 나뭇잎을 살짝 당겼다. 얇은 옷이 트엉의 몸에 착 달라붙어 있었다. 여자들은 흔히 밤에 목욕을 했다. 쯔엉이 중얼거렸다. 그러네! 그가 아주 어렸을 적에 아버지가 멀리 일하러 가서 집에 안 오면 어머니 역시 밤에 목욕했었다. 트엉은 바가지로 물을 퍼서 좌르르 끼얹었다. 트엉의 몸이 불타오르고 찬물을 끼얹었지만, 트엉의 마음속에 있는 불을 끌 수는 없는 것 같았다.

쯔엉은 눈을 감았다. 가슴이 아팠다. 집에 있었을 때, 그는 아내의 목욕을 훔쳐본 적이 없었다. 이렇게 서 있는 것이 할 짓인가? 자문했다. 그리고 눈을 떴다. 자기의 눈을 믿을 수 없었다. 벗은 트엉의 가슴이 하얀 달빛 아래 빛나고 있었다. 아주 가까이 한 걸음 더 다가갔다.

획! 쯔엉은 부지중에 바나나 잎사귀를 잡아당겼다. 그는 뒷걸음쳤다. 트엉이 두 손으로 가슴을 가리면서 앉는 것을 보았다. 침묵이 흘렀다. 한밤중에 울어대는 곤충 소리만 들렸다. 작은 소리가 들렸다. 트엉이 마른 옷을 들고 일어서 잠시 주저하며 서 있다가 커튼처럼 둘러 걸어 샤워룸처럼 만들었다. 다시 좌르륵 좌르륵 물을 끼얹었다. 쯔엉은 아내의 가슴이 부풀어 오르는 것을 보았다. 그의 마음을 후볐다. 나가야 했다. 더 이상 자신을 죄짓게 하지 말자. 달 또한 공범처럼 트엉의 발가벗은 가슴을 애무하고 있었다. 쯔엉은 침을 삼키고, 걸어 나갔다.

풍덩! 쯔엉은 깜짝 놀랐다. 무지 중에 우물에 떨어뜨린 바가지가 여전히 끈에 묶여 있었다. 그는 돌아서서 연못가로 걸어 나갔다. 물 끼얹는 소리가 그를 따라오더니 조용해졌다.

수면이 아른거렸다. 구름은 머리 위에서 여전히 고요했다. 물고기 떼가 휘젓고 다녔다. 개복치가 알을 까는 때였다. 그의 집 연못에는 물고기가 많았고, 먹이를 찾아 무리 지어 수면을 오르내렸다.

쯔엉은 방으로 들어가 누웠다. 쩐 씨는 여전히 규칙적으로 코를 골고 있었다. 가끔 꿈속에서 말하는 사람처럼 '응… 어…'라고 알 수 없는 소리를 냈다. 아니면 아버지가 그의 이름을 부르는 것은 아닌가? 쯔엉은 어린 시절처럼 몸을 웅크려 쩐 씨의 가슴 가까이 누웠다. 잠시 후, 쯔엉은 몸을 뒤척이며 방문 쪽을 바라보았다. 달빛이 희미한 창문을 통해 새어 나왔다. 아내가 옆으로 누워 있는 것을 보았다. 트엉은 단추 잠그는 것을 잊었다. 희미한 달빛 아래 쯔엉의 마음에 파도가 일었다. 트엉이 아름다웠다. 전보다 더 아름다웠다. 신기했다. 쯔엉은 이런 느낌을 받은 적이 없었다. 말도 안 돼! 어째서 아버지 옆에 누워 있지? 안 돼! 내가 누워 있는 곳은 저쪽이라야 해! 쯔엉은 일어났다.

꽝! 아버지가 몸을 뒤척이다 방바닥을 찼다. 쯔엉은 우물쭈물하다가 다시 누웠다. 쯔엉은 나무 흔들다리를 건너듯 몽롱했다. 아래는 잘 익은 자두색 강이 흘렀다. 앞에는 푸른 초원이 무성했다. 그는 고개를 돌렸지만, 뒤를 볼 수 없었다….

한밤중이었다.

천둥 번개가 쳤다. 바람이 마른 잎을 집안으로 몰았다. 쯔엉은 일어나 담뱃불을 붙였다. 마당으로 나갔다. 희미한 달이 먹구름과 흰 구름 사이를 힘겹게 비집고 지나가고 있었다. 바람 소리와 부엌에서 방아를 찧는 소리가 섞여 있었다. 마당의 나무가 휘어졌다. 대나무 덤불이 빽빽했다. 바나나 잎이 펄럭였다. 벼를 가는 소리가 조급하고 분주하게 울렸다. 두 맷돌이 부딪히며 갈리는 소리가 거슬렸다. 쯔엉은 아내가 맷돌에 벼를 넣는 것을 보았다.

쯔엉은 마당과 정문 밖, 정원과 연못가를 배회했다. 뇌우가 약해졌다. 날씨가 누그러졌다. 연못에는 물고기가 더 빽빽했다. 쯔엉은 다시 침대로 돌아갔다. 이제 편안함을 느꼈다. 가벼운 느낌이 스쳐 지나갔다. 이제 쯔엉은 비몽사몽이었다.

여명이었다.

트엉은 머리를 감고 문간에 앉아 머리를 말렸다. 갑자기 일어나서 빗을 탁자에 놓았다. 손잡이를 돌려 호롱불을 키웠다. 집안이 환해졌다. 몸을 굽혀 불을 비추고 배낭 위에 적힌 약자와 주소를 읽었다. 일어서서 한숨을 쉬었다. 불빛이 얇은 흰색 커튼을 통해 비쳤다. 트엉은 깜짝 놀랐다. 아버지 옆에 한 남자가 엎드려 있었고, 양손에 베개를 받친 옆모습으로 서로 얽혀 있었다. 그녀는 한 때의 사랑의 감정을 그리워하며 꿈을 꾸는 듯했다. 그녀는 탁자 위에 호롱불을 올려놓고 불을 줄였다. 옷걸이에 걸려 있던 색바랜 셔츠를 꺼냈다. 셔츠를 얼굴에 가져다 댔다. 익숙한 남자 냄새였다. 밤마다 그리워하던 냄새다. 눈물이 쏟아졌다.

해뜨기 전이었다.

쯔엉이 일어났다. 호롱불을 크게 키웠다. 아버지가 안 보였다. 집이 조용했다. 아른거리는 호롱불을 통해 쯔엉은 거울에 비친 자기 얼굴을 보았다. 지저분하고, 일그러지고, 거칠고, 감각이 없는 얼굴이었다. 쯔엉 자신도 알아볼 수 없는 변형된 얼굴이었다. 그는 미친 듯이 거울을 땅바닥에 던졌다. 유리 파편이 부서지고, 방바닥에 날카롭게 흩어졌다. 마당에서 들어오다가 쩐 씨가 멍하게 앉아 있는 쯔엉을 보고 물었다.

“놓쳤나? 괜찮아! 거울은 깨져도 돼. 걱정하지 말게.”

쯔엉은 허리를 숙여 깨진 거울 조각을 주웠다.

“일찍 일어나셨네요?”

“매일 그래. 자네, 어젯밤 잠 못 잤지?”

“낯설어서요.”

동쪽에서 해가 떠오르고 있었다. 쯔엉은 배낭을 쌌다.

"내가 길을 잘 몰라!"

"아버님, 기차 타려면 저 일찍 가야 해요. 어머님과 며느님에게 인사 전해주세요. 트엉은 자고 있을 것 같아요."

"아까 부엌에서 밥하고 있었는데, 우리 집 할머니만 자네를 붙잡을 수 있다고 하더군. 므어이 선생님 집에서 자전거 빌려서 꾸잉 마을로 어머니 데리러 갔어. 내가 이렇게 말하는 것은 아닌데, 자네 걸음걸이가 우리 집 쯔엉과 너무 닮았어."

"아마도 아버님이 쯔엉을 너무 그리워하니 그런 것 같아요. 저도 이해할 수 없는데, 어젯밤 우리 집같이 느껴졌거든요."

"술기운이 가시고 난 뒤 일어나서 지금까지 이상한 느낌이 들어. 나랑 같이 가 주게."

"이번에 저는 수술을 받으러 병원에 가야 해요. 안녕히 계세요. 저 가겠습니다. 날이 밝기 전에 떠나야 해요. 일정이 빠듯할 것 같아요."

쯔엉을 붙잡을 수 없다는 것을 알고 쩐 씨는 슬펐다.

"자네, 쯔엉 녀석이 어떻게 되든 간에 여기로 오게. 우리 부부와 트엉도 그렇게 바라고 있네." 쩐 씨가 눈물을 흘렸다.

"네! 아버님, 반드시 돌아올게요."

가슴이 막혔다. 결국 어머니를 만나지 못했다. 그는 몰래 눈물을 훔쳤다. 그는 자기 집을 나섰다. 아버지가 호롱불을 들고 눈물을 훔치고 있었다. 그는 도망치듯 걸음을 재촉했다. 불쑥 태양이 떠오르고 있었다.

존 마크는 잡지를 내려놓고 일어서서 담배를 물고 방을 들락거렸다. "어떤 느낌인가요?" 레수언이 물었다. "솔직히, 내가 전쟁 후 하룻밤을 살기 위해 돌아온 병사처럼 느껴져요." "그러면 끝까지 읽어보세요." 레수언이 존 마크를 재촉했다.

해가 떴다.

기차가 덜컹거리며 연기를 뿜어댔다. 갑자기 길게 경적을 울리며 천천히 바퀴를 움직이기 시작했다. 쯔엉은 멍했다. 이로써 랑하 마을 집에서 하룻밤을 보낸 것이다. 이제부터 어떻게 살지? 언제 집에 돌아와서 어머니를 만나지? 그는 창밖을 내다봤다. 세 사람의 그림자가 랑하 마을에서 가잉역으로 달려가고 있었다. 젊은 사람은 한참 앞에서 달려가고, 두 노인은 뒤에서 달리고 있었다. 가끔 넘어지고, 다시 일어나 뛰었다. 그는 울음을 참으려고 입술 꽉 깨물고, 가슴을 세우며 짐을 들어 올렸다. 애절했다. 어쩔 줄 몰라 배낭끈을 꽉 쥐고 망설였다….

존 마크는 잡지를 내려놓았다. 그는 책상에 머리를 대고 자신의 혼을 랑하 마을의 밤으로 데려갔다. 레수언이 속이 타서 물었다. "느낌이 어떤가요?" 존 마크가 고개를 들어 천천히 말했다. "당신들은 바로 당신들의 심혼, 베트남 사람들의 심혼으로 전쟁을 치렀군요. 이제 나는 왜 미국이 패했는지 알겠소. 미국은 결코 그와 같은 밤, 랑하 마을의 밤 같은 것은 없을 것이오."

처녀의 강 Dòng sông Trinh Nữ

나는 강둑을 따라 어슬렁어슬렁 걸어갔다.

찡강 나루터는 백지처럼 텅 비어 있었다. 강변의 양쪽에 풀꽃이 가득했다. 이 찡강 나루터에 얼마나 왔었는지 기억나지 않을 정도였다. 단지 기억하는 것은 남부가 해방됐을 때, 나는 채 10살도 안 되었다는 것이다. 엄마가 전쟁터에서 돌아왔다. 엄마와 딸의 만남으로 외할머니와 손녀는 기쁨의 눈물로 범벅되었다. 그리고 엄마는 외할머니에게 나를 도시로 데려가 달라고 부탁했다. 그 이후로 엄마와 내가 외갓집을 방문할 때마다, 엄마는 이 나루터를 찾았다. 오후 햇살이 쨍쨍할 때부터 황혼이 질 때까지 혼자 앉아 있었다. 바다로 흘러가는 강물을 멀뚱멀뚱 바라보았다. 멍하니 앉아 풀꽃을 뜯어 강물에 던졌다. 엄마는 그렇게 수년 동안을 기다렸지만, 그 사람이 찡강 나루터로 돌아오는 것은 보지 못했다.

엄마가 나를 외갓집에 맡기고 전쟁터로 가서, 그 사람을 찾으려

한 날은, 내가 다섯 살 되던 해였다. 당시 외할머니는 건강했고, 오후만 되면 할머니는 물이 가득 찬 강둑으로 나갔다. 나는 뒤뚱거리며 따라갔다. 이제 외할머니는 늙었다. 매번 내가 찾아뵐 때마다 더 약해지고 있었다. 이번에 우리 모녀가 방문했을 때, 할머니는 물이 넘실거리는 강가에 가지 않았다. 나는 곧 무슨 일이 생길 것 같은 예감이 들었다. 요 며칠 동안 엄마는 걱정과 불안한 마음에 찡강 나루터로 나가지 않았다.

"하~앙, 항!"

강 저쪽에서 부르는 소리가 내 생각의 흐름을 가로막았다. 같은 반 친구였다. 나는 큰 소리로 외쳤다.

"투~이, 투이!"

나는 뛰어 내려가 배를 타고 그쪽으로 건너갔다. 우리 둘은 서로를 부둥켜안았다.

"여름 방학인데 왜 안 왔어? 너 어디 갔었어?" 나는 질문을 퍼부었다.

"부대에 가서 아버지 만났어. 아버지가 집에 들른다고 해서 차를 얻어 탔어. 이곳을 지나는 길에 아버지가 운전사에게 옛 대공포 진지를 구경하라고 하지 뭐야. 짜증 나! 기다리는 일에 속이 다 타버리고 있어. 아버지는 늘 추억 속에서 살아. 아, 너는?"

"나는 외가에 왔지."

"우리 집에서 며칠 지내라. 모레 우리 아버지 차가 여기로 올 거야."

투이가 두 사람 쪽으로 다가오는 큇 아저씨와 운전사를 가리켰다.

"저기 아버지와 운전사가 오고 있네."

나는 큰 소리로 인사했다. 투이는 자기 아버지를 가끔 '콧 아저씨' 라고 불렀다. 그 대령 계급장을 단 남자는 순간 깜짝 놀랐다. 마치 그분이 나에게서 무언가를 발견한 것 같았다. 투이가 나를 소개하고 난 후에, 그분은 평정심을 찾았다. 그러나 나는 그분이 가끔 미간을 찌푸리는 것을 볼 수 있었다. 그분은 아주 오래된 어떤 일을 기억해 내고자 하는 것 같았다.

"넌 집이 어디니?" 그분이 갑자기 물었다.

"우리 집은 강 건너 나루터 옆이에요."

"그래! 전에 내가 찡강 나루터 옆 방공포 부대에 근무했었다."

그분은 다시 미간을 찌푸리고, 손가락으로 이마를 두드리다가 결국 생각이 난 듯했다.

"너, 라이하 마을의 히엔 아주머니 아니?"

"예…. 히엔은 제 엄마예요."

"그래 맞아! 아까부터 아저씨는 반신반의했단다. 세상에! 너 옛날 네 엄마와 꼭 빼닮았구나. 지금 어머니 뭐 하시니?"

"제 친구 엄마는 군의관으로, 저와 항이 다니는 대학교 전공 주임 교수예요." 투이가 나 대신 대답했다.

"아주 잘 됐구나! 히엔 아주머니 대단하구나. 그리고 네 아버지는?"

"예…, 저…, 저는 아버지가 없어요."

투이 아버지가 무심코 던진 질문이 나의 아픔을 건드렸다. 나 자신이 불쌍하고 안타깝고, 어머니가 안 됐다고 생각했다.

"아, 미안하다. 나는 네 눈을 보고, 네 엄마가 이미 결혼했다고 생각했다. 네 눈은 옛날 내 동료의 눈 그대로야. 아마도…."

"아빠! 죄송한데요, 지금은 옛 추억을 복습할 때는 아닌 것 같아요."

"아니에요! 아저씨, 더 말씀해 주세요. 아저씨는 그분을 아시나요? 수년 동안 저희 모녀가 찾아다녔어요…."

너무 기뻤다. 나는 외할머니와 엄마에게 문자를 보내고, 바로 차를 타고 강 끝으로 갔다. 예정에 없던 여행이었다. 투이의 고향을 방문하게 돼서 기뻤다. 이 대령 아저씨를 통해서 사랑하는 아버지를 찾게 될 것만 같았다. 엄마가 한결같이 기다리던 분이었다. 엄마! 나는 속으로 엄마를 불렀다. 엄마는 엄청 기쁘고 행복해할 것이다. 나는 곧 아빠를 찾아서 어머니에게 데려갈 것이다. 어머니가 애타게 기다리던 세월이 끝날 것이다. 내가 아침마다 일찍 일어났을 때, 아버지가 내 옆에 앉아 있는 것을 상상했다. 엄마는 서서 아버지 머리에서 흰머리를 뽑고 있다. 나는 일부러 자는 척했다. 아버지는 내 이마에 가볍게 뽀뽀했다…. 나는 애교를 떨며 계속 어리광을 부렸다.

그 집은 강어귀에 있는 작은 읍내의 거리 끝에 있었다. 투이 집에서 걸어서 거의 반 시간 정도 걸렸다. 열세 살쯤 된 아이가 능숙하게 길을 안내했다. 대문에 가까이 갔을 때 여자의 목소리가 귓전을 때렸다. 아이가 말했다. "허이 아줌마예요. 사생아를 낳았죠. 시장에서 제사용품과 닭, 오리 그림을 주로 팔아요. 호앙 아저씨와 이 아주머니가 부부처럼 산 것은 일 년 정도 돼요." 아이가 말을 이었다. "아저씨는 그림을 그리는데, 아줌마가 항상 노려봐요. 마치 아줌마가 일자리를 잃을까 걱정하는 것처럼요. 호앙 아저씨는 그림을 그리고 싶지 않아 심심할 때면, 술을 드시고 강으로 가서 물고기를 잡았어요." 몇 걸음 더 가다가 나는 머리에 뾰루지가 나고, 콧구멍이 새파란 세 살쯤 되는 어린아이와 마주쳤다. 아이는 초여름에 발가벗고 장난스럽게 땅바닥에 앉아 있었다.

"아이고~ 볼만하네! 아니 무슨 사람이 물소처럼 술을 마셔! 일어서서 그물 치러 갈 수 있어요? 물 들어오면 내일 장사는 쉬어요!"

악다구니 쓰는 여자 목소리가 무섭게 들렸다. 소년이 우리를 데려오는 것을 보고 아줌마가 쏘아붙였다.

"읍내에서 오셨나요? 당신들 정책이 어떤지는 모르겠고, 우리 집 아저씨는 수년이나 전쟁터에 있었고, 이제는 완전히 빈털터리예요."

"호앙 아저씨의 옛날 상관이랍니다. 아주머니 말 많이 하지 마세요."

그녀가 입을 닫았다. 아이가 문을 열었다. 집이 너무 작았다. 우리는 허리를 숙이고 집 안으로 들어갔다. 희미한 불빛이 실내를 밝지도 어둡지도 않게 했다. 한쪽 구석 누드 그림 옆에는 색 분말, 붓, 제사용 그림 목판이 어지럽게 널려 있었다. 방바닥에는 물, 술, 음식이 지저분하게 있었다. 그녀는 재를 담은 소쿠리를 들고 와서 토사물을 한 움큼씩 집어 담았다. "아이고! 우리 집은 하루 종일 취해 있어요. 취하고 욕하고, 욕하다가 취하고." 아이가 말을 잘랐다. "아줌마! 왜 계속 끼어들어요?" 아주머니가 대들었다. "어려운 시절에는 서로 의지하며 살아야지, 알았냐, 이놈아!"

신선한 생선에서 비린내가 물씬 풍겼고, 바닥에서 축축한 곰팡내와 술을 마시고 쏟아낸 토사물 냄새가 올라와 참기 어려웠다. 투이는 내 옆에 서서 머리를 흔들었다. 그녀는 손수건을 꺼내어 입을 막았다.

"호앙 아저씨…. 호앙 아저씨, 손님 오셨어요."

아이가 흔들면서 불렀다. 대나무 평상에 누워 있던 사람이 '어어어' 하더니 다시 조용해졌다.

"호앙! 호앙!" 투이 아버지가 평상에 앉아 취한 사람을 불렀다.

"나야! 옛날 방공포 병사야! 기억하지?"

"타~앙, 탕이라고!"

술에 취한 사람이 움직였다. 두 눈을 크게 떴다. 입이 거칠었다.

"타~앙…. 포대장 맞지? 가세요, 가! 나를 불쌍히 생각하지 마요. 인생은 운명이니까…."

탕 아저씨가 나를 보며 슬픈 목소리로 말했다.

"지난 설에 왔을 때, 내가 읍내 지도자들에게 호앙을 읍 문화회관에서 일하도록 부탁했었는데, 호앙이 거절했어. 심지어 내가 집에 초대했는데도 안 왔어. 어떤 방법을 써야 호앙이 이 상황에서 벗어나게 할 수 있는지 모르겠다."

탕 아저씨가 한숨을 쉬면서 한 번 더 불렀다.

"호앙, 여기 좀 봐!" 탕 아저씨가 나를 가리켰다.

그 사람은 몇 번이나 눈을 감았다 떴다가 다시 눈을 감았다. 집안의 빛이 내 얼굴을 비출 만큼 충분치 않았다. 그분이 아주 크게 눈을 떴다. 그러나 모든 노력은 절망으로 끝났다. 그분은 다시 눈을 질끈 감고는 또 토했다. 그의 입에 있던 물과 토사물이 투이의 은은하게 향이 나는 흰색 아오자이로 날아왔다.

"돌아가요, 아저씨." 나는 탕 아저씨의 귀에 대고 속삭였다.

탕 아저씨가 일어섰다. 그리고 기다리던 투이가 침대 머리맡에 설탕 몇 킬로그램과 우유를 내려놓았다. 그리고 재빨리 걸어 나갔다.

그분을 바라보고 있자니, 상처에 소금 뿌린 것처럼 아팠다. 갈 수밖에 없다! 가야지! 나는 재빨리 오두막을 벗어났다. 한참이나 소년이 따라오면서 불렀다.

"누나! 누나가 호앙 아저씨가 그린 그림 속의 사람과 닮았어요."

나는 고개를 젓고 등을 돌렸다. 내 뒤에는 오두막과 세 사람이 있었다. 발가벗고 머리를 빡빡 민 아이는 흙을 만지고 있었고, 말 많은 여자와 그분은 술을 마시고 있었다.

잠시 후 투이 집으로 돌아왔지만 우리는 모두 침묵했다. 나, 탕 아저씨 그리고 투이, 우리는 각각 다른 생각을 하고 있었다….

그분에 관한 탕 아저씨의 얘기가 계속 머릿속에 맴돌았다. 그분은 남부가 해방된 후에 사이공 여성과 결혼했다. 아이러니하게도 그분의 아내는 남편과 함께 외국으로 탈출하지 못한 화가였다. 시내의 화려한 빌라와 아름다운 젊은 여자의 회색빛 그림은 그분이 내 어머니를 잊도록 했다. 그분은 그것이 단지 행복의 그림자에 지나지 않는다는 것을 모르고, 자신이 사랑을 가졌다고 오해했다. 그 젊은 여성은 모든 재산을 팔고, 외국으로 탈출하여 전남편과 재회했고, 팔 수 없는 회색의 슬픈 그림만 남겨 놓았다는 것을 알았을 때, 그분은 비로소 놀랐고, 사랑을 도둑맞았다는 것을 알았다. 그분은 빈손으로 고향에 돌아왔다. 노모는 돌아가셨고, 마지막 의지할 곳이 없었다. 이제 그분은 비참하고 불확실한 삶을 살며, 때로는 취하고 때로는 깨어 있는 상태였다. 인생이 점점 꺼져가고 있었다.

"더 이상 슬퍼하지 마라!" 탕 아저씨가 위로했다. "그 당시 호앙이 결혼한다는 소식을 듣고, 내가 찾아가서 네 어머니에 관해 물었다. 호앙이 말하고 싶지 않다며 무시했다. 아저씨는 두 사람의 사랑이 끝났고, 헤어졌으며 유감스러운 일들이 남아 있지 않은 것으로 생각했었다. 누가 의심할 수 있었겠니…. 너는 어떻게 생각하니?"

"어떻게 생각하다니요? 아저씨, 그분이 저나 제 엄마의 삶에 관해 관심도 없었는데, 제가 그분에 관해 생각해야 하나요?" 속으로는 그렇게 생각했지만 탕 아저씨의 질문에 대한 대답은 냉담했다.

"저는 결코 그분을 만난 적도 없는 일로 간주하고, 더 이상 찾지도 않을 거예요."

"맞아요, 아버지! 히엔 선생님이 이 사실을 알면 큰일 날 거예요."

"그래요, 진실은 우리 엄마가 바라던 것과는 다르네요. 저는 우리 엄마가 그 옛날 병사에 대한 사랑과 추억을 가지고 살아가도록 내버려둘 거예요."

"그 일은 네 일이다. 그렇지만 내 생각에, 인생에서 누구나 한두 번은 실수할 수 있다."

더는 투이 집에 머물거나 강어귀의 읍내에 있고 싶지 않아서 나는 나루터로 돌아왔다.

그날 오후 투이의 어머니는 안타까움에 나를 차까지 배웅했다. 그녀는 투이와 내가 같은 또래인데 일찍이 아버지가 없는 불행을 겪은 것에 대해 불쌍히 여겼다.

내가 돌아오는 것을 보고, 엄마와 외할머니는 무척 기뻐했다. 어제부터 엄마와 외할머니는 애타게 나를 기다렸다. 나는 달려가 엄마를 껴안았다. 눈물이 엄마의 옷에 떨어졌다.

"놀러 간 것 어땠니?" 다정하게 물었다. 나는 어머니 가슴에 눈을 비볐다.

"엄마! 즐거움은 적고 슬픔은 많았어요. 저…, 아버지 찾지 못했어요.”

“희망을 품자꾸나, 애야. 엄마가 20년 넘게 찾았잖니.”

여전히 아버지를 찾지 못했다. 나는 엄마에게 거짓말을 했다. 왜 그랬지? 나는 할머니 침대에 앉아서 오랫동안 생각했지만 이해할 수 없었다. 어쩌면 그분이 엄마와 나를 잊어버렸기 때문일지도 모른다. 나는 슬프고, 화나고, 한스러웠다. 나는 내가 불쌍하고, 엄마가 불쌍하고, 외할머니가 불쌍했다. 요 며칠 동안 외할머니는 더 피곤해 보이고 호흡도 약해졌다. 이번 여행 이후로 머리가 아프고 혼란스럽고 고통스러웠다.

나는 외할머니 방에 여행 가방을 던지고 머리를 푼 다음, 미친 사람처럼 찡강 나루터로 달려 나갔다. 정말 시원했다. 두 팔을 벌려 강물을 내 가슴으로 쓸어 담았다. 머리가 점점 맑아졌다.

찡강 물은 내가 친구 집에 놀러 가고, 강 끝에서 아버지를 찾으러 가면서 생긴 흔적을 지우는 데 도움을 줬다. 발가벗고 흙 장난하던 아이, 말 많은 여자와 아버지라 부를 수도 없는 술에 취한 남자의 이미지를 모두 잊고 싶었다.

이번 여행만 없었다면, 그분을 만나지 않았다면, 탕 아저씨의 얘기를 듣지 못했다면…. 수만 번의 ‘OO이 없었다면’, 나는 한 번도 만난 적이 없었지만 내 안에 존경하는 아버지의 이미지를 영원히 간직하고, 자부심을 가졌을 것이다.

나는 그분과의 만남을 망각 속에 영원히 묻을 것이고, 그분의 이미지를 내 삶에서 밀어낼 것이다. 우리 엄마 외에 누구도 내가 자기 딸이라는 것을 알 권리가 없다. 나는 아버지 없는 자녀이고, 그분은 죽었다고 생각할 것이다. 엄마는 이 일을 알아서는 안 된다.

나는 내 양심이 옳은 일을 한다고 생각하기 때문에, 그러한 결정에 후회하지 않을 것이다. 그리고 하늘도 알다시피, 비록 대령이 나에게 다시 생각해 보라고 권했지만, 투이도 나와 같은 생각이었다. 그분이 우리 모녀를 거절했으니 비록 그분이 내 아버지라 해도, 나도 그분을 거절할 권리가 있다. 그분이 우리 엄마에게 합당하지 않은 것은 분명하다. 나는 엄마에게 그분은 돌아가셨기 때문에 힘들여서 찾을 필요가 없고, 엄마 주변에는 높은 지위와 학식을 갖춘 남자가 많으며, 엄마는 그 주변 남자 중에서 맞는 사람을 골라 결혼하라고 말할 것이다. 그러면 엄마는 사랑하는 사람이 생기고, 나도 아버지라 부를 수 있는 사람이 생기는 것이다. 이 아픈 현실을 알고 실망하고 무너지기보다는 옛사랑을 품은 병사의 이미지를 영원히 간직하라고 말할 것이다.

외할머니는 시내 병원에 가서 치료받는 것을 거절했다. 할머니는 "나는 늙었다. 쩡강에서 살았고, 쩡강에서 죽을 거다."라고 말씀하셨다. 외할머니는 엄마를 무척이나 안타까워했다. 그녀는 평생을 혼자 살면서 자식을 길렀고, 남편의 제사를 모셨다. 그래서 남자의 손길이 없는 집에 사는 여자의 고통을 이해했다. 외할머니는 엄마에게 "네 생은 아직도 길다. 누가 너를 사랑한다면 인연을 맺어라…."라고 말했다.

노인의 성격은 늘 그렇다. 우리 모녀는 시내에 괜찮은 집도 있고, 공부도 할 만큼 해서 행복한 삶을 살고 있다. 그러나 우리 모녀의 행복은 완전한 것이 아니기 때문에 외할머니는 여전히 안타까워했다.

그러다가 외할머니가 돌아가셨다. 나는 고향의 강에 대한 애착이 더 커진 것 같았다. 나는 속으로 외할머니의 묘가 있는 고향의 강으로 돌아올 것이라고 외할머니에게 약속했다. 외할머니와 떨어져 지내며 나는 슬프고 외로웠을 뿐만 아니라 아버지 때문에 가슴이 아팠다. 억지로 그분을 잊으려고 했지만, 잊을 수가 없었다. 이 아픔은 영원히 아물지 않을 것 같았다.

엄마는 상중임을 표시하는 머리띠를 묶고 나를 데리고 강둑을 걸었다. 높은 강둑에는 풀꽃이 가득했다. 물소를 모는 아이들과 농촌 사람들이 풀꽃을 열심히 꺾고 있었다. 그들은 풀꽃을 강둑에 말린 다음 집으로 가져가서 짚 대신 땔감으로 사용했다. 그들은 우리 모녀의 아픔에는 아무런 관심도 없었다. 엄마는 나를 풀꽃 위에 앉혔다. 풀꽃이 옷에 잔뜩 묻었다.

"바로 이곳이 엄마가 네 아빠를 만난 곳이야."

나는 푸른 풀밭에 누워 엄마 가슴 쪽으로 고개를 돌려서 이야기를 들었다. 애절한 목소리는 나를 옛날 '처녀의 강'으로 데려갔다.

오후에 갑작스럽게 비가 들판을 적셨다. 히엔은 겨우 밀짚모자만 쓰고 몸을 굽혀 제방에 버려진, 풀로 엮어 만든 오두막으로 황급히 달려갔다. 우기 초의 비가 밀짚모자를 적시며 목덜미로 줄줄 흘러내렸다. 히엔은 손으로 얼굴을 훔쳤다. 땀과 빗물이 그녀의 입술에 짠맛을 남겼다.

시간이 많이 지났지만, 밖에는 여전히 비가 내리고 있었다. 히엔은 덤불과 장작더미 위에 웅크리고 앉아 있었다. 밖을 보니 마치 은박을 입히는 듯 비가 내렸다. 비는 들판도, 모래톱도, 강물도 하얗게 만들었다.

제방 경사면에는 수천만의 풀꽃이 떨고 있었다. 황량한 들판

한가운데는 빗소리와 바람 소리만 들렸다. 하늘이 점점 어두워지고 있었다. 히엔은 두려워지기 시작했다.

비는 아직도 계속 내리고 있었다. 당연히 그녀는 몸이 떨리고 추위를 느꼈다. 그녀는 조심스럽게 윗도리의 단추를 풀어 옷을 벗은 다음 물을 짜냈다. 낯선 남자가 휙 들어왔다.

"어머!" 히엔이 놀라 소리쳤다.

그녀는 오두막 구석에 움츠리고 앉아서 황급히 옷으로 가슴을 가렸다.

"아가씨, 무서워 말아요!" 몸에 걸친 비닐에서 줄줄 흐르는 물이 바닥에 떨어졌다.

"아가씨, 옷 입어요!"

그가 오두막을 나갔다. 비를 맞으며 서 있었다.

히엔은 몸을 떨며 겨우 옷을 입었다. 그리고 부끄럽게 오두막 구석에 앉아 있었다. 그가 다시 들어왔다. 모자와 비닐에 물이 번질거렸다. 비닐을 벗고, 배낭을 덤불에 던졌을 때, 배낭은 젖지 않았다는 것을 알았다. 히엔은 그가 군인임을 알았다. 그녀는 안도의 한숨을 쉬었다. 오두막 구석에 웅크리고 앉아서 그가 얼굴을 훔치는 것을 바라보았다.

"비가 엄청나네!"

"……."

"아가씨 집이 먼가요?"

"……."

그녀는 그를 바라보고 있었지만, 다른 생각을 하고 있었다. 두려움이 밀려오는 느낌이었다.

"알았어요!" 그가 배낭을 걸치며 말했다.

"아가씨가 나를 무서워한다면 나갈게요."

"아니에요!"

히엔이 소리쳤다. 그녀의 마음속에는 그가 같이 있었으면 하는 마음과 그가 갔으면 하는 마음이 동시에 있었다.

"아가씨, 무섭죠?"

"예. 아니, 아니에요."

"그러면 우리 서로 솔직해집시다." 그가 배낭을 내려놓았다.

"자, 아가씨 덤불과 장작을 가져와요. 불을 지핍시다."

그녀는 장작을 가져갔다. 그는 기계처럼 그의 말을 따랐다. 그는 손바닥으로 바람을 막고 이미 많이 해본 것처럼 능숙하게 불을 지폈다. 오두막이 따뜻해졌다. 히엔은 안심이 됐다.

"아가씨 집이 먼가요?"

"우리 집은 강 건너예요, 아저씨 집은요?"

"우리 집은 강 끝에 있어요. 아가씨는 어디 갔다 오길래 여기에 있어요?"

"저는 성에 있는 고등학교 특별반에 다녀요. 여름 방학에 대학 입시 준비하려고 왔는데, 배에서 내리자마자 비가 왔어요."

"아, 그랬군요! 나 역시 길 가는 중이었어요. 사공이 일찍 퇴근했더군요. 바로 강을 건너고 싶어서 배를 빌렸는데 출발하려니까 비가 너무 많이 와서."

갑자기 히엔은 추위에 몸을 떨었다. 이가 딱딱 부딪혔다.

"아가씨, 왜 그래요?"

"모르겠어요! 머리가 아파요."

그때부터 히엔은 자신을 통제할 수 없었다. 그녀의 머릿속에는 깜박거리는 이미지만 보였다. 그는 가방에 소지하고 있던 약을 꺼내 히엔에게 주었다. 그가 오두막 문 앞에서 손을 모아 빗물을 받는 것을 보았다. 그녀는 알약을 입에 넣고 고개를 젖혀 눈을 감고 약을 삼켰다. 눈을 떴다. 그녀의 눈앞에는 물을 가득 담은 두 손이 보였다. 물을 마셨다. 빗물이 차가웠다. 히엔은 몸을 떨었다.

깨어보니, 덤불 위에 깐 해먹 위에 누워 있었다. 땀이 샤워한 것처럼 흘러내렸다. 그녀는 담요를 제치고 일어나 앉았다. 파란색 헐렁한 군복을 입고 있었다.

"어! 일어났군요!" 그의 기쁜 목소리였다.

"제가 아가씨 옷에 묻은 풀꽃을 털어내고 말렸어요."

히엔은 문득 깨닫고 얼굴이 붉어졌다.

"그런데 누가 그렇게 하라고 했나요?"

"젖은 옷 입으면 감기 걸려요. 그렇죠?"

그는 방금 불에 말린 옷을 그녀에게 건네고 비닐을 덮어쓰고 오두막 밖으로 나갔다. 개구리 우는 소리, 벌레 소리가 시끄러웠다. 여기저기서 익숙한 시골 음악이 울려 퍼졌다.

"아저씨, 언제 돌아가요?"

그의 목소리가 간절했다.

"알 수 없어요. 그러나 다시 돌아옵니다. 사공에게 내 뱃삯 좀 대신 내줘요."

그는 히엔의 작은 어깨에 단단한 손을 얹고 그녀를 껴안았다. 그는 히엔의 굵고 긴 머리칼에 입맞춤했다. 그녀는 초조해하면서 그의 가슴으로 파고들었다. 그녀는 가슴이 쿵쾅거리는 소리를 분명히 들었다. 그의 팔 속에서 히엔은 숨이 막히는 것 같았고 가슴이 터질 것 같았다.

그가 떠났지만, 히엔은 여전히 멍하니 있었다. 꿈을 꾼 것 같았다. 히엔은 오두막에서 비를 피하던 때부터 그가 떠날 때까지 벌어졌던 일들을 믿을 수 없었다. 그를 만나지 않았다면 히엔은 예기치 못한 감기에서 벗어날 수 없었을 것이다. 자연스럽게 미소가 나왔고, 편안함이 밀려왔다.

해가 밝았다. 그녀는 오두막을 나왔다. 그녀는 들판, 모래톱, 강과 자신을 바라보았다. 어제와 같은가? 아니다! 강물은 불었고, 들판은 하얀 물이 넘쳤다. 그리고 그녀는? 히엔은 어른이 되었다.

그날부터 히엔은 책을 가지고 강가로 나가 공부했다. 때때로 그녀는 강 건너 버려진 오두막을 바라보았다.

하루하루가 지나고 여름 방학도 반쯤 남았다. 그녀는 대학 입학시험을 기다리며, 가방 들고 학교 갈 날을 초조하게 기다렸다. 그녀는 희망을 품고 그가 돌아오기를 기다렸다. 어느 날 오후 느닷없이 그가 돌아왔다.

"아가씨!"

그가 부르는 소리가 물결에 퍼졌다. 그가 강으로 다시 돌아왔다. 그가 높은 둑 위에 서 있는 것을 보고, 자기 눈을 의심했다. 푸른 군복이 오후 햇살에 빛났다. 그의 등 뒤 둑 위에는 위장막을 씌운 녹색 대공포가 있었다. 어제까지도 그냥 들판과 모래톱이었는데, 겨우 하루 지났을 뿐인데, 오늘은 라이하 부교 위에서 보초를 서고 있었다. "바로 그가 맞네!" 히엔은 소리쳤다. 그는 군복을 입은 채로 강물로 뛰어들어 이쪽으로 헤엄쳐 왔다.

둘은 강둑을 아주 오랫동안 걸었다. 그는 히엔에 대한 그의 생각을 모두 털어놓았다.

그가 돌아오고 나서 반 달이 지난 뒤, 비행기가 라이하 부교 위로 계속 폭탄을 떨어뜨렸다. 히엔은 밀짚모자를 쓰고 방공호 입구에 앉아 있었다. 붉은 하늘에 쏘아대는 대공포탄을 바라보았다. 가슴이 답답했다. 그녀는 방공호를 빠져나와 모자를 잡고 강둑으로 달려갔다.

불붙은 적의 비행기가 라이하 부교 쪽으로 떨어졌다. 찡강에서 히엔은 은빛 하늘을 바라보았다. 공중에서 불덩이가 떨어지고 있었다. 안 돼! 불기둥이 치솟았다. 강물이 번쩍였다. 비행기가 낮게 떨어질수록 불길은 더 높이 치솟았다. 순간 히엔의 입에서 "아름다워! 강 위의 여명처럼."이라는 말이 튀어나왔다.

불덩이가 타오르다가 물에 잠기기 전에 꺼졌다. 공간은 다시 조용해졌다. 히엔은 밤에 조용히 헤엄을 쳐서 강을 건넜다.

"히엔!"

그가 철모를 쓰고 오두막 옆에 우뚝 서 있었다. 그를 알아보고, 히엔은 병사의 품으로 달려갔다. 그녀는 그의 가슴에서 땀 냄새와 화약 냄새를 느낄 수 있었다. 그들은 총소리가 멈추자마자 서로를 찾아 나섰다.

그들은 함께 오랜 시간 같이 있었다. 열이레 달이 머리 위에 걸려 있었다. 황금빛 파도가 아른거렸고, 따뜻한 남풍이 가슴에 밀려왔다. 풀대가 등을 찔렀다. 아, 풀꽃이 그의 윗도리에 묻었다. 그녀는 일어났다. 아, 내가 무슨 짓을 한 거지? 그는 파란색 군복을 집어서 히엔의 벗은 어깨에 걸쳤다.

"하지 마요! 풀꽃은 너무 잘 달라붙어요."

그녀는 가슴을 껴안고 앉아서 생각에 잠겼다.

"왜 그렇게 슬퍼?"

"풀꽃은…. 우리 엄마 말로 아주 슬픈 얘기래요."

"슬프다고? 말해봐!"

그는 히엔을 품에 안고 그녀의 얘기를 들었다.

옛날 찡강 가 작은 마을에, 서로 사랑하는 남녀가 있었다. 남자는 강 끝에서 위로 물건을 나르던 일을 했다. 여자는 강가에서 천을 짰다. 매일 오후가 되면 여자는 집을 나와 강가에서 남자와 사랑을 나누었다. 그들은 강둑을 걸었고, 풀꽃이 다리를 휘감았다. 그리고 풀밭에 누워, 높고 파란 하늘에 대고 언약했다. 풀꽃이 질 때 사랑을 그만두자고 했다. 매일 오후 그들은 서로 사랑을 나누었고, 연인의 옷에 붙은 풀꽃을 하나하나 떼 내었다. 떼고 또 떼고, 꽃잎이 하나도 남지 않을 때까지 떼 내고 나서 집으로 돌아갔다. 안타깝게도 젊은 연인의 옷에 너무 많은 풀꽃이 붙어 있었다.

어느 날부터 남자는 강가에 나타나지 않았다. 여자는 배가 없는 강을 슬프게 바라보았다. 매일 오후 여자는 강둑으로 나가 풀꽃을 따며 기다렸다. 따고 또 따고, 날이 가고 달이 가고, 해가 갔지만 남자는 돌아오지 않았다. 풀꽃은 여자가 안타까워 시들해지고, 꽃이 다 떨어졌다. 다음 날 오후 여자가 다시 강둑으로 나가니, 풀꽃이 강물에 하얗게 흘러가고 있었다. 여자는 무릎을 고이고 앉아서 풀꽃으로 가득한 반쯤은 맑고, 반쯤은 탁한 강물을 바라보았다. 언약을 생각하며, 여자는 자신의 순결한 사랑을 안고 강물로 뛰어들었다. 그래서 사람들이 찡강을 처녀의 강으로 부르게 되었다. 그때쯤 풀꽃은 철이 아닌데도 꽃을 피웠다. 이곳에서 꽃이 지면, 저곳에서 피었다. 꽃은 사랑하는 남녀와 동행했다. 꽃은 마치 '사랑한다면 영원히 기다려'라고 말하고 싶은 것 같았다.

"반드시 나는 너를 찾으러 이 강으로 올 거야. 반드시…."

그가 가쁜 숨을 몰아쉬며 말했다. 그녀는 행복에 잠겼다. 달은 여전히 밝았다. 바람이 아직도 불고 있었다. 구름도 여전히 처녀의 강물 위를 흘러가고 있었다.

다음 날 오후 히엔은 의과대학 입학 통지서를 받았다. 그녀는 기뻐서 강둑으로 달려갔다. 그런데 어디 갔지? 강 건너 파란 하늘을 향하던 대공포가 어디로 갔어? 그녀를 건너게 하던 라이하 부교가 없어졌다. 그녀는 몸이 굳었다. 그들도 떠나갔고, 그도 떠나갔다. 히엔은 흐느꼈다. 울고 또 울었다. 뜨거운 눈물로 목이 막혔다.

꽤 오랜 시간이 흐른 것 같았는데, 그녀는 여전히 홀로 앉아 강 건너를 바라보며, 집에 돌아가지 않고 있었다. 갑자기 히엔은 자기의 작은 어깨 위에 누가 손을 올려놓는 것을 느꼈다. 눈물을 훔치며 고개를 들었다. 히엔은 파란 군복을 입은 남자의 다정한 눈빛을 보았다. 그가 아니었다. 히엔은 말을 더듬거렸다.

"아가씨가…, 히엔?"

"네! 그런데 어떻게 나를 알지요?"

"내 이름은 탕입니다. 우리 포대에서는 당신 이름을 다 알아요. 우리는 포대에 앉아서, 강 건너에서 당신이 앉아 공부하는 모습을 보았어요."

그는 미완성 스케치를 포함하여 그림책 하나를 건넸다. 그림책에는 처녀의 강과 대공포 진지, 밤에 격추당한 비행기, 라이하 부교와 그녀의 모습이 있었다.

"호앙이 당신에게 보낸 겁니다. 아, 이것도!"

그는 또 비행기 외피로 만든 반으로 부러진 빗 하나를 주었다. 손에 부러진 빗을 쥐고, 그녀는 또 눈물을 쏟았다. 그녀는 호앙이 준 반쪽 빗이 이별의 말을 대신한다는 것을 알았다. 그리고 그것은 그들의 언약, 맹세 같은 거였다.

엄마의 속삭임이 애절한 강물 소리 같았다. 엄마의 눈 속에 새겨진 푸른 군복을 입은 병사의 이미지가 너무 아름다웠다.

그날 우리 엄마가, 참 아름답고 행복했고 단순하게 살았다고 했던 말은 맞는 말이다. 엄마는 긴 세월 동안 강 끝으로 찾으러 다녔다. 수없이 풀꽃을 뜯어 강물에 던지며 화석이 될 때까지 기다렸다. 엄마의 청춘은 암울했다. 엄마는 학교에 다니며 아이를 키웠고, 사람들의 수군거림을 들으며 고생스럽고 힘들게 살았다. 의사로 졸업하던 날 동기의 반은 군대로 징집되었다. 엄마는 내 아버지를 찾기 위해 나를 외가에 맡기고 자원하여 전쟁터로 갔다. 엄마는 불행한 사랑을 빼고는 모든 면에서 성공했다.

오랫동안 엄마와 함께 살았는데, 엄마는 이제야 당신의 반평생을 내게 들려주었다. 그 부분은 아주 아름답고 빛났다. 모든 사람이 그렇게 아름다운 추억을 갖는 것은 아니다. 외할머니의 옛날얘기에서는 처녀가 강으로 뛰어들었지만, 우리 엄마는 강물로 뛰어들지 않았다. 엄마는 아버지를 찾아 하늘 끝까지 갔다. 행복하지 않을 이유가 없었다. 엄마는 강가에서 천을 짜던 아가씨가 아니다. 나는 엄마 품을 벗어나 일어났다. 순간 한 생각이 스치고 지나갔다. 마치 꿈속의 강에 있는 것처럼, 시골 사람들과 물소 돌보는 아이들이 정신없이 풀꽃을 베는 곳으로 달려갔다. 나는 풀꽃 단을 닥치는 대로 샀다. 그리고 풀을 베던 농부와 아이들이 놀란 눈으로 보고 있는 가운데, 미친 사람처럼 풀꽃을 한 움큼씩 집어서 처녀의 강에 던졌다.

보랏빛 황혼이 강물에 떨어질 때, 더 이상 던질 풀꽃이 남아 있지 않았을 때, 심장이 톡톡 뛰고 내 입이 한숨을 몰아쉴 때, 엄마는 나를 외갓집으로 데려갔다. 나는 아무 생각 없이 엄마와 나란히 걸었다.

한 번 더 투이 집을 찾아 강 끝으로 갔다. 말 많은 여자는 더 이상 그곳에 없었다. 그 여자는 온 재산을 챙겨 세 살짜리 아이를 안고 사라졌다.

어린아이가 나를 안내해서 강 위의 물고기를 잡는 망루가 보이는 곳으로 데려갔다. 강둑에 서서 망루를 바라보았다. 그분은 책상다리를 하고 앉아서 조용히 물이 흘러가는 것을 바라보았다. 아주 이상한 감정이 내 안에 일었다. 나는 그것이 부녀의 정이라고 느꼈다. '누구든지 삶에서 한두 번은 넘어질 수 있다….'라는 생각이 들었다. 대령의 목소리가 귓전에 울렸다. 그리고 찡강 나루터에서 엄마가 들려준 얘기는 나를 끊임없이 괴롭혔다. 엄마와 그분은 옛 얘기 속의 남자와 여자처럼 결말이 있을까?

갑자기 그분이 몸을 굽혀 풀꽃을 하나하나 건져서 대나무 바닥에 올려놓았다.

"참 이상해요. 요 며칠 동안 호앙 아저씨는 계속 풀꽃을 건져 올려요. 뭐 하려고 하는지 모르겠어요. 게다가 밤에는 손전등을 켜고 그림을 그리는데 아주 아름다워요!"

나는 오래된 스케치북과 어머니가 그분에게 보내는 반쪽짜리 빗이 담긴 가방을 그 아이를 통해서 전해주라고 부탁하려고 했다. 그러나 잠시 고민한 끝에 그 빗을 다시 어머니께 드렸다.

나는 돌아왔다. 가슴이 아프고 너무 안타까웠다. 햇빛은 시들었고 보랏빛 황혼만 남았다. 내 머릿속에는 처녀의 강에서 망루에 앉아 풀꽃을 건져 올리는 그분의 이미지가 깊이 새겨졌다.

악어의 송곳니 Nanh sấu

사람들은 영화감독 레마잉이 훌륭하고 도덕적인 사람이라고 말한다. 그 증거는 그의 손에서 수십 명의 배우가 스타가 되었기 때문이다. 무슨 이유인지 모르겠지만, 그 아름다운 소녀 중에서 어떤 배우는 꾸준히 영화에 출연했고, 어떤 배우는 딱 한 번만 출연하고 사라졌다.

레마잉은 토끼 고기를 먹는 취미를 가졌고, 외국에서 영화 공부를 할 때부터 샴페인을 마셨다. 토끼장은 마당 구석에 있었다. 어리둥절한 흰토끼를 사 와, 철장에서 며칠 기른 다음에 잡아먹곤 하였다. 그는 그 고기를 먹는 취미가 하나의 놀이라고 생각했고, 어린 토끼도 많이 먹었으며, 유감없이 씹었다.

그는 거의 결혼에 이를뻔한 이삼십 번의 사랑을 했다. 그러나 그가 버렸거나, 버림을 받았다. 쉰 살이 되었지만, 그는 편의 시설이 충분한, 비싼 3층 집에서 독신으로 살았다. 그의 집 마당에는 친구나 동료와 교제하는 인공 정원이 있었다. 1층은 접객실이고, 2층은 사무실 겸 침실이었는데, 젊고 어여쁜 아가씨들이 자주 들르는 곳이기도 했다. 그리고 3층은 휴식을 취하기 위한 맥주 바를 설치했다.

그는 전쟁을 주제로 한 영화 제작을 준비하고 있었다. 그와 동료는 그의 창작 의도와 시나리오에 맞는 배우를 찾는데 아주 큰 노력과 시간을 들였지만, 아직 찾지 못했다. 그는 자기의 생각을 실현할 수 없을지 걱정되어, 몸을 눕히고 상상 속에 영혼을 담갔다.

"똑똑 똑."

"들어오세요."

그는 앉아서 천장을 바라보며 555 담배를 물었다. 깊은 생각에 잠기면서 담배 연기로 도넛 모양을 만들어 날렸고, 연기가 공중에서 사라졌다.

조감독 쩐럼이 들어왔다. 그 옆에는 하얀 토끼 같은 어린 아가씨가 있었다. 레마잉은 그녀의 야생화 같은, 소박하고 단순한 아름다움에 놀랐다. 쩐럼이 다가와 귀에 속삭였다.

"이 아이는 감독님 영화의 하이 역으로 제격입니다. 진짜 시골 소녀이고, 곧 대학을 졸업합니다. 시 문화센터에서 영화배우 과정을 공부하고 있습니다." 아가씨에게 고개를 돌리며 그가 말했다.

"쟝, 여기 레마잉 감독님과 얘기해 봐." 그는 다시 쟝의 귀에 대고 말했다.

"이건 네가 돈도 벌고 유명해질 기회야."

쩐럼이 나가고 문이 닫혔다. 쟝은 구석에 웅크리고 앉았다. 방 안이 아주 화려했다. 순간 쟝은 밤따우강 옆의 작은 마을과 그녀가 막 모시고 시내 병원에 입원시킨, 병들고 가난한 엄마가 생각났다.

레마잉은 여전히 앉아서 샴페인을 마시고 있었다. 그는 눈을 크게 뜨고 쟝의 눈을 똑바로 바라봤다. 그녀는 감독의 눈빛을 보았다. 마귀의 빛을 가진 시선은 쟝이 감히 쳐다보지 못하고 눈을 내리깔게 했다. 쟝은 자기가 악어의 턱에 걸린 어린 토끼라는 느낌이었다. 몸이 굳고 무서웠다. 그가 조용히 웃었다.

"네가 영화를 찍은 적이 없는 걸 알지만 내가 도와줄게. 성공을 바란다."

레마잉의 목소리는 친근하고 매력 있어, 방안 침묵의 분위기를 깼다. 쟝은 대담하게 말했다.

"네, 가르쳐주세요." 그가 웃음을 터뜨렸다. 그는 쟝의 약간 넓은 이마와 사랑스러운 높은 코와 곱슬곱슬한 머리칼을 바라보았다.

"내가 많이 늙었다고 생각하니?" 쟝이 수줍게 대답했다.

"아니요! 아니에요." 감독이 일어나서 말했다. "쟝 안심해! 대략 일은 이렇다…."

쟝은 자신이 맡을 영화 속의 인물에 관해 얘기하는 감독의 어조에 곧바로 정복당했다. 그의 목소리는 느슨하다가 갑자기 올라갔고, 때로는 슬프고 애절했다. 쟝의 눈앞에는 강이 보이고, 연인을 기다리는 여자는 지쳐 있었다. 그리고 전쟁에서 승리한 날, 남자는 아내가 있었다. 여자는 배신당했다고 느꼈다. 여자는 전에 약속했던 곳에서 있었다. 여자는 키스…, 포옹…, 등을 회상했다. 감독이 생각의 흐름을 막았다.

"할 말 있어요?" 쟝은 순간 깨어났다.

"네, 저 의견 없어요." 그는 아주 농후한 목소리로 말했다.

"착하구나! 계약서 여기 있어. 쟝, 잘 읽고 서명해. 그러고 나서 영화 주임을 만나고, 출납계가 출연료의 절반을 선지급할 거고, 나머지 절반은 영화 촬영이 끝나면 지급할 거야."

쟝은 대충 읽었다. 그녀는 떨면서 계약서에 서명했다. 쟝은 지금 꿈을 꾸는 것 같았다. 이제 온 나라가 자기의 얼굴을 바라볼 것이다. 쟝의 이름이 신문과 잡지에 넘쳐날 것이다. 그녀는 영화, 특히 유명한 감독의 영화에 초대받으리라고는 생각지도 못했다. 행복해서 눈물이 쏟아졌다. 출연료도 적지 않아서 입원 중인 어머니의 수술비를 충당할 수 있을 것이다. 지금처럼 돈이 필요한 적이 없었다. 그녀는 어머니에게 이 기쁜 소식을 전하기 위해 빨리 병원으로 가고 싶었다. 가는 길은 꿈 꾸는 것 같았다. 뛰어노는 우리 속의 흰토끼들도 쟝의 기쁨을 아는 것 같았다.

첫 시험 촬영은 아주 완벽했다. 쟝은 졸업 논문을 작성하기 위해 도서관에 다니는 때라서 영화 촬영과 어머니를 병간호하는 일이 아주 순조로웠다. 영화 제작진은 그녀가 아주 실제적이고, 캐릭터의 내면을 깊이 표현한다고 칭찬했다. 레마잉은 쟝에게 연기를 잘하고 감독의 말을 잘 듣는다면, 그가 시나리오를 쓰고 감독하는 다음 영화에 주인공을 맡을 거라고 말했다. 그는 쟝에게 오후에 그의 집으로 오라고 말했다. 그는 시간을 내서, 쟝이 다음 날 오전 정식 촬영을 위한 캐릭터의 내면과 세부적인 연기를 이해하도록 분석해 주겠다고 했다. 시내로 돌아오는 차에 앉아 그녀는 길이 환해지는 것을 느꼈고, 기뻤으며, 자신감이 넘쳤다.

구슬픈 소네트 음악이 레마잉의 마음을 고독하게 만들었다. 그는 소파에 등을 기대고 부드럽고 온화한 멜로디 속으로 빨려 들어갔다. 얼마나 많은 아가씨가 그를 거쳐 갔는가? 여자들은 돈 때문에,

이름을 드러내기 위해, 호기심과 체험을 위해 그에게 다가왔다. 그는 여성을 명확하고 깊게 이해하게 해준 자신의 직업과 삶에 마음속으로 감사한 적이 많았다. 그는 자기 앞에 서 있는 여성의 눈만 봐도 무엇을 원하는지 알았다. 만약 그녀가 어린 토끼라면 사랑스럽게 껴안을 것이다. 만약 그 여성이 사자라면 날카로운 발톱과 송곳니를 피해야 한다는 것을 알았다. 그리고 그가 몽둥이를 들 때는 철창 안으로 들어가 갇히는 길밖에 없었다.

그에게는 한 아픔이 있었다. 외국에서 영화 공부를 막 마치고 귀국했을 때인데, 하급 여배우가 그의 몸에 있는 울퉁불퉁하고 거친 십자 모양의 흉터에 가슴이 눌렸을 때, 기겁하여 소리치며 도망친 일이 있었다. 그는 경멸당한 느낌이었다. 하지만 가장 괴로운 일은 애인과의 첫날밤이었다. 그녀는 깜짝 놀라, 그의 몸에 있는 울퉁불퉁한 흉터를 놀란 눈으로 바라보았다. 그의 몸이 달아올랐고, 가슴이 쿵쾅거리고 있음에도 그녀는 일어나서 옷을 입고 조용히 나갔다. 그는 버림받은 느낌이 들었다. 그때부터 그는 다시는 그런 굴욕을 당하지 않겠다고 결심했다.

익숙한 노크 소리와 함께 "오빠!"하고 쉿소리가 나는 목소리가 들려왔다. 그는 심드렁하게 누워 대답도 하지 않았다. 그는 생각의 흐름을 방해받지 않고 이어나가려고 노력했다. 더 기다릴 수 없는 것처럼 밖에 서 있던 사람이 배로 문을 밀고 들어왔다. 흰색 미니스커트를 입은 한 아가씨가 등장했다.

"오빠가 침대에서 뭐 하는지 궁금해서 견딜 수 없었어요."

그는 붉어진 여자의 얼굴과 벌렁거리는 콧구멍을 차갑게 바라보았다. 그의 태도와 상관없이 그녀는 그의 품으로 달려와 그의 오른쪽 빰에 하트 모양의 립스틱을 남겼다. 그는 자기의 목을 감고 있던 그녀의 손을 천천히 떼어냈다.

"아잉다오! 너 너무 급해."

그녀가 머뭇거렸다.

"당연히 오빠 가슴보다는 더 격렬하지는 않죠. 사람들이 오빠가 여자와 앉아서 공작선인장꽃이 피는 걸 보고 있다고 하던데요. 오늘 밤 저를 여기 있게 해줄래요?"

그가 침착하게 말했다.

"너 질투하는 거니? 가라고 해도 있을 거면서."

그녀가 째려보면서 "어! 정말 질투 심하네."라고 했다. 그녀는 맨손으로 그의 반백 머리칼을 쓸어내렸다. 그녀는 다시 그의 왼쪽 빰에 하트 모양의 립스틱을 남겼다.

레마잉은 앉아서 아잉다오의 짧은 머리칼을 쓰다듬었다. 그는 턱수염을 그녀의 볼에 비비며 말했다.

"조심하지 않으면, 내가 너를 유혹했다고 네 아버지가 나를 해고할 거야."

그녀는 셔츠 안으로 손을 넣어 그의 흉터를 쓰다듬었다.

"저 이제 열여덟 살이에요. 오빠가 저를 유혹할 수 없어요. 저는 호기심이 많고, 그리고 오빠를 좋아하기 때문이죠." 그는 놀란 척 눈살을 찌푸렸다.

"네가 나를 좋아한다고?"

그는 갑자기 아잉다오의 얼굴에 가까이 다가가 "여보! 오늘 오후 일이 있어…."라고 했다. 그녀는 화를 내며 말꼬리를 잘랐다. 그녀는 그가 자기에게 무관심하다고 말했다. 그녀가 영화사 과외 수업을 빼먹고 여기 온 것은, 그런 말을 듣기 위함이 아니라고 했다. 그리고 울음을 터뜨렸다. 그녀는 젊은 애들은 서툴고 피상적이며, 나이 든 사람은 가식과 사기라고 말했다. 오직 그만이 그녀의 천사이고, 사랑이라고 했다. 그는 웃었다.

"너 진실을 말하지 않는구나! 그러나 됐어. 네 말대로 할게."

그는 그녀를 안아서 한 바퀴 돈 다음에 매트리스 위로 던졌다. 그는 아잉다오를 바라보며 행복한 미소를 지었다. 바람이 아래에서 불어 그녀의 치마를 걷어 올렸고, 빨간 속옷이 드러났다. 그는 침대로 뛰어올라 그녀의 허리를 껴안고 가슴에 얼굴을 묻었다. 그녀는 그의 반백 머리칼을 움켜쥐었다. 순간 그는 그녀를 놓아주었다.

"잠깐만 기다려!"

그는 손을 뻗어 펜꽂이에서 상아처럼 하얀 물건을 꺼냈다. 아잉다오는 당황했다.

"뭐 하는 거야?"

그는 눈을 가늘게 뜨고 웃으며 말했다.

"안심해! 악어의 송곳니가 필요할 때가 있어, 남자의 삶을 구할 수 있는 거야."

그가 아잉다오의 귀에 대고 속삭였다. 순간 그녀는 이해하고 크게 웃었다.

"아이고! 얼마나 많은 여자가 이 침대에서 오빠의 삶을 구하려고 이 악어 송곳니를 사용했을까? 오빠 대답해 봐요."

그는 낄낄거리며 뾰족한 물건을 가볍게 쓰다듬으며 거기에 끼웠다.

"예방책일 뿐이야. 나는 아주 건강해, 안심해. 지금도 몇몇 여자들은 비녀를 꽂고 있잖아….”

똑, 똑, 똑…. 노크 소리가 가볍고 천천히 울렸다. 그는 악어의 송곳니를 다시 펜꽂이에 꽂으며, “잠깐만 기다려요.”라고 했다. 그는 수건을 꺼내 얼굴의 립스틱을 지우고 나서, 그녀의 엉덩이를 가볍게 두들겼다.

“아잉다오 돌아가라. 다음에 하자. 가서 문 열어줘.”

쟝은 입술이 퉁퉁 부은 아가씨의 이상한 모습을 보고 놀랐다. 쟝은 당황해서 그녀가 지나가도록 몸을 비켜주었다.

“쟝, 앉아라.” 그는 서둘러 아잉다오를 따라 계단을 내려가면서 “가방 가져가!”라고 소리쳤다. 그녀는 한편으로는 아주 미워하는 것 같으면서도 한편으로는 사랑스러운 표정으로 말했다.

“자! 새것만 탐하지 마세요. 옛것도 아직 안 끝났어요. 오늘 밤에 다시 올 거예요.”

그는 그녀의 코를 가볍게 누르며 말했다.

“하여튼 여자는 언제나 여자라니까!”

아잉다오는 가방을 트렁크에 던져넣고는 시동을 걸고 오토바이를 타고 갔다. 그녀가 쟝의 미니 자전거를 쳐서 넘어뜨렸다. 우리 안의 토끼들은 신이 나서 뛰었다.

방 안에서 쟝은 초조히 기다렸다. 레마잉이 샴페인을 따랐다.

“마셔요.”

“아. 아니에요. 저 못 마셔요.”

“그럼, 콜라를 마셔. 영화를 찍으면서 동시에 논문을 써야 하니 바쁘지?”

“네, 좀 바빠요. 저 지금 도서관에서 바로 왔어요.”

그가 냉장고를 열어 탄산음료 한 캔을 직접 따서 쟝에게 건넸다. 그의 눈빛이 번쩍이며 쟝의 눈에 야생의 눈빛을 보냈다. 그녀는 급하게 눈을 내리깔았다. 그녀는 아래로 쓸려 내려오는 곱슬 머리칼을 이따금 쓸어 올렸다. 그녀는 음료를 천천히 조심스럽게 마셨다. 혀끝이 약간 매콤달콤하고, 향긋한 탄산 향이 코를 가득 채웠다.

그는 영화 속의 주인공에 대해 열정적으로 설명했다. 쟝은 단어 하나하나를 삼키듯이 들었다. 쟝은 한때 사랑에 빠졌었고, 남자 친구의 청혼에 당황스러워했다. 그러나 영화감독이 말한 것과 같은 달콤한 사랑은 느껴본 적이 없었다. 아마 영화를 찍을 때는 사랑이 그렇게 돼야 하는 것이 아닌가 싶었다. 뜨거운 키스란 어떤 것인가? 심장이 터지는 것은? 쟝은 의심했다. 그녀는 밤따우 강둑을 따라 물소를 쫓아갈 때 가슴이 쿵쾅거려 터질 것 같은 느낌을 받은 것이 전부였다. 그가 다시 탄산음료 캔 하나를 더 땄다.

"이렇게 마시면 더 좋아."

그는 음료에 샴페인을 조금 타서 쟝에게 주었다. 그녀는 영화감독의 말을 삼키듯이 음료를 마시면서 들었다. 탄산이 올라오면서 쟝의 얼굴이 붉어졌다. 눈썹을 찡그린 감독의 통통한 얼굴도 약간 붉어졌다.

"자, 이제 연습해 보자."

쟝은 일어섰고, 어지러웠다. 영화감독이 부드럽게 말했다.

"쟝, 눈앞에는 강이 있고, 아가씨가 서 있는 상상을 해 봐." 그가 호칭을 바꾸었다.

"자, 시작하자. 네가 강둑에 서 있는 거야…. 자, 고개를 들어 하늘을 보면서 회상한다…."

쟝은 눈을 감았다. 그리고 연기를 시작했다. 오! 키스, 진짜 불타는 키스였다. 쟝은 자신이 사랑받고 있음을 느꼈고, 가슴이 불탔다. 쟝은 영화 속의 주인공이 되었다.

"회상하면서 걷는다…. 더…." 감독이 재촉했다.

"더 걸어, 천천히…. 멈춘다…. 천천히 단추를 푼다…. 강물로 뛰어든다…. 걱정하지 마, 소파가 있어…."

쾅! 그녀가 실수로 병을 떨어뜨렸다. 순간 깨어났다.

"대본에서는 옷 벗는 장면을 못 봤는데요."

"나도 알아! 그런데 때로는 세부 사항을 변경해야 영화를 개봉할 수 있는 거야."

쟝의 귀가 윙윙거렸다. 그녀는 영화감독이 무슨 말을 하는지 더 이상 들리지 않았다. 계단을 내려와 밖으로 달렸다. 마당 구석 우리에 있던 흰토끼들이 어리둥절한 표정으로 쟝을 바라보았다. 자전거를 타기 전에 쟝은 뒤를 돌아보았다. 격자무늬 3층 집에 황혼이 깃들고 있었다. 2층 발코니에 나와 있는 선인장 가지가 마치 악어의 턱처럼 보였다.

감독은 미친 사람처럼 대본을 집어서 방구석으로 던졌다. 애인이 떠난 이후 처음으로, 여자가 이 집에서 도망친 것이었다. 쟝이 자기 몸에 있는 흉터를 보았을까? 아닐 거야! 절대로. 그는 화가 나서 신발로 방바닥을 쾅쾅 쳤다. 그는 상처 입은 짐승처럼 몸부림쳤다. 샴페인을 병째로 들고 마셨다. 술 냄새가 토끼 고기를 생각나게 했다. 고기…. 고기…. 우리에 있는 토끼를 모두 튀기지 않고 생으로 먹을 거야! 그리고 소파에 앉아 허탈하게 웃었다.

"허허…. 꼬마야, 넌 너무 순진하고 예민해. 그리고 순수해. 그래

도망가라. 어쨌든 다시 돌아와야 할 걸!”

그는 눈을 감고 자신을 거쳐 간 여자들을 생각했다. 사자처럼 사납고, 경험 많고 영리한 여자들도 어린 토끼처럼 결국은 그의 곁에 머물렀다.

조금 피곤한 듯 그는 소파 팔걸이를 베고 누웠다. 천정의 선풍기가 윙윙거리며 돌고 있었다. 하얀 종이가 바람에 날려 방바닥을 덮고 있었다. 쟝의 논문과 대본이 어지럽게 섞여 있었다. 그는 느릿느릿 일어나 종이를 주웠다. 그는 '밤따우강 악어 제문'이라는 글자를 보고 놀랐다. 쟝이 논문에 인용한 설화에서 나온 말이었다. 어! 밤따우강! 그는 악어와 싸웠다. 취기가 오르고 그의 얼굴이 붉어졌다. 한때의 기억이 갑자기 치솟아 올랐다.

그날로부터 이십 년이 넘게 지났다. 마잉과 하이중의 특공대는 밤따우강 어귀에 있는 매덕스 3호를 공격하는 임부를 부여받았다. 마잉과 하이중은 선체에 기뢰를 설치하고, 헤엄을 쳐서 꼰루에 도착하면 기다리던 사람들이 데리고 가기로 약속했었다. 마잉은 꼰루가 밤따우강에 있는 모래톱인 것을 알고 있었다. 이 강에는 많은 악어가 있어서 적이 매복하는 경우가 많지 않았다. 마잉과 하이중은 꼰루 부근을 지날 때는 서서 수영해야 했다. 악어가 주변을 돌아다녔기 때문이다. 발밑에서 돌아다니는 악어도 있었고, 수면에서 천천히 헤엄치는 악어도 있었다. 마잉은 겁을 먹어 벌벌 떨었다. 하이중은 마잉을 밀면서 수영해야 했다.

멀리서 보면 매덕스 3호는 검은 악어처럼 보였다. 강력한 전조등이 수면을 훑고 있었다. 가끔 배 위의 병사들이 수류탄을 까서 배 주변으로 던졌다. 선체 바로 옆에 대고 R15 소총을 난사하는 놈도 있었다. 하이중이 마잉에게 말했다.

"각자 보트에서 수류탄이 다 터지기를 기다린 다음, 잠수해서 저들을 끌어내리자."

배는 침몰하지 않았다. 손상만 입었다. 폭약이 충분하지 않았기 때문이었다. 마잉은 감히 선체에 다가가지 못했다. 폭발음이 들릴 때, 마잉은 밤따우강을 가로질러 수영할 때였다. 헤엄을 치고 있었는데 강바닥으로 끌려 들어가는 느낌을 받았다. 보이지 않은 무언가의 힘이 마잉의 배와 양팔을 꽉 감고 있어 몸부림칠 수도 없었다. 악어! 한참이 지나서야 폭약 설치가 생각났다. 마잉은 서서 수영하는 것을 잊었다. 마잉은 '삶이 끝났다'라고 생각했다. 그는 악어의 턱에서 손을 빼내려고 발버둥을 쳐보았지만 움직일 수 없었다. 계속 몸부림치다가 손바닥이 악어의 눈에 닿았다. 그의 머릿속에 가장 긴박한 순간에 한 가지 생각이 떠올랐다. 손가락으로 악어의 눈을 힘껏 눌렀다. 악어는 고통으로 꼬리를 흔들며 수면을 쳤고, 머리를 흔들어 댔다. 마잉은 계속해서 더 깊게 손가락을 눈 속으로 밀어 넣었다. 악어는 너무 고통스러워 입을 벌렸다. 그는 재빨리 두 팔을 악어의 입에서 빼내고 단검을 뽑아 입에 물었다. 악어는 다시 마잉의 배를 물었다. 계속해서 단검으로 악어의 눈과 배, 머리를 찔러, 악어를 고통스럽게 했다. 결국 악어는 입을 벌렸다. 마잉은 악어의 턱에서 빠져나와 악어의 머리를 발로 차고 헤엄쳐 도망쳤다. 악어는 절대 먹이를 놓치지 않으려고 뒤쫓아왔다. 입을 벌려 물려고 했다. 마잉은 허리에 찬 수류탄을 뽑아서 악어의 입에 던졌다. 물속에서 폭발이 일었다. 악어가 뒤집어져 수면 위로 떠올랐다. 마잉은 한참 헤엄쳐서 꼰루에 도착한 다음 기절했다.

3일 후 마잉은 깨어났고, 굴속에 누워 있는 자신을 보았다. 마잉의 몸에는 악어에 물린 상처가 가득했다. 하이중의 아내가 옆에서 울고 있었다. 마잉은 상부에서 하이중의 아내에게 꼰루에서 남편과 마잉을 데려오는 임무가 주었음을 알았다. 마잉은 악어와의 사투를 회상하며 충격에 빠졌다….

거의 20일 후에야 마잉의 상처가 아물었다. 마잉의 몸에는 흉터가 가득했다. 하이중의 아내는 마잉이 차고 있던 지뢰를 돌려주면서 아무 말이 없었다. 그는 밤에 밤따우강으로 가서 지뢰를 물에 던졌다. 악어가 죽었고, 파도가 죽은 악어 사체를 백사장으로 밀어냈다. 썩는 냄새가 고약했다. 마잉은 단검으로 악어의 턱을 벌리고 긴 송곳니 두 개를 빼냈다.

하이중의 아내와 헤어지던 날, 그는 악어 송곳니에 M이라는 글자를 새긴 목걸이를 그녀의 목에 걸어주었다. 그는 반드시 밤따우강으로 돌아올 것이라고 말했다. 그녀는 숨을 몰아쉬었다. 긴 목에 파란 정맥이 튀어나오고, 숨을 헐떡였다. 그녀는 울었다. 눈물이 떠나는 사람의 그림자를 따라 흘러내렸다. 마잉은 가면서 뒤돌아보았다. 젊은 여자의 목 아래에서 악어의 송곳니가 빤짝였다.

며칠 동안 쟝은 스튜디오에 나타나지 않았다. 그녀는 야간에 개설한 시 문화센터의 영화 연기자 수업도 빠졌다. 어머니를 간병하는 일 외에도 그녀는 도서관에 앉아 우수한 성적으로 졸업 논문을 완성할 것이며, 그러면 곧바로 취업할 수 있을 거로 생각했다. 그녀는 그렇게 하는 것이 지금과 같은 어려운 상황에서 어머니를 도울 수 있다는 것을 알았다. 그녀는 어머니가 젊은 시절을 전쟁으로 다 보낸 곳인 밤따우 강둑을 회상했다. 그곳에서 쟝 모녀는 쟝이 어릴 때부터 지금까지 매우 가난하게 살았지만 행복했었다. 비록 그 행복이 소박하고, 단출한 행복이었다고 하더라도. 지금 두 모녀는 돈이 필요했다. 어머니의 치료를 위해 많은 돈이 필요했다. 그녀는 지금처럼 어머니를 사랑한 적이 없었다. 지난 몇 년 동안 어머니는 옛 상처가 재발하여 많이 쇠약해졌다. 토요일 오후 내내 이런저런 생각에 빠져 있어서 어디에서 잃어버렸는지 알 수 없던, 전에 찾았던 적이 있던 설화집에서 '악어 제문' 몇 줄만을 베낄 수 있었다. 그녀는 피곤했다. 새로 베낀 종이를 작성 중이던 '고대 문학에서의 가족과 공동체'라는 논문에 끼워 넣었다. 자전거를 끌고 정문을 나섰다.

조감독 쩐럼이 언제부터 기다렸는지 분명치 않았다.

"미안한데, 레마잉 감독님이 만나고 싶어 해."

그는 한 발은 땅에 딛고 오토바이에 걸터앉아 있었다. 그의 두껍고 검은 콧수염은 얇은 눈썹과 어울리지 않았다. 쟝은 마지못해 말했다.

"촬영장에서 뵐 거라고 전해주세요."

그녀는 자전거에 올랐다. 조감독이 시동을 걸고 옆으로 따라왔다.

"대본은 감독님 집에 두고 갔더구먼. 어떻게 대사 연습을 할 수 있어. 레마잉 감독님이 당신이 와서 가져가 연습하라고 했어. 촬영 일정이 급해. 계획대로 일이 끝날 수 있도록 일을 확실하게 해주기를 바라."

조감독은 길게 소리를 내뱉고는 오토바이 속도를 높여 앞으로 갔다. 그녀는 자전거 페달을 밟으면서 막연한 생각에 잠겼다. 영화 찍는 일, 감독의 눈빛, 졸업 시험과 어머니의 중병…. 너무 많은 일들이 몰려와 그녀가 감당하기에 버거운 것 같았다. 그러나 어쨌든 지금은 어머니가 가장, 그 무엇보다도 우선이었다. 서둘러 페달을 밟아 병원으로 갔다.

"아이고! 엄마가 눈 빠지게 기다리고 있어. 뭘 좀 드시라고 해도 안 먹어."

"막내 이모, 도와줘서 고마워요."

"고맙기는 무슨…. 엄마가 위독하신 걸 보니 안 됐어. 빨리 들어가 봐."

그녀는 정신이 없었다. 그녀는 어머니가 돌아가실까, 걱정했다. 급히 2층으로 달려갔다. 병실에 들어서니, 어머니의 병상 주변에 몇 사람이 서 있었다. 그녀는 사람들 틈 사이로 비집고 어머니에게 다가갔다. 하이 부인은 약간 피곤한 듯 딸의 손을 잡았다.

"딸! 내 병이 심각하다는 것을 안다. 치료할 수 있다고 하더라도, 고향집을 팔아도 돈이 모자랄 거야. 너는 계속 공부해야 하고…."

"의사 선생님! 제 엄마예요…. 우리 엄마요!"

당황해서 소리쳤다. 흰옷의 그림자가 고개를 내밀었다.

"무슨 일인데 그렇게 소란스러워!"

그녀는 눈물을 줄줄 흘리며 어머니를 가리켰다.

"우리 엄마…. 우리 엄마 돌아가실 것 같아요."

의사가 비상벨을 눌렀다. 간호사 몇 명이 달려왔다. 그들은 쟝의 어머니에게 산소 호흡기를 착용하고, 혈압 상승제를 투여했다. 잠시 후, 어머니가 깨어났다. 의사가 방을 나가기 전에 쟝에게 말했다.

"아가씨, 안심하세요. 이제 괜찮아요. 당신 어머니는 수술을 빨리 하면 할수록 그만큼 좋아져요. 혈액과 주사제 그리고 약 사는 돈을 준비하세요." 쟝은 그대로 서 있었다. 눈물이 하염없이 흘러내렸다.

"너희 모녀 안됐어. 여기 돈, 환자 가족들이 모은 것인데, 적은 돈이지만 마음이라 생각하고 받아라."

"저 받을 수 없어요. 막내 이모와 모든 사람이 저희 모녀에게 아주 잘해 주시잖아요."

"아이고, 애야! 우리는 정말로 너희 모녀를 생각하는 거야. 됐다, 가서 뭘 좀 먹고 와라. 네 엄마는 내가 돌보 마." 쟝은 흐느껴 울었다. 막내 이모가 천 동, 이천 동짜리 잔돈 한 줌을 쟝의 손에 쥐어주었다.

초저녁이었다. 가로등이 켜졌다. 그녀는 자전거를 타고 날 듯이 영화감독의 집으로 달려갔다. 마당에 들어섰다. 깜짝 놀랐다. 네온등 아래 한쪽 구석에 흰토끼 한 마리가 꽉 묶여 있었다. 애석하게도 곧 털이 뽑히고 다져질 것이다. 그녀는 앉아서 토끼털을 쓰다듬고 나서 일어섰다. 쟝은 감독 집에서 나오는 한 소녀를 보고 깜짝 놀랐다. 그녀는 눈물을 흘리며 걸어갔다. 순간 그녀가 멈추고 쟝을 바라본 다음 쓴웃음을 지었다. 쟝은 머뭇거리며 현관에 서 있었다. 쟝은 속으로 얼마나 많은 소녀가 이 집을 지나갔을까 생각했다. 관상용 선인장 가지에 날카로운 가시가 돋아나서 악어의 송곳니를 연상시켰다.

"쟝, 들어와요."

"네."

쟝은 다시 한번 감독의 집에 들어가야 했다. 이번에 그는 어두운색의 파자마를 입고 있었다. 눈빛이 기분 좋지 않은 것 같았다.

"영화 촬영 계획을 망치겠다는 건가? 즉 계약을 파기하겠다는 거지? 법적으로는 선지급한 돈 전부를 배상하고, 촬영 중단으로 인한 손해를 책임져야 해."

쟝의 눈이 커졌다. 그녀는 선지급 받은 돈을 어머니 약을 사는 네 다 써버렸다. 그리고 곧 있을 어머니 수술비는 어떻게 하지? 쟝은 눈물을 흘렸다.

"당신…. 당신…."

그녀는 하고 싶은 말을 할 수 없었다. 목이 막혔다. 감독이 눈을 감았다.

"무엇을 하든 네 맘대로다. 나는 절대 강요하지 않는다. 그러나 나는 네가 지금 찍고 있는 금 수백 량이 투입된 이 영화를 책임져야 해."

감독의 입에서 나온 도넛 모양의 담배 연기가 천천히 창밖으로 흩어졌다. 그는 울고 있는 쟝의 얼굴을 들어 올리고 그녀의 눈을 바라봤다.

"내 생각에 너는 내 말을 따라야 해." 그가 위로하듯 말했다. "너는 아무것도 잃지 않아!"

쟝의 머릿속에, 병원에 누워 있는 지친 엄마의 모습이 나타났다. 다른 방법이 없었다. 그녀는 자기가 날카로운 턱을 벌린 악어가 가득한 강 속에서는 놀고 있는 느낌이었다. 눈물을 흘리며 말했다.

"네, 그러죠. 그런데 샤워 먼저 할게요. 당신이 오라고 했다는 말을 들었지만, 병원에 가야 해서 이제야 올 수 있었어요."

감독이 만족한 듯 웃음을 터뜨렸다.

"쟝, 아주 편하게 있어. 이리 와봐. 샤워실 사용법을 알려줄게. 이 옷으로 갈아입어. 프랑스에서 산 건데, 내가 너를 처음 만난 날 너에게 선물해야겠다고 생각했어."

향긋한 튤립 향이 온 집에 맴돌았다. 감독은 샤워 물줄기가 떨어지는 소리를 즐기며 방안을 배회했다. 그는 발을 구르며 우울한 소네트 노래를 부드럽게 따라 불렀다. 책상으로 다가가 펜꽂이에서 악어의 송곳니를 꺼낸 다음 소파에 앉아 팔걸이에 머리를 기대고 있는 그의 얼굴은 만족스러운 표정으로 빛났다.

잠시 후 쟝이 수줍게 밖으로 나왔다. 손에 든 악어의 송곳니를 쓰다듬으며 눈살을 찌푸리는 감독의 모습이 보였다. 갑자기 그가 고개를 들고 말했다.

"아, 쟝 아름답구나! 이집트 여왕 같아." 그는 눈을 가늘게 뜨고 악어의 송곳니를 뺨에 가볍게 문지르면서 천천히 말했다.

"됐어, 이제 돌아가라. 밤이 늦었다."

쟝은 놀랐다.

"무슨 말이에요?"

감독은 악어의 송곳니를 펜꽂이 꽂았다.

"집에 가라고 했다. 억지로 바친다는 네 눈빛을 읽었어. 나는 스스로 원하는 것을 바라지. 내일 아침 촬영장에서 보자."

쟝이 소리쳤다.

"오, 당신 같은 분은 본 적이 없어요."

쟝은 서둘러 계단을 내려갔다. 큰 소리가 나게 대문을 밀자, 우리 안의 토끼들은 놀라서 허둥거렸다. 쟝은 자전거에 올라 뒤도 돌아보지 않고 페달을 밟았다. 그녀의 눈앞에 사람들과 차가 번쩍였다.

곧 날이 밝을 때쯤 쟝은 깜짝 놀라 잠에서 깨어났다. 어젯밤 엄마가 쟝을 놀랍고 이상하게 바라보았다는 것을 깨달았다. 문득 자기가 입은 이상한 옷이 땀에 흠뻑 젖었다는 걸 알았다. 쟝은 화장실로 가서 세수하고 옷을 갈아입었다. 병상 옆에 앉아 고개를 엄마 품에 묻었을 때, 비로소 자기 마음이 따뜻해짐을 느낄 수 있었다. 이따금 눈물이 나고, 튤립 향은 여전히 남아 있었다. 엄마는 걱정되어 물었다.

"요 며칠간 무슨 일이 잘못되고 있는 것 같은 느낌이다. 괜찮은 거니? 솔직하게 말해라." 장은 천천히 고개를 저었고, 엄마는 한숨을 쉬었다. 그때부터 장은 깨어 있었고, 엄마도 잠을 이루지 못했다. 각자의 생각에 몰두하고 있었다. 그리고 장은 언제인지 모르게 깊은 잠에 빠졌다.

"장! 일어나 앉아라. 엄마가 주는 선물이야." 엄마의 목소리는 작고 약했다. 장이 눈을 비비며 말했다.

"엄마, 밤새 잠을 안 주무셨어요?" 엄마가 장의 손을 잡았다.

"응, 곰곰이 생각해 봤는데, 너도 이제 다 컸으니 더 이상 숨길 수도 없구나. 이것은 내가 평생 몸에 지니고 있던 옥 목걸이야. 네가 결혼할 때 주려고…."

"알아요, 엄마! 사람이 살아야 재물도 필요한 거죠."

"아, 이제 모녀의 정 때문에 네가 여자로서의 삶을 바꾸려는 것은 엄마가 바라는 것이 아니야."

"엄마! 엄마 진정하세요, 병 더 도져요." 장이 울었다. 엄마도 울었다.

"그리고 이것은 악어의 송곳닌데, M자가 새겨진 신성한 물건이란다." 엄마가 과거 얘기를 들려주었다. 장은 감독이 어루만지고 있던 날카로운 악어의 송곳니를 기억했다.

아침이 되었다. 엄마가 준 악어의 송곳니를 목에 걸고, 옥 목걸이를 들고 최후의 귀중품인 자전거를 끌고 전당포로 갔다. 돈을 받은 다음 장은 또 다른 악어의 송곳니가 있는 감독의 집으로 가기로 결심했다.

장이 인도로 올라섰다. 쩐럼이 옆에 오토바이를 세웠다. 그는 기쁜 얼굴로 장을 맞이하고, 감독을 데리고 함께 촬영장으로 가려고 했다. 두 사람이 막 마당에 들어섰을 때 아잉다오가 달려 나오는 것을 보았다. 아잉다오는 창백하고 혼비백산한 얼굴로 말을 잇지 못했다. 장은 아잉다오의 하얀 미니스커트에 묻어 있는 붉은 핏방울을 보았다. 아잉다오는 어어 하면서 위층을 가리키며 알 수 없는 신호를 보냈다. 쩐럼이 재빨리 계단을 뛰어올라 레마잉의 침실로 달려갔다. 장도 뒤따라갔다. 감독은 옆으로 누워 있었고, 몸이 굳어 있었다. 그의 꼬리뼈에서 피가 흘러나왔다. 바닥에는 선홍색 피로 얼룩진 하얀 악어의 송곳니가 떨어져 있었다. 장은 겁을 먹으며 목에 손을 댔다. 그녀는 눈을 감고 있는 감독을 바라보았다. 그의 손에는 얇은 빨간 팬티가 꽉 쥐어져 있었다.

쩌우강 나루터 사람 Người ở bến sông Châu

머이 이모가 배낭을 메고 돌아온 날, 산 아저씨는 장가를 갔다.

그날 쩌우 강물은 붉었다. 미군의 포탄 투하로 무너진, 강 가운데 홀로 서 있던 교각에 파도가 계속 부딪혔다. 붉은 황혼이 졌다. 흰색과 검은색이 섞인 구름이 굼실굼실 흘러가고 있었다. 쩌우 강물이 휘돌면서 빠르게 흘러갔다. 배에 탄 신부 일행이 서로 "상류에서 흙탕물이 밀려오고 있어."라고 했다.

산 아저씨는 강 건너 바이 마을의 아가씨 타잉을 아내로 맞았다. 하객이 많았다. 마이가 사공을 도와서 몇 번이나 왕복한 다음에야 모두 강을 건널 수 있었다. 산 아저씨는 외국에서 기술을 배우고 온 지 몇 달이 지났지만, 아직 직업을 못 구했다. 그는 셔츠를 입고 넥타이를 맨 차림으로 뱃머리에 서 있었다. 아가씨들은 넓은 카라의 블라우스를 입었고, 나이 든 남자와 여자들은 밝은 갈색 옷을 입고 앉아서 빈랑을 씹고 있었다. 산 아저씨의 얼굴은 아주 밝았고, 연신 웃고 있었으며, 하얀 이가 빛났다. 머이 이모를 생각하면, 마이는 배를 가라앉히고 싶었다. 사악한 생각이었다. 그러나 정말로 마이의 가슴은 불타듯 뜨겁고, 불안하며 애가 탔다. 마이는 산 아저씨에게 건방진 얼굴로 말했다.

"아저씨, 결혼식 하객이 많네요. 큰 배로 가야 하는 것 아닌가요?"

산 아저씨가 눈살을 찌푸렸다.

"부탁하는데, 그런 말 하지 마라. 어르신이 슬퍼하셔."

마이는 선미에서 천천히 그러나 단호하게 리듬에 맞춰 노를 젓는 늙은 사공을 조용히 바라보았다. 말없이 고개를 높이 든 사공의 흰 수염이 바람에 날렸다. 그는 지금 일생에 있을 수 없는, 자기 딸 옛 애인의 결혼식 일행을 실어 나르는 일을 하고 있었다. 기쁨도 슬픔도 얼굴에 나타내지 않으려고 애쓰고 있었지만, 눈을 보면 파도가 휘몰아치고 있었다. 마지막 하객이 나루에 내렸을 때, 사공은 비로소 옷소매로 몰래 눈물을 닦았다. 사공은 노를 놓고 오두막으로 들어가 누웠다. 마이는 노를 저어 나루터로 갔다.

신부 일행이 강을 건너고 나서 잠시 후에 머이 이모가 돌아왔다. 한쪽 어깨에 색바랜 배낭을 메고 있었다. 그녀는 바이 마을 강둑에 서서 사공을 불렀다. 목소리가 황혼 속에서 윙윙거리는 소리와 섞여서 때로는 또렷하게 때로는 희미하게 들렸다. 사공은 천막 문 앞에 서서 주의 깊게 듣고 있었다. 바람과 파도 소리 속에서, 마이는 먼 옛날의 메아리와 물소를 모는 아이들의 소리를 희미하게 들었다.

"아가씨~ 배 놓쳤어요."

마이는 꿈꾸는 것으로 착각했다. 깨어났을 때는 사공이 강 가운데로 노를 젓고 있었다. 머이 이모는 절뚝거리며 나루터로 내려오고 있었다. 사공은 급하게 노를 저었다. 그의 눈이 흐릿해졌다. 배가 나루에 도착했다. 머이 이모가 배에 올랐다. 배가 흔들흔들 출렁거렸다. 사공은 머이 이모를 껴안았다. 양어깨가 떨고 있었다. 사공이 주저하는 듯이 띄엄띄엄 말했다.

"얘야! 어찌 오늘에야 돌아왔니…. 너무 늦었다… 딸아…! 내 생각엔 네가…."

마이는 조용히 서서 눈물을 흘렸다. 노를 놓았고, 배는 강물을 따라 하류로 떠내려갔다. 할아버지와 머이 이모, 노인과 젊은이, 건강한 사람과 장애인이 서로를 의지하고 있었다. 머이 이모와 할아버지의 그림자가 붉게 타오르는 황혼 속의 수면에 각인되었다. 놀라서 마이는 강둑을 따라 달리면서 할아버지와 머이 이모를 불러댔다.

밤이 되었다.

쩌우강 나루터에 바람이 세게 불었다. 오두막 뒤 바나나잎이 흔들리며 떨어졌다. 쩌우 강물은 멀리 흘러가고, 늦게 먹이를 먹고 돌아온 몇 마리의 앵무새는 가끔 허공에서 울어댔다. 마이는 닻을 단단히 묶었다. 할아버지가 먼저 가고 머이 이모는 절뚝거리며 짜이 마을로 뒤따라갔다. 나루터에 있는 오두막의 문을 닫고, 마이는 서둘러 논을 지나서 집으로 돌아왔다. 머이 이모에게는 낯선 세 여동생이 눈을 크게 뜨고 서서 보고 있었다. 할아버지는 검은 테를 두른 액자에서 머이 이모의 사진과 '조국 보위 휘장'을 꺼내서 옷장에 넣었다. 머이 이모는 제단 앞에 서서 할머니에게 분향했다. 머이 이모는 향로 앞에 고개를 숙이고 울음을 터뜨렸다.

“흑흑…. 어머니! 제가 떠나던 날 엄마는 제가 포탄을 피하게 해달라고 기도했었죠. 아홉 번을 가더라도 열 번 돌아오라고…. 결혼해서 손주를 안아 보게 해달라고 했었죠.”

할아버지는 향 세 개에 불을 붙여 머이 이모의 손에 건네주었다. 할아버지도 머이 이모 곁에 서서, 저세상 사람과 얘기하듯 중얼거렸다. 마이는 밖으로 나가, 붉은 실로 뒤덮인 불상화 옆에 멍하니 섰다. 보고 싶지 않았지만, 산 아저씨 결혼식장의 은박지에 새긴 쌍희雙喜라는 글자가 계속 눈에 들어왔다. 회의를 마치고 돌아온 아버지는 저세상의 시장에서 갑자기 머이 이모를 만난 것처럼 입을 다물지 못했다. 엄마도 산파를 만나고 돌아왔다. 마당에 들어선 엄마는 당황해서 얼어붙은 것처럼 말을 더듬었다.

“언니가 부탁한다…. 네가 죽을 수 없어 돌아왔다면…. 아버지와 형제들이 네 제삿날에 항상 제사를 지냈다. 이제 집안도 평안하다…. 다시는 나타나지 말고, 조카들 괴롭히지 말아라….”

머이 이모가 일어섰다. 제단 위의 불빛이 깜박이고, 향이 이모의 주위를 휘감았다.

“언니!”

그리고 머이 이모는 침묵했다.

“저예요…. 머이…. 언니!”

이때 엄마가 깨어났다. 머이 이모가 달려왔고, 두 자매는 부둥켜안았다. 엄마는 이모의 온몸을 더듬었다. 절단된 다리를 만지고 딸꾹질하다가 흐느끼기 시작했다. 머이 이모도 눈물을 훔쳤다. 엄마가 말했다.

“내가 네 눈물을 그치게 해줄게. 착하게 살면 좋은 일 만나는 거지. 조상님 덕으로 오늘이 있는 거야. 아이고! 머이가 조각상처럼 앉아 있고, 향 연기가 머리와 어깨를 덮고 있으니 내 생각에….”

아버지가 말했다.

“됐어, 됐어! 이제 막 왔으니 머이 좀 쉬게 해줘.”

이모는 처마 밑에 앉아서 순간순간 저쪽의 불상화를 바라보았다.

산 아저씨의 집에서는 아직도 피로연이 끝나지 않았다. 사람들이 계속 들어오고 나가고, 웃고 축하하고 마을이 시끌벅적했다. 타잉은 남딩의 검은색 비단 바지와 흰색 포플린 블라우스를 입고 식탁을 돌며 접대하고 있었다. 착한 며느리를 얻은 꽝 씨는 얼굴에 충만함이 가득했다. 그가 “럼 어디 갔냐?”고 물으면 “예, 저 여기요.”라고 대답하고, “여기 상에 술 떨어졌다!”라고 외치면 공손히 예, 예, 대답하는 소리가 들렸다. 그리고 잔칫상을 바쁘게 나르는 발소리가 들렸다. 쯔엉 노인이 천천히 타잉을 가리키며 말했다.

“애야, 너 쥐가 쌀독에 빠진 격이다. 행운이 굴러온 거야. 머이의 전사 통지서가 없었다면…. 이 집 며느리가 될 수 없었지. 아들 하나는 꼭 낳아라….”

바 숙모의 목소리는 옛날 카세트에서 흘러나오는 음악 소리보다 더 컸다.

“아저씨! 취하셨구먼. 술 들어가니까 말이 나오네. 아저씨 방금 한 말은 맞지 않아요. 타잉 아가씨 집도 명문가로 산 조카네보다 못할 것도 없지요. 큰 엉덩이, 넓은 가랑이, 살짝 굽은 등. 매년 한 명씩은 낳을 수 있을 거요.”

피로연 참석자들이 크게 웃음을 터뜨렸다. 쯔엉 노인은 술잔을 상에 세게 내려놓았다. 술이 쏟아졌다.

"야, 이년아, 뭐가 우스워? 네가 나를 가르쳐? 싹수없는 년! 집에 가서 네 사생아나 가르쳐!"

꽝 씨가 달려와 손을 비비며 말렸다.

"아이고, 오늘은 다들 즐거운 날 아닙니까!"

"그런데 저년이 싹수가 없어."

"예, 이제 자기 잘못을 알 겁니다. 이제 더 말을 안 할 거예요. 럼, 어디 갔니? 음악을 크게 틀어라."

카세트가 삐걱거리고 음악이 요란하게 울려 퍼질 때, 바 숙모는 언제부터인지 마당 구석에 앉아서 흐느끼고 있었다. 불쌍한 숙모. 아저씨가 희생된 지 3년이 지났고, 숙모는 아이를 낳았다. 아이의 아버지가 누구냐고 물었지만, 숙모는 말하지 않았다. 결국 징계를 받았고, 혼자서 감당했다. 열사의 아내에게 베푸는 혜택을 중지할 것이라는 말도 있었다.

옆집도 이웃도 이모가 돌아왔다는 걸 모르고 있었다. 가족 모두 말을 하지 않았다. 할아버지는 이모가 겪은 일에 대해 아무렇지 않게 물었다. 아버지는 머이 이모가 운이 좋다고 위로했다. 얘기가 즐거웠는지 슬펐는지 몰랐다. 엄마는 손에 들고 있던 것을 떨어뜨렸고, 결국 깨졌다. 마이는 가슴이 뛰었다. 가끔 아버지가 물었고, 이모는 억지로 대답했다.

머이 이모의 속마음은 산 아저씨 집에 있었다. 이모는 뭔가 불행한 일이 일어날 것을 예감했다. 너무나 역설적이었다. 가혹한 사실이 그녀의 기쁨과 갈망을 없애버렸다. 머이 이모는 굴욕감과 외로움을 느꼈다. 한스럽고, 슬펐다. 쯔엉선 산속을 헤매면서도 그녀는 재회의 날을 기다렸다. 그런데 사람들은 이모가 돌아온 줄도 몰랐다. 사람들은 지금 기쁘고 행복했다. 게다가 웃기까지 한다. 아, 하늘이여! 그녀는 결혼식 등불을 피해 눈을 감았다. 그것은 그녀의 마음 깊은 곳을 비추는, 옛 연인의 행복한 불빛이었다. 그것은 피를 흘리고 있는 그녀의 심장을 수많은 날카로운 바늘로 찔러대는 것 같았다. 눈을 떴다. 무릎까지 절단된 다리와 깡마르고 푸르스름한 몸을 안타깝게 바라보았다.

"내 동생 몸만 상했구나!"

엄마는 산 아저씨의 집을 가리키며 말했다.

"저기 저 사람들이 손잡고 있는 꼴도 보기 싫어. 너는 이렇게 앉아만 있을 거야?"

아버지가 말했다.

"사람들이 마당에 서서 잡담하겠나. 결혼식 하기 전에 사람들이 찾아와 안부를 주고받는 것 아닌가!"

엄마가 소리쳤다.

"어머나! 세상에! 내 동생은 이렇게 괴롭고 힘든데 사람들은 마냥 행복해하네."

할아버지가 분을 억누르며 말했다.

"입 좀 닥쳐라! 산 송장이라도 왔으면 됐지. 뭘 더 바라나. 자기의 운명을 알아야지."

산 아저씨의 집에서 음악을 꺼달라는 소리가 들렸다. 바 숙모가 정신없이 달려와 산 아저씨 귀에 대고 속삭였다. 말을 다 마치기도 전에 산 아저씨가 꿇어앉아 머리를 감쌌다. 시끄러운 소리가 가라앉고, 딸그락딸그락 상을 치우는 소리만 들렸다.

잠시 후 산 아저씨가 불상화 울타리를 돌아서 재빨리 건너왔다.

아저씨 몸에는 홍실이 감겨 있었다. 아버지는 무릎을 괴고 앉아서 고개를 돌려 다른 곳을 바라봤다. 엄마는 계면쩍게 인사했다. 할아버지는 담뱃대에 담배를 채우고 계속 피워댔다. 산 아저씨는 실례지만 이모와 얘기하고 싶다고 했다. 머이 이모는 눈물을 삼켰다.

"지금 더 이상 할 말이 없어요. 돌아가세요!" 머이 이모가 목발로 달그락거리며 골목으로 나갔다. 산 아저씨가 일어나 뒤따랐다.

"한마디만 할게."

"안 돼요!"

"한마디만 하게 해줘."

머이는 숨을 몰아쉬며 자몽나무 가지에 몸을 의지했다.

"내 잘못이야. 내가 나빴어. 나를 욕해라."

산은 주먹으로 나무를 연달아 쳤다. 자몽잎이 바스락거렸다. 새들이 놀라서 공중으로 날아올랐다. 머이는 화를 냈다.

"오늘이 무슨 날인가요? 기억하나요? 당신을 전송한 날이 이별의 날이 될 줄 누가 알았겠어요."

그들은 말을 잇지 못했다. 두 사람의 눈에는 더 이상 나루터에서의 순결한 향이 풍기는 자몽잎 아래의 밤이 아니었다. 그해 쩌우강 나루터는 이팝나무꽃이 흐드러지는 때였다. 가지마다 선홍색 꽃이 가득하고, 선착장에도 뿌려져 있었다. 저 멀리 갱역에는 미군이 포탄을 쏟아붓고 있었다. 대공포 포탄이 펑펑 터졌다. 파란 하늘에 검은색과 흰색의 둥근 연기가 피어올랐다. 선착장에 포탄이 떨어져 경간이 파괴되었다. 노를 젓는 소녀는 소년을 배에 태워 학교에 보냈다. 배가 좌우로 흔들렸다. 순간 비행기가 머리 위로 지나갔다. 소녀는 노를 놓고 사랑하는 사람의 가슴에 머리를 묻고 꼭 껴안았다.

배에는 전쟁도 이별도 없는 듯, 말없이 서로를 껴안은 두 사람을 태우고 흘러갔다.

머이가 물 길으러 갔다가 물통을 우물 벽에 부딪혔다. 두 사람은 깜짝 놀랐다. 산의 목소리가 울렸다.

"외국에 있을 때, 밤마다 너를 생각했고, 쩌우강 나루터를 그리워 했지."

머이의 목소리가 애절했다.

"쯔엉선산맥에 있을 때, 저의 일기에는 페이지마다 당신 이름이 있어요." 옛 추억 속으로 흘러가고 있었다. 머나먼 두 공간으로 떨어져 있었던 지난 시절이 다시 나타났다.

쯔엉선산맥에 있던 소녀에게는 포탄이 떨어졌고, 소년이 머물던 외국은 하얀 눈송이가 떨어지는 조용하고 평화로운 곳이었다…. 사랑과 그리움이 공간과 시간을 끌어당겨서, 둘을 가까이 다가가도록 했다. 그들 마음속에는 순간적으로 사랑과 연민이 격렬하고 열정적으로 타올랐다. 갑자기 산이 손으로 자몽 가지를 흔들었다.

"머이야! 우리 다시 시작할 수 있어."

"산, 무슨 말을 하는 거예요?"

"나는 다 버릴 수 있어. 우리 같이 살자."

머이는 아무 말도 하지 못한 채 몸을 축 늘어뜨렸다. 천천히 무릎을 꿇었다. 산이 머이를 부축해서 자몽나무 구석에 쌓아 놓은 장작더미에 앉혔다.

저쪽 불상화 울타리 뒤로 타잉이 이리저리 왔다 갔다 하고 있었다. 가끔 그녀는 불상화 잎을 따서 그녀의 손에 감긴 홍실을 쓱쓱 문질렀다. 신혼 방에는 침대가 열려 있고, 창문을 통해 하얀 커튼이 흔들거렸다. "큰일났다!" 머이의 입속에서 자기도 모르게 튀어나왔다. 이 상황에서 어떤 일이 일어날지 알 수 없었다. 머릿속에서는 바람도 불지 않고, 구름도 볼 수 없었다. 마당의 나무들도 가만히 서 있었다. 분위기가 답답하고 숨이 막힐 것 같았다. 억눌려 왔던 폭풍이 곧 쩌우강 나루터로 휘몰아칠 것처럼, 곳곳에 무서운 침묵이 흘렀다.

"안 돼!"

머이의 목소리가 침묵을 깼다. 그녀는 벌떡 일어나 목발에 기대어 마당으로 들어섰다. 산이 달려가서 머이의 옷자락을 잡았다. 머이는 멈춰서서 숨을 헐떡거렸다.

"끝났어! 끝났다고! 이미 늦었어! 어찌 됐든 힘든 여자는 한 명뿐이에요. 돌아가세요!"

산은 말하고 싶은 것이 있는 듯 머뭇거렸다. 머이가 막았다.

"내 걱정은 마세요." 머이는 깊은 한숨을 쉬었다.

"이것이 현실인데, 끝까지 살아내야지요."

불상화 건너편에 서 있던 신부 타잉이 이쪽에 대고 소리쳤다.

"언니! 저희가 언니의 은혜를 입었어요."

대답하지 않고 머이는 등을 돌렸다. 타잉의 얼굴이 동그랬는지 일그러졌는지 알 수 없었다. 머이는 목발을 마당에 던지고 얼굴을 가리고 흑흑하며 울었다. 머이는 한 번도 울어본 적이 없는 사람처럼 울었다. 꾹꾹 눌러진 억울함이 한꺼번에 터져 나왔다. 엄마는 훌쩍이며 머이를 부축해서 방으로 들어갔다, 머이는 벽에 얼굴을 대고 흐느꼈다.

밤이 너무 길었다.

지붕 위의 쥐들이 찍찍대며 서로를 뒤쫓고 있었다. 대나무가 서로 부딪혀서 삐걱거리는 소리가 났다. 한밤중에 대나무 침대가 삐걱거리는 소리가 또 들렸다. 한숨을 쉬었다. 가끔 한숨을 쉬었다. 머이는 벽에 등을 기대고 성한 다리는 무릎을 굽혀, 책상다리를 했다. 머이는 희미한 등불 앞에 아주 오랫동안 앉아 있었다. 배낭 주머니에 있던 금발 인형은 아이들에게 보여줄 새도 없었다. 머이는 그것을 바라보았다. 그것을 가슴에 품고 이리저리 어르고 있었다. 짜증이 났다. 머이는 다시 일기장을 꺼내 한 장 한 장 넘겼다. 장마다 산의 이름이 있었다. 머이는 일기장에 얼굴을 묻었다. 눈물이 누렇게 변한 종이 위의 글자를 번지게 했다. 결국 머이는 목발을 짚고 부엌으로 내려갔다. 성냥을 켜서 불을 붙이고, 천천히 한 장 한 장을 찢어서 불에 던졌다. 머이의 얼굴은 영혼 없이 차갑고 냉정했다. 동상처럼 앉아 있었다. 파랗게 타오르는 불은 깜박거리며 부엌 벽에 머이의 그림자를 새겼다. 잠시 후 머이는 놀라서 불을 껐다. 일기장은 찢어지고 반쯤 타버렸다.

날이 밝았다.

머이 이모가 돌아왔다는 소식이 온 짜이 마을에 퍼졌다. 이모는 수줍게 손님을 맞았다. 부축하고, 위로하고, 공감하고, 슬퍼하는 사람들이었다. 반나절쯤 손님 접대를 마치고 머이 이모는 배낭을 걸치고 초가집을 나섰다. 높은 강둑에 앉아서 쩌우강 나루터에 흩어진 붉은 이팝나무꽃을 바라보았다. 마이는 조용히 머이 곁으로 가서 앉았다.

"이모! 집에 돌아오셔서 정말 기뻐요. 살아 있는 것이 가장 귀한 거죠, 이모!"

머이 이모는 몽롱해서 마이의 말을 못 들은 것 같았다. 이모가 조용히 속삭였다.

"옛날에 이모와 산 아저씨가 이 나루에 자주 앉아 있었단다…." 잠시 침묵하다가 말을 이어갔다.

"이모가 바로 이팝나무꽃이 필 때, 노를 저어 산 아저씨를 학교에 보냈어…." 머이 이모는 한숨을 쉬며 안타까움을 삼켰다. 두 눈은 먼 곳을 바라보았다.

아버지가 쩌우강 나루터로 나와 화난 얼굴로 말했다.

"처제가 이러고 있으면 동네 사람들이 내 얼굴에 욕하는 꼴이야." 그리고 바로 말을 이었다.

"됐어, 그것도 편하지. 보통날은 아버지가 절대로 집에 가지 않지. 처제가 아버지와 가까이 있으면 좋지. 내가 새집을 짓는 데 도와달라고 할게."

할아버지는 아무 말 없이 그저 듣다가 노를 배 위에 던졌다. 할아버지는 닻을 건져 올리고 뒤도 돌아보지 않고 곧바로 노를 저어 강 건너로 가서 손님을 맞았다. 이모가 말했다.

"형부, 집에 가세요. 더 이상 말하지 마세요." 아버지가 몇 걸음 가다가 뒤돌아보며 당부했다.

"너 이모랑 같이 조개 잡는다고 물속에 들어가지 마라. 강바닥에 불발탄이 있어."

아버지는 걱정이 너무 많았다. 사람들이 하루 종일 물고기와 새우를 잡으려고 그물을 쳤다. 어제 바 숙모는 잡은 민물 참게를 잡다가 파편을 건드렸다. 그런데 아무도 안 죽었다.

늦은 오후가 되었다.

엄마가 자몽잎을 따서 쩌우강 나루터로 가져왔다. 엄마와 머이 이모는 서로의 머리를 감겨주었다. 머이 이모의 머리칼은 많이 빠졌고 가늘어졌다. 군대에 가기 전, 머이 이모는 보통 마이에게 의자를 가져오라 해서 머리를 빗기도록 했었다. 검고 윤기가 났었다. 머리를 감고 머이 이모는 머리카락을 잡고 고개를 흔들면, 작은 수많은 물방울이 마이의 얼굴을 때렸었다. 산 아저씨는 불상화 뒤에 숨어서 보다가 깜짝 놀랐다. 백합꽃 철이 되면 머이 이모는 마이를 데리고 강둑으로 놀러 갔다. 두 사람은 서로를 쫓으며 놀았다. 바람에 맞서 달리는 머이 이모의 머리칼은 구름처럼 흩날렸다. 마이는 마음속으로 소녀로 성장하면 머이 이모처럼 아름다운 머리칼을 갖게 되기를 소망했었다. 엄마와 머이 이모의 사랑은 남달랐다. 두 자매는 끝없이 속삭였다. 마이는 확실히 알 수 없었지만, 가끔 엄마가 한숨을 쉬었다. 집에 돌아왔을 때, 엄마가 말했다.

"마이야! 열심히 공부해서 할아버지를 도와서 이모를 기쁘게 해드려라. 혼자 뛰어다니지 말고, 이모를 혼자 있게 내버려두지 마라." 엄마가 다시 말했다.

"이모가 이곳에 온 것은 다행이다. 집에서 불상화 건너편에서 뻐꾸기 한 쌍처럼 서로 불러대는 것을 보면, 속상했을 거야."

마이는 '자매는 어린 빈랑 열매처럼 달콤하다.'라는 말을 막연히 이해할 수 있을 것 같았다.

쩌우강 나루터로 나간 날부터 머이 이모는 매우 슬퍼하며 안팎으로 헤매고 다녔으며, 어떤 때는 깊은 시름에 잠겨서 하늘과 강을 바라보거나 열심히 밥을 짓거나 했다. 마이가 없을 때는 할아버지와 이모 둘만 있었고, 부녀는 다투거나 고통스럽게 밥을 먹었다. 할아버지는 이모가 불쌍해서 눈에는 눈물을 가득 담고 억지로 씹고 억지로 넘겼다. 이모도 속이 상해서 식사를 거르기도 했다. 낮에는 돌아다니며 슬픔을 잊을 수 있었다. 밤에 동네 진료소에서 들려오는 신생아 울음소리는 머이 이모를 깜짝 놀라게 했다.

머이 이모는 가끔 할아버지를 도와 노를 저었다. 이모는 의족을 벗고, 나무 목발로 힘들게 배에 올라앉아 양손으로 노를 저었다. 현에 있는 고등학교에 다니는 마이의 친구들에게는 뱃삯을 받지 않았다. 계속 돈을 받지 않으니, 학생들도 어려워했다.

"저희도 힘이 넘쳐요. 이모가 계속 도와주니, 좀 불편해요!" 머이 이모가 웃었다.

"뭐 얼마 한다고! 너희가 빚이라고 생각하면 나중에 월급받아서 갚아라."

학생들이 떠들었다.

"안 갚을 거예요. 저희가 힘을 합쳐서 이모 결혼시켜 드릴게요. 기쁜 일이잖아요."

이모는 순간 슬퍼졌다. 그들은 서로 눈치를 보다가 엉뚱한 얘기로 화제를 돌렸다. 이모를 안타깝게 여기며 그들은 매번 오두막에 과일이나 과자 등을 넣어놓았다. 큰 백합꽃을 잘라 이모가 눕는 침대 위에 올려놓은 아이도 있었다. 마이의 친구들은 갑자기 날아왔다 날아가는 참새떼 같아서 쩌우강 나루터를 시끌벅적하게 하기도 하고 때로는 아주 조용하고 지루하게 만들기도 했다.

한참 시간 지난 후, 머이 이모는 머리칼이 돋아나고 피부도 불그스레하게 돌아왔다. 밝은 달밤이었다. 이모는 머리칼을 목덜미 위로 올리고 마이를 데리고 나루터에서 목욕했다. 조용히 흐르는 강물은 시원했고, 머이 이모의 어깨가 드러났다. 부푼 이모의 가슴 위로 달빛이 쏟아졌다. 머이 이모의 목은 하얗고, 눈은 신비롭게 빛나고 매혹적이었다. 엄마가 "옛날에는 이모가 마을에서 제일 예뻤다."라고 한 말은 진짜였다. "마을 청년들이 나루터에서 목욕하는 이모를 몰래 훔쳐봤었어."라고도 했다. 마이는 순간 고개를 들었다. 높은 제방이 보였다. 강 건너에서는 용접하는 불꽃이 어른거렸다. 그들은 다리를 놓고 있었다. 마이는 수영해서 머이 이모에게 다가갔다.

"이모! 이모는 아직도 젊어요."

"무슨 소리! 곧 할머니 될 텐데. 또 내가 늙어갈수록 너는 더 피어나고 있고."

마이는 가슴을 내려다보았다. 자연히 얼굴이 붉어졌다. 이모가 몸을 흔들며 남은 한쪽 다리로 물을 차며, 양팔로 힘차게 저었다. 하얀 달빛으로 빛나는 강물 위로 머이 이모의 몸이 반짝였다. 파도가 일었다.

마을 진료소가 새로 지어졌다. 진료소장인 간호사는 그 직업으로 살 수가 없어서 그만두었다. 근무 인원도, 의료시설이나 집기조차 부족한 진료소를 혼자 감당하다 그만두었다. 머이 이모가 쯔엉선에서 여군 간호사였다는 것을 알고, 면장이 어렵게 이모에게 도와달라고 부탁했다. 그렇게 이모는 옛 직업을 되찾았다. 가장 힘든 것은 비 오는 밤에 사람들이 자기 집으로 진료를 와달라고 부르는 것이었다. 길은 울퉁불퉁하고 질퍽거려서 발이 빠졌다. 나루터에서 진료소까지 몇백 미터를 절뚝거리며 걸으면 등은 땀범벅이 되었다. 면장이 말했다.

"자전거 타는 연습하세요. 자갈을 깔라고 하겠어요."

"진료소에는 약이 부족합니다. 저는 힘들어도 운동해야 한다고 생각하고 있습니다."

몇 달이 지났다. 비 오는 밤이었다. 비가 오면 길에는 충적토에 새겨진 둥근 발자국이 가득했다.

산 아저씨의 아내가 조산했다. 태아가 목에 탯줄을 감고 거꾸로 자리 잡고 있었다. 바 숙모가 열심히 도와주었지만, 타잉은 애를 낳지 못하고 있었다. 산모는 계속 "언니, 저 죽어요! 너무 아파요!"라고 비명을 질렀다. 산모는 점점 힘을 잃어가고, 더 이상 애를 밀어낼 힘이 없었다. 살 수 있는 확률이 1~2할이라면 죽을 확률은 8~9할이었다. 현으로 가는 길은 너무 멀었다. 강을 건너는 것도 너무 멀었다. 폭풍우가 몰아쳤다. 비에 젖은 산은 창백한 얼굴을 하고 있었다. 머이 이모가 비옷을 걸치고 도착했다. 산 아저씨는 거의 울상이었다. 바 숙모는 자기 아이 때문에 바빴다. 아이가 너무 울어서 한 발짝도 뗄 수 없었다. 숙모는 화가 나서 아이 엉덩이를 한 차례 때리며 "맞아야 해! 너무 힘들게 하네."라고 말했다. 바 숙모가 이모를 처마 밑으로 데리고 가서 귀에다 대고 속삭였다.

"현으로 데려갈 시간도 없을 뿐만 아니라 칼을 댄다고 해도 살리기 힘들어. 저 사람네, 남편은 아직도 실업자야. 외국 가서 벌어온 돈은 다 써버렸어. 그런데 약값이 어디 있겠어! 아, 참 답답하구먼!"

바 숙모가 하는 말을 듣지 않은 듯, 머이 이모는 마취제와 각성제를 주사하고 절개한 다음 타잉에게 힘을 주라고 했다. 타잉은 머이 이모를 겁에 질린 눈으로 바라보며 도움을 청했다. 이모가 "힘내요! 아이를 생각해요. 자…. 힘내자…. 힘내요…."라고 작은 소리로 말했다. 타잉은 입술을 깨물고 힘을 썼다. 너무 무서워서 마이는 밖으로 뛰쳐나갔다. 잠시 후, 머이 이모가 바 숙모에게 아이 배꼽에 붕대를 감으라는 말이 아득하게 들렸다. 이모가 봉합을 마쳤을 때는 새벽이 되었고, 언제인지 알 수 없었지만 비는 그쳤다. 비 오듯 땀을 흘리던 머이 이모는 안도의 한숨을 쉬면서 "얼굴은 보라색인데, 울지 않았어요."라고 숙모에게 말했다. 이모는 아이의 코에 입을 대고 몇 번 빨고 나서 엉덩이를 가볍게 때렸다. "응애!"하고 큰 소리가 나왔다. 밖에 있던 산 아저씨가 기뻐 펄쩍 뛰면서 "살았어! 애야!"라고 소리를 질렀다. 안에서는 이모가 분만대 위에 쓰러져 울었다. "아, 이놈의 자식!" 숙모는 놀랐다. 머이 이모의 울음소리가 더 커졌다. 이모의 울음소리가 아이의 울음소리와 섞였다. 애절함과 안타까움, 꿈과 기다림, 기쁨과 슬픔이 뒤섞였다.

산 아저씨는 방으로 들어와서 어쩔 줄 몰라 했다. 숙모는 "어떤 상황인지 안다. 머이가 실컷 울도록 놔둬라. 산모를 방으로 옮기게 다들 들어오세요."라고 말했다. 산 아저씨가 서툴게 유모차를 밀었다. 산 아저씨는 다시 돌아왔다. 머이 이모는 그곳에 없었다. 은빛 하늘 아래에는 수백만 개의 작은 빗방울이 쩌우강을 따라 하얗게 퍼지고 있었다. 나루터로 향하는 길 끝자락에서 빗속을 걸어가는 머이 이모의 그림자가 어렴풋이 보였다.

며칠 후 산은 아이의 이름을 머이라고 지었다. 바 숙모는 고개를 저으며 혀를 내밀었다.

"야, 정말! 내가 조산원을 20년 했는데, 이렇게 힘든 것은 처음 봐." 그리고 이모에게 말했다.

"너 정말 재주 좋더라. 현으로 데려갔으면 복개 수술을 했을 거야." 머이 이모는 쪽쪽거리는 아이의 예쁘고 작은 입에서 나는 향기를 맡고 있었다. 타잉이 부드럽게 말했다.

"저희가 평생의 은혜를 입었어요." 이모는 아이에게 몇 푼의 돈을 주었다. 타잉이 거절했다. 머이 이모는 "내가 아이에게 주는 거예요. 엄마에게 주는 것이 아니라."라고 말했다. 산 아저씨는 말없이 서 있었다. 무슨 생각을 하고 있는지 알 수 없었다. 아버지가 이 일을 알고 꾸짖었다.

"때로는 돕는 것이 죄가 되지. 머이가 어리석어. 운이 없었다면 사람들은 복수했다고 의심했을 거야. 피를 흘리지 않더라도 감옥에 갔을 거야."

오랫동안 억울함을 참고 기다렸던 것처럼 바 숙모가 털어놨다.

"아, 대단해요! 위선자! 이제는 숨길 것도 없어요. 당신은 병을 핑계 삼아 집에서 부귀영화를 누리고, 동생을 군대로 보냈죠…."

"제수씨, 그 사람은 제수씨 남편이자 내 동생입니다. 동생이 죽었으니, 내가 돌봅니다."

"돌보기는 무슨! 개뿔. 당 지부 회의에서 당신이 내 징계 표결에서 손을 들었잖아! 그 아들이요. 아이 여기 있어요. 당신이 데리고 가서 길러요."

말은 그렇게 했지만, 숙모는 누가 아이를 빼앗아 갈까, 아이를 가슴에 끌어안았다. 숙모가 울음을 터뜨렸다.

"얘야, 엄마는 너무 힘들단다!"

아버지는 당황했다.

"숙모가 미쳤구먼. 머이가 나 대신 말 좀 해 줘." 그리고 오토바이를 타고 떠났다.

머이 이모가 위로했다.

"여자의 삶이란 고달파요. 이를 악물고 참으세요. 아름답고 좋은 것은 드러내고, 추하고 나쁜 것은 덮읍시다."

숙모는 여전히 울고 있었다.

"그것도 나 때문이야. 내가 정말 나빠, 너무 나빠."

그날 마을의 청년들은 모두 군대로 갔고, 머이 이모 역시 전쟁터로 갔다. 마을에는 오직 나이 든 여자와 노인 그리고 아이들만 있었다. 바 숙모가 불쌍한 것인지 죄가 있는 것인지 알 수 없었다. 숙모는 울음을 그치고 마이를 보고는 "저리 가라! 어른들 얘기 들은 것 있으면, 잊어버리고."라며 쫓아냈다. 마이는 귀신에 쫓기듯이 집으로 왔다. 울지 않으려 해도 눈물이 계속 흘러내렸다. 아버지, 엄마, 숙모, 여동생, 숙모 아이, 이모가 불쌍했다. 마이는 아버지에게 화났다. 그리고 또 천지가 진동할 얘기가 있었다. 아버지는 감히 다 털어놓지 못했다. 마이는 머이 이모가 돌아온 뒤 며칠 후의 일이 생각났다. 아버지는 '조국 보위 휘장' 증명서를 면에 반납했다. 아버지가 "우리가 받은 사망 조의금을 다시 돌려달라고 할지 모르겠다." 라고 말했다. 먼지를 털다가 화가 나서 쓰레받기를 바닥에 던지고, 액자와 증서를 가방에 넣어 면사무소로 갔다. 엄마의 눈에 눈물이 고였다.

다시 3월이 왔다.

강으로 내려가는 길에 이팝나무꽃이 만개했다. 사공 할아버지는 많이 약해졌고 가끔 기침했다. 강 건너편에는 시멘트와 철근 더미가 널려 있었다. 아버지가 "이제 곧 다리가 완성되면 배로 강을 건너는 풍경은 더 볼 수 없을 것이다."라고 했다. 마이는 순간 슬픔이 밀려왔다. 할아버지가 노를 놓고 육지에서 사는 모습을 생각했다. 이제는 많이 약해져서 걸음도 늦어졌다. 멍청한 생각이지만 할아버지가 돌아가시면 머이 이모는 누구랑 살까? 아빠가 "아, 참 너 무슨 쓸데없는 생각을 하는 거니? 사람들 일하는 곳에 가는 것 금지다. 입찰받은 공병들은 전부 입만 살아 있는 이상한 놈들이야. 마음 빼앗겨서 애라도 배면 내 얼굴에 재 뿌리는 거다."라고 했다. 아버지는 너무 나쁜 것만 생각했다. 누구를 만나도 아버지는 의심하고 경계했다. 지휘관이 다리를 건설할 군인들을 모으기 위해 찾아온 날 아버지는 "꽝 씨, 나루터에는 불발탄이 가득해요. 포탄을 제거할 때 민병대가 보초를 서도록 할 테니, 당신 부대에서 비용을 대 주시오."라고 흥정했다. 벽에 걸린 챙모자를 쓴 머이 이모의 사진을 보고, 꽝 씨는 놀라서 아는 사람을 만난 것처럼 천천히 바라보았다. 아버지가 "내 처제입니다. 해방되기 전에 사망 통지서를 받았었지요."라고 말했다. 꽝 씨가 얼어붙었다. 눈을 깜박였다. 혼이 나간 사람처럼 그는 혼란스러워하며 돌아갔다.

다리를 건설하는 공병대는 나루터에서 온종일 잠수하며 포탄을 제거했다. 누구나 검게 그을리고, 근육질이었지만, 온화해 보였다. 마이의 학교 친구들이 하루 종일 놀렸다. 책을 펴고 앉았지만 마이는 무얼 하고 있는지 모를 지경이었다. 정신이 없었다. 불안함이 밀려왔다.

엄마가 놀라서 집으로 달려가면서 "아, 머이야…. 너는 살아야 해…!"라고 소리쳤다. 순간 머이 이모가 떠올랐고, 너무 걱정되었다. 아버지가 책망했다.

"무슨 일? 그냥 울게 놔두고 말이나 해 봐! "

"바 숙모가 포탄에 다쳤어요."

너무 놀라서 나는 아버지를 따라 나루터로 달려갔다. 발이 안 떨어지고 가슴은 쿵쾅거리고 숨이 찼다. 사람들이 동그랗게 둘러싸고 있었다. 아버지가 도착하자 사람들이 길을 열어주었다. 머이 이모는 바 숙모 옆에 죽은 듯이 앉아 있었다. 이모는 머리칼을 풀어헤치고, 저세상을 바라보듯 영혼 없는 눈이었다. 바 숙모는 숨이 멎었다. 포탄이 폭발하면서 온몸에 구멍을 냈다. 가슴에서는 여전히 피가 흐르고 있었다. 강에는 그물이 아무렇게나 떠다니고 있었다.

바 숙모의 장례를 마치고 돌아왔다. 아버지는 심한 충격을 받은 것 같았다. 밤에 밭을 돌아다니다가 연못에 앉아 있기도 했다. 아침에 아버지가 머이 이모에게 말했다.

"숨이 끊기 전에 제수씨는 처제가 아이를 길러주기를 바라고 있었어. 진심인지 아닌지는 모르겠다. 처제가 아이 데리고 우리와 같이 살아야 할 것 같아."

이모가 반쯤 승낙을 했다.

"일단 제가 키울 테니, 나중에 생각해요."

"고마워, 처제."

늦가을, 조금 추웠다.

흐릿한 하늘 속에 두루미 떼가 V자 모양으로 펼쳐져 추위를 피해서 남쪽으로 날아가고 있었다. 마을에는 뜨개질하는 사람들이 더 늘어났다. 할아버지는 두꺼운 옷을 입고 나루터로 나갔다. 공병대는 교각을 하나 더 세웠다. 그들은 자기 지휘관이 머이 이모를 꾀지 못할 거라고 말했다. 이쪽 강가에서 그들은 "머이가 부상병을 보호하려고 방공호 문을 닫았어. 그래서 포탄이 터졌지만, 말라리아에 걸려 머리칼이 빠진 공병은 여전히 살아 있어. 그리고 쯔엉선의 간호사는 파편에 다리를 맞았네."라고 했다. 저쪽 강가에서 그들은 "말라리아에 걸린 꽝 씨는 아직도 앓고 있지만, 결혼하면 틀림없이 애를 낳을 수 있을 거야."라고 했다. 강 가운데 교각을 세우는 병사들은 "꽝 씨는 자신을 구해준 쯔엉선 간호사를 찾아 하루 종일 쩌우강을 누비고 다닌다."라고 했다. 동네 사람들은 머이 이모가 곧 결혼한다는 소문이 돌고 있다고 했다. 그리고 쩌우강 나루터 옆에는 옛 오두막 자리에 '애국자' 집이 지어졌다. 머이 이모가 한숨을 쉬었다. "그날 쯔엉선에서 무슨 약속을 한 것이 아니야. 지금 그는 기사가 되었고, 나는…. 결혼해야 할까?" 그러고 나서 이모는 아이를 재우기 위해 어르기 시작했다.

지휘관의 사랑 얘기가 사실인지 알 수는 없었지만, 병사들은 전설처럼 그 얘기를 퍼뜨렸다. 그러나 과장할 수 없는 진실이 있었다. 쩌우강 나루터 옆에 새로 지은 집에서 자장가가 울려 퍼지지 않는 날은 공병대가 잠을 이루지 못한다는 것이었다.

쩌우강의 밤이었다.

하늘과 땅이 은빛으로 물들었다. 수백만의 별들이 나루에 흩어져 반짝였다. 가난하고 피곤한 시골 마을이 잠에 빠져들었다. 달콤한 풀냄새와 충적토의 짙은 향이 올라오고 있었다. 쩌우강은 깨어 있었다. 파도가 찰랑거리며 옛날 우주의 노래를 웅얼거리고 있었다. 아이를 재우는 머이 이모의 자장가가 밤에 울려 퍼지고 있었다. 쩌우강 나루터에서 나오는 자장가 소리가 멀리까지 퍼져나갔다. 다리를 건설하던 공병들은 순간 용접을 멈추고 귀를 기울였다. 자장가는 처음에는 조용하고, 약하고, 고통스럽지만 나중에는 부드럽고, 맑고, 넓어서 병사들의 가슴에 깊이 파고들었다. 한밤중 자장가 소리와 강의 숨결이 하늘과 땅, 나무와 풀 향기 속으로 스며들었다.

야간열차 Chuyến tàu đêm

외롭고 자그마한 숲속의 역이 어둠 속으로 가라앉고 있었다. 아주 오래되었다. 남자는 오른쪽 팔꿈치를 창문에 기대고 머리를 내밀고 밖을 내다보고 있었다. 기차가 천천히 플랫폼으로 들어섰다. 역무원이 손에 든 신호등이 흔들리고 있었다. 브레이크가 쇳소리를 내며 바퀴에 닿았고, 기차가 멈췄다. 남자의 몸이 브레이크의 관성에 따라 앞으로 쏠렸다가 다시 제자리로 돌아갔다. 졸던 여자가 일어나 알 수 없는 소리로 투덜거렸다. 한밤중이 되었다. 둥글고 빨간 전등이 플랫폼을 비추고 있었다. 옆방에서 하품 소리가 크게 들렸다. 몇몇 행상하는 여자들이 한밤중에도 서로 밀치며 손님을 차지하려고 하고, 세 명의 아이는 오리알과 찹쌀밥을 들고 비집고 다니며 손님을 찾았다. 남자가 과일을 사고는 행상하는 아이에게 물었다.

"여기가 어느 역이니?"

"라하이역이에요. 숲으로 들어가는 입구입니다."

"숲 입구라고?"

"네."

남자는 가슴이 막히는 느낌이었다. 라하이! 그의 기억 속에 깊이 새겨진 이름이었다. 비록 이곳을 지날 것을 알았지만 막상 오게 되니 가슴이 뛰었다. 옛날 이곳은 깊은 산속이었다. 숲이 뒤로 밀려난 것은 아닐 것이다. 그는 돈을 내고 과일을 가방에 넣은 다음, 아내가 누워 있는 침대 옆자리로 올라갔다. 갑자기 여자가 일어나 투덜댔다.

"뭐 하는 거야? 이상해!"

"추워서 잠을 잘 수 없어. 산에 나무가 많이 없어."

"아이고! 이 개 같은 숲이 무슨 매력이 있길래 당신이 계속 고개를 내밀고 기다렸나 모르겠네."

남자는 침묵했다. 그는 뺨에 팔을 괴고, 숲을 덮고 있는 몽롱한 어둠을 바라보았다. 열차 안에서 내다보면 기차가 역방향으로 달리는 것 같았다. 반대편 열차의 창문이 그의 눈앞에 아른거렸다. 잠시 후 그가 타고 있던 기차도 덜컹거리며 움직였다. 그는 벽 쪽에 얼굴을 대고 침대에 누워 담요를 턱까지 끌어올렸다. 여자도 남편을 따라 누워 이마에 손을 얹었다. 아주 신기하게도, 금방 여자의 드르렁거리며 코 고는 소리가 울려 퍼졌다.

한밤중 창문을 통해 들어오는 바람이 좀 차가웠다. 기차 1등칸에는 여자의 향수 냄새와 다이어트용 사탕에서 나오는 사과 향으로 가득했고, 장거리 여행을 위해 준비한 값비싼 음식으로 가득 차 있었다. 여자 옆에 누운 남자는 여자의 규칙적인 코골이를 자연스럽게 듣다가 불쑥 혼자인 자기가 외롭다고 느꼈다. 그는 눈을 감고 아내에 관해 가장 좋은 것들을 생각해 내려고 애썼다. 끔찍한 것은 감정이 그의 뜻대로 되지 않는다는 것이다. 열차는 여전히 계속 달리고 있었다. 아내의 코골이는 수년을 함께 살면서, 밤마다 겪어서 익숙해져 있었다. 그런데 오늘 밤 코골이는 이상하게 다르게 느껴졌고, 계속 깨어 뒤척이게 했다. 그리고 문득 끊임없이 뒤섞이고 겹치는 이미지가 나타났다.

숲에 비가 내렸다. 미친 듯이 시끄럽게 내렸다. 정말 비가 내리는 걸까 아니면 내가 꿈을 꾸고 있는 걸까? 그는 몽롱한 속에서 방황했다. 거친 물길이 숲을 휘감으며 흐르고 있었다. 생나무 가지, 마른 장작, 뿌리째 뽑힌 대나무 조각이 홍수를 이루며 함께 밀려가고 있었다. 그 어떤 날카로운 것이 옆구리를 찌른 것처럼 아팠다. 빗줄기. 둥둥 떠 있는 느낌. 그는 자기가 깊은 절벽으로 떨어지고 있다는 것을 알았다. "돈…. 돈…. 돈가방…." 그가 비명을 질렀지만 그를 구하러 오는 사람은 아무도 없었고, 그의 비명은 홍수와 빗속으로 가라앉았다. 물속에 잠기고, 숨이 막혔다. 그러다 조금 편안해지는가 싶더니, 자신이 물 밖으로 나온 물고기가 된 것 같은 기분이 들었고, 호흡이 점점 약해지면서 몸이 굳어져 갔다.

의식이 희미해지고 아련했다.

밭을 감시하는 오두막 한가운데서 불이 깜박였다. 불은 따뜻하고 연기 냄새가 났다. 그의 눈앞에 희미하게 한 소녀가 나타났다. 아주 어린 소녀였다. 그는 억지로 눈을 떠서 바라보았다. 자신이 이상한 곳에 있다는 것을 알았다. 그 소녀는 그를 향해 앉아, 철모에 뭔가를 끓이면서 옷을 말리느라 분주했다. 소녀가 밖을 내다보는 것인지 아니면 일어섰는지 모를 동작과 함께 문이 열리는 소리가 들렸고 형체를 알 수 없는 늙고 주름지고 아주 신기한 얼굴이 아른거렸다.

그는 이 지경에 이르기까지 무슨 일이 일어났는지를 빠르게 생각해 보았다. 병참부대에서 돈을 받았다. 세 사람이 바구니에 나누어 담았다. 정찰병을 만났다. 싸움이 벌어졌다. 한 사람이 죽었다. 비가 왔다. 그리고 홍수에 휩쓸렸다.

그리고 그는 자신이 마치 일본 스모 선수가 입는 마와시와 같은 동코를 입고 있으며, 속옷으로 만든 붕대를 옆구리에 감고, 연기 냄새가 밴 천을 덮고 있다는 것을 알았다. 그가 깨어났고, 옆구리를 누가 칼로 찌른 것처럼 아팠다.

소녀가 일어나서 말린 옷을 벽에 걸었다. 어깨를 드러내고 있었다. 가늘고 긴 팔과 로오 시냇가에 핀 정향꽃 색을 띤 불빛 때문에 얼굴이 불그스레했다. 소녀가 그가 누워 있는 곳으로 다가왔다. 한 손으로 치맛자락을 무릎 위로 끌어 올려 동그란 종아리가 드러났고, 한 손으로는 넓은 이마 한쪽을 가리고 있던, 자연스럽게 흘러내린 곱슬머리를 쓸어올렸다. 당황한 듯 거친 눈은 크고 둥글었다. 소녀의 차가운 손이 그의 이마에 닿았다. 그제야 그는 자기 몸에 열이 있다는 것을 알았다. 난생처음 자기 몸에 소녀의 손이 닿았다. 그는 마음속으로 눈물을 흘렸다. 그 손에는 애지중지하는 여동생, 착한 누나의 온화함, 어머니의 따뜻함이 묻어 있었다. 그는 일부러 조용히 눈을 감고 소녀가 오랫동안 돌봐주기를 바랐다. 그리고 다시 혼수상태에 빠졌다.

혼미한 상태에서 그는 Z 물품 창고에 있는 자신을 발견했다. Z 물품이란 창고 한구석에 높고 튼튼한 진열대에 놓인 납으로 봉인된 주석으로 용접한 양철 상자이다. 창고라고 불렀지만 실제로는 좀 어둡고 돌로 된 자연 동굴이었다. 사람들이 손전등을 Z 물품에 비추고, 양철 상자를 열었다. 파랗게 표시된 상자에는 파란 달러가, 붉은색 표시가 된 상자에는 붉은 달러가 들어 있었는데, 이 붉은색 달러는 미군이 전쟁터에서만 사용하는 달러였다. 그리고 검은색 상자에는 캄보디아의 리얄이 들어 있었고, 그리고 갈색 상자에는 응웬반티에우 괴뢰 정권의 화폐가 들어 있었다. 전쟁 때 이것을 아는 사람이 별로 없었다. 그렇게 아주 특별한 물품인 Z 물품은 불과 두세 시간 만에 처리되고 마치 보관한 적이 없었던 것처럼 창고는 텅 비었다. 나중에 알게 된 것은 북베트남 사람들이 애써 모은 금을 여러 경로를 통해서 바꾼 돈으로, 남부로 가져가려는 것이었다. 돈을 상자에 넣어 559번 라인을 통해서 최종 목적지로 보내고, 각 전선과 성 부대에 지급되었다. 이 돈은 각 부대의 경제팀이 양곡과 식품, 약품과 무기 등을 구매하는 데 사용하는 것으로, 도시로 가져가서 남베트남 정부의 돈으로 바꾼 다음 남부 해방군 근거지로 가져왔다. 그는 단지 돈을 받아서 성 부대로 가져다주는 경제팀 세 사람 중의 하나였을 뿐이었다. 적군이 밀집한 라하이에서 뚜이화로 내려가야 했고, 전투가 치열했기 때문에 그의 부대는 우선하여 남베트남 돈을 직접 받았다. 그러면 돈을 바꿔서 가져오는 수고를 덜 수 있었기 때문이었다. 돈이 든 배낭 세 개를 지키는 세 명이 한 팀으로 움직였다. 전쟁 중에 화폐를 운반하는 길은 험난하며 아주 힘들었고, 땀으로 얼룩졌다. 때로는 피와 눈물로 대신할 정도였다.

너무 아팠다. 옆구리 통증으로 그가 다시 깨어났다.

"아, 군인이 깨어났어요!"

소녀는 너무 기뻐서 소수 종족의 말로 소리쳤다. 그리고 자신이 너무 호들갑을 떤 것처럼 느꼈는지 자기 자리에서 머뭇거렸다. 그녀는 어쩔 줄 몰라 하며 그를 일으켰다.

"여기가 어디지?" 그가 소수 종족의 말로 물었다.

"당신은 우리 오두막에 있어요."

그는 약간의 부끄러움을 느꼈다. 조금의 낯섦과 놀라움이 스쳐 지나갔다. 군인들을 위한 양곡과 식품을 이곳 주민들과의 구매, 교환하는 일을 통해서 그는 이 지역 소수 종족의 언어를 꽤 할 수 있었다. 그는 초기의 어색함에서 벗어나, 주위를 둘러보다가 불빛 사이로 오두막을 분명하게 볼 수 있었다. 사방에 대나무 벽이 있고, 가운데에는 불을 피우는 부엌이 있었는데, 마른 대나무 장작이 탁탁거리며 타고 있었다. 구석에는 문양이 새겨진 치마 몇 개와 고무줄총 그리고 무엇인가 가득 찬 마대가 걸려 있었는데, 아마도 옥수수와 쌀일 것 같았다. 너무 엉성하고 단출했다. 그가 이 오두막에 누가 또 있는지 묻기 전에 소녀가 김이 모락모락 올라오는 박하 향이 나는 따뜻한 죽사발을 내왔다.

몇 군데 법랑이 벗겨진 군용 밥그릇과 알루미늄 수저는 그에게 너무나 익숙했다. 그는 도움을 주기 위해 팔을 뻗었다가 가늘고 부드럽고 따뜻한 소녀의 손과 부딪혔다. 그리고 그는 고마움 가득한 눈으로 소녀를 바라보았다. 천천히 그리고 조용히 죽을 먹었다. 향기로운 박하 향이 코로 스며들었고 그는 순간 몸을 떨었다. 밖에는 비가 쏟아지고 있었다. 가끔 차가운 돌풍이 벽 틈새로 불어왔다. 소녀가 없었다면 찬비가 내리는 인적 없는 광활하고 황량한 숲속에서 상처를 입은 그의 운명이 어떻게 되었을지는 알 수 없었다.

식사를 마친 그는 벽에 등을 기대고 앉았다. 그는 입술을 꽉 다물고 눈을 감고 엉덩이를 들어 소녀가 상처를 닦아내도록 했다. 붕대를 감기 전에 사람들은 보통 나뭇잎을 씹어서 상처에 발랐다. 소녀가 상처에 덧댄 나뭇잎을 걷어내자 아직도 상처에 흙과 나뭇잎이 남아 있었다. 대나무에 찔린 상처는 깊지 않았지만, 길이가 길었다. 그도 누가 붕대를 감았는지 몰랐다. 붕대를 감았다기보다는 그냥 묶었다는 표현이 정확했다.

덧문이 닫히는 소리가 났다. 그는 눈을 떠보았지만, 몇 개의 파란 잎이 덧문 틈 사이로 보일 뿐이었고, 형태가 뚜렷하지 않은 한 손이 보였다. 그는 자기의 눈을 믿을 수 없었고, 그저 소녀가 일어나서 덧문을 열고 밖으로 나가는 것만 보았다. 분명히 누군가가 밖에 숨어 있는 것이 틀림없었다. 그는 걱정스러웠지만, 소녀가 자신을 아주 정성스럽게 돌보아 준 것을 떠올리며 어느 정도 안심하고 있었다. 잠시 후, 그녀는 야생의 커다란 바나나 잎을 머리에 쓴 채 돌아왔다. 어깨와 머리카락이 모두 비에 젖어 있었고, 손에는 이름 모를 나뭇잎을 한 움큼 들고 있었다. 그는 물어보려 했으나, 그녀의 커다랗고 동정 어린 눈을 보고 멈췄다. 소녀는 이미 잘게 씹어 놓은 잎을 그의 상처 위에 얹어주었고, 그는 시원하고 편안한 느낌을 받았다.

마지막 남은 밤에는 그가 편안하게 잠들 수 있다고 생각했다. 그런데 대략 반 시간 만에 갑작스러운 말라리아 열이 찾아왔다. 몸속에서부터 추위가 올라오고, 밖에서도 추위가 스며드는 느낌이 번갈아 계속해서 찾아왔다. 이가 부딪쳐 딱딱거렸다. 그는 이가 혀를 깨물까 봐 두 이를 꽉 물고 신음했다. 소녀는 그에게 덮어줄 수 있는 거라면 모두 꺼내 덮어주었지만, 추위는 여전히 가시지 않았다. 그녀는 낡은 치마, 옷, 목도리 등 그를 조금이라도 따뜻하게 해줄 수 있는 모든 것으로 덮어주었다. 그러나 그가 누운 대나무 침상은 여전히 덜덜 떨렸다. 결국 소녀는 입술을 깨물며 대나무 침상의 한쪽 끝을 조금씩 조금씩 불가로 옮겨 그를 따뜻하게 했다. 그리고 그의 몸 위에 덥힌 천 조각, 자루, 목도리, 치마가 난로에 떨어지지 않도록 옆에서 지켜보았다.

다음 날 오후가 되어서야 그는 완전히 정신을 차렸다. 그가 깨어나 보니 소녀 옆에 누워 있었고, 그녀의 팔이 그의 가슴을 꼭 껴안고 있었다. 소녀의 피부에서 나는 향긋한 냄새와 그녀의 머리카락에서 나는 향긋한 잎의 냄새가 그의 어깨와 목에 닿았다. 그는 지난밤에 무슨 일이 있었는지 떠올리려고 했지만, 도무지 기억할 수 없었다. 그의 머릿속에는 말라리아 열에 시달리며 몸부림치고 다리와 팔을 휘저으며 소리만 질렀던 순간들이 어렴풋이 떠올랐다. 그러다가 무엇인가 무겁고 따뜻한 것이 그의 몸 위에 올라와 그를 누르고 그의 팔을 단단히 붙잡았던 느낌이 있었다. 그는 열에 시달리며 때로는 희미하게 꿈을 꾸기도 했고, 때로는 목에 늘어진 머리카락과 뜨거운 얼굴에 닿는 낯선 숨결을 어렴풋이 인식하기도 했다. 그는 분명히 기억을 되살리기에는 충분하지 않았지만, 밤의 나머지 시간에 무슨 일이 일어났는지 짐작할 수 있었다. 그는 오두막의 창문을 바라보았다. 밖에는 비가 그쳤다. 해가 지고 있었고 마지막 햇살이 판자 틈 사이로 비치며 밝은 줄무늬를 만들고 있었다. 상처는 여전히 아프지만, 그는 기분이 이상하게도 상쾌했다. 그는 소녀의 팔을 그대로 가슴 위에 두고, 소녀의 향긋한 냄새와 그녀의 피부에서 나는 향을 느끼며 그 순간을 즐겼다.

"똑똑…. 똑 똑똑…. 손님!"

문밖에서 노크 소리와 다급하게 부르는 소리에 깨어났다. 그것은 옛날 추운 비가 내리는 산속에서 고산족 소녀의 부름이 아니라 차장의 소리였다. 이윽고 옆방에서 졸린 듯 쉰 목소리로 웃고 이야기 하는 소리가 들렸다. 여자 차장이 문틈으로 얼굴을 내밀며 말했다.

"세상에, 주무시면서 왜 그렇게 소리를 지르셨어요?"

그는 한숨을 쉬며 완전히 깨어나 말했다.

"긴 여정입니다. 기차가 흔들리네요. 피곤해서 잠결에… 죄송합니다."

"몇 년 동안 기차에서 일했지만, 오늘 밤 같은 경우는 처음이에요. 다시 주무세요. 그리고 가슴에 손을 올리지 말고요."

정말로 그는 방금 갑자기 떠오른 회상 속의 이미지들을 놓쳐버린 것이 아쉬웠다. 옛날 그 소녀의 머리카락에서 나는 레몬그라스 향기와 짙고 부드러운 살결 냄새가 여전히 주변에 떠도는 것 같았다. 그 느낌이 깨어 있는 그를 찾아와 꿈속으로 이끌었다. 문득 옆에서 너무 크게 코를 고는 무감각한 아내를 보며 얼굴을 찌푸렸다. 차장이 부르는 소리도 문 두드리는 소리에도 나 몰라라 하는 듯한 아내였다. 그는 현대 기술로 만든 여성용 향수 냄새와 일등석 객실에 가득한 다이어트 사과 향 사탕 냄새에 코를 찡그렸다. 이번에는 살며시 아내를 안쪽으로 밀어 넣고 그는 침대 끝에 앉아 팔꿈치를 기차 벽에 기대고 창문 밖을 내다보았다. 밖은 여전히 캄캄했다.

다음 날이었다.

그는 빠르게 건강을 회복했다. 물이 모두 빠졌다. 계곡의 양 둑에는 여전히 풀, 나뭇가지, 썩은 나무 등 쓰레기가 가득했다. 몸이 여전히 힘들었지만, 그는 소녀와 함께 계곡을 따라 덤불과 바위틈을 뒤져 가며 돈이 든 배낭을 찾으려 했다. 홍수에 휩쓸리고, 대나무에 찔리고, 또는 배낭이 날카로운 바위에 부딪혀 찢어져서 어디론가 흩어졌거나 묻혀 있을 수도 있었다. 그는 몸을 기울여 커다란 고목의 구멍을 들여다보았다. 그곳에는 사람 냄새, 야생동물 냄새, 그리고 곰팡내가 뒤섞여 있었다. 나무가 썩고 물이 스며들어 구멍이 더 커졌고, 사람이든 야생동물이든 긁거나 파내어 구멍이 꽤 매끈해져 있어서 비와 햇빛을 피할 수 있었다. 그는 누군가의 잇자국이 있는 몇 개의 삶은 옥수수도 보였다. 아마도 소녀의 오두막에서 야생동물이 훔쳐 먹었을 것이다. 그는 나무 구멍 구석에 남자용 허리띠가 걸려 있는 것을 보고 이상하게 여겼다. 호기심에 구멍 안으로 깊숙이 들어가 보려 했지만, 소녀가 급히 그를 끌어냈다. 소녀의 눈은 놀람이 가득 찼지만, 그는 여전히 의심을 거두지 못했다.

하루 종일 돈이 든 배낭을 찾지 못하자 그는 매우 걱정스러웠다. 게다가 그는 누군가가 자신을 피하면서도 근처에서 얼쩡거리고 있는 것 같은 느낌이 들었다. 그 소녀의 남편일까? 아니, 남편이라면 자기 아내를 낯선 남자와 밭을 지키는 오두막에 두고 가지는 않을 것이다. 그는 소녀가 아직 결혼하지 않은, 순수한 사람인 것을 직감으로 알 수 있었다. 소녀의 아버지일까? 그것도 아니었다. 소녀는 아버지가 마을에 있다고 말했기 때문이다. 그렇다면 누구일까? 무엇일까? 군인의 직감으로, 그는 경계할 필요가 있다는 걸 알 수 있었다. 그러나 소녀는 여전히 평온하고 천진난만해 보였다. 그녀의 평온함이 그를 어느 정도 안심시켰다.

때로는 쉬면서, 때로는 배낭을 찾으면서 그는 그녀와 대학 재학

중에 입대하게 된 이야기, 쯔엉선산맥을 넘던 날들, 그리고 밤마다 우유꽃 향이 가득했던 하노이의 응우옌 주 거리에 관한 얘기를 나눴다. 소녀는 히엔 마을과 그곳의 숲에 관해 얘기했고, 그는 그녀의 이름이 흐링이라는 것을 알게 되었다. 그녀의 히엔 마을은 깊은 원시림 속에 있어서 밭을 지키는 오두막에서 마을까지 가는 데 두 시간이 걸렸다. 전쟁은 마치 어디론가 숨어버린 듯, 아직 이곳에는 닥치지 않았다. 몇 년 전에는 가끔 그녀의 마을을 지나가는 몇몇 연락 부대들이 있었다. 그녀는 그들도 그처럼 베레모를 쓰고 있었다고 했다. 흐링에게 유일한 가족은 아버지뿐이라고 했다. 지금은 옥수수 수확 철이라 오두막에서 지내고 있다고 했다. 가끔 그녀는 어설프게 알아듣기 힘든 베트남어를 섞어 말했고, 그때마다 웃었는데, 아주 귀여웠다. 그는 그녀에게 자신이 부대로 바로 돌아가야 한다고 말했다. 폭우와 홍수가 휩쓸고 지나가면서 더 이상 돈이 든 배낭을 찾을 희망이 없었다. 흐링은 이 계곡물이 라하이강으로 흘러간다고 했다. 그래서 이 계곡을 따라 내려가면 성 재무 담당 부대로 돌아갈 수 있다고 했다.

이별 전날 밤, 달이 떠 있었다.

그와 그녀는 초저녁부터 함께 화롯가에 앉아 있었다. 하고 싶은 말이 많았지만 계속 침묵을 지켰다. 서로를 마주보다, 불을 바라보고, 다시 눈을 감고 여러 가지 생각에 잠겼다. 그는 자신이 더 이상 자기 같지 않다고 느꼈다. 고개를 들었을 때, 그의 어깨에 기대고 있던 흐링이 보이지 않아 깜짝 놀랐다. 분명 흐링은 그의 곁에 앉아 이별 앞에서 울고 있었다. 그녀의 검은 머리칼에서는 응앙 나뭇잎 향이 났고, 그의 목을 감싸며 어깨 위로 흘러내렸다. 그가 떠나야 한다는 사실 때문이라면 흐링에게 함께 가겠느냐고 물었고, 그녀는 아무 말 없이 눈에 눈물만 맺은 채 한숨을 쉬고 조용히 고개를 저으며 갈 수 없다고 말했다. 아버지 때문이었다. 그렇다면 그녀는 어디로 갔을까? 그는 행복에 취해, 꿈속에 빠져 혼미해졌다…. 그는 벌떡 일어나 그녀를 찾으러 갔다.

라하이 산속은 보름달이 떴다. 3월의 보름달이었다. 며칠 전 산에 내린 비가 하늘을 더 맑고 깨끗하게 닦아 놓은 듯했다. 달은 선명하게 빛났다. 산바람은 나뭇잎을 살랑살랑 흔들기에 충분했다. 나뭇가지 위의 벌집들이 술렁거리고, 일벌들은 윙윙거리며 날개바람으로 꿀을 말리고 있었다. 꽃가루와 야생 벌꿀의 향기가 가득했다. 물이 줄어든 계곡물은 잔잔히 흐르고, 급경사의 바위에 부딪힐 때만 물이 부서지며 하얗게 흩어졌다. 달빛 아래, 계곡은 거대한 녹색 숲속에 하얗게 구불구불 이어진 작은 비단 띠처럼 보였다. 그는 달밤의 신비한 아름다움에 넋을 잃고 바라보다가 문득 흐링이 밤에 목욕하는 것을 보게 되었다. 아니, 흐링은 이미 목욕을 끝마쳤다. 그녀는 계곡 한가운데 우뚝 선 큰 바위 위에 서 있었다. 그는 눈을 감았다. 다시 눈을 떴다. 옥처럼, 상아처럼 그녀의 몸이 달빛에 젖어 있었다. 부드럽게 굽은 곡선과 잘록한 허리, 봉긋한 두 개의 노란 어린 배처럼 둥근 가슴. 그녀는 하늘을 바라보며 두 팔을 뒤로 돌려 풍만한 가슴을 높이 올려 달빛에 반짝이게 했다. 그녀는 머리칼을 뒤로 흩날리고 있었고, 그는 무심결에 "숲속 달빛 아래의 무희 신상"이라고 내뱉었다. 그녀는 아무것도 듣지 못했다. 그녀는 빨리 말리기 위해 머리칼을 훑어내며 풀어헤치니 수많은 작은 물방울이 마치 이슬처럼 나뭇잎 위에, 그의 얼굴, 목, 어깨 위로 떨어졌다…. 오, 하늘이여! 달빛에 반짝이는 팽팽한 가슴. 그는 자신을 억제하지 못하고 한 걸음, 두 걸음 앞으로 나아갔다….

그가 부대로 돌아왔을 때, 마침 화폐 운반조 대원인 그와 또 다른 한 사람을 위한 추도식이 열리고 있었다. 세 개의 배낭 중 어느 것도 무사히 도착하지 못했고, 대원 가운데 한 명은 돌아오지 못했다. 너무 큰 손실이었다. 전쟁은 그런 것이다. 그와 생존한 동료는 며칠 동안 휴식을 취한 후, 다시 예전 업무에 배치되었다. 조직은 여전히 그들을 신뢰하고 있었다.

그들은 마지막 전투에 돌입했다. 군대는 빠르게 이동했다. 낮에도 밤에도 계속 이동한 끝에 그의 부대는 평야에 도착했다. 그는 뚜이호아 공격 부대에 배속되었다. 해방된 후, 그는 그곳에서 군사 행정을 맡았다. 해방 초기의 업무는 무슨 일인지도 모르는 일까지 처리하며 너무나 바빴다.

일에 몰두하던 그는 어느덧 2년이 지나 제대한 후 북부로 가서 대학에 복학하게 되었다. 그는 그해 3월의 보름달 밤을 절대 잊지 못한다. 부상을 당하고, 열이 올라 오두막에 누워 있었던 날들을 잊을 수 없었다. 북부로 떠나기 전에, 그는 히엔 마을의 숲을 찾아 흐링을 만나러 갔다.

여전히 오래된 계곡이었다. 여전히 예전의 숲이었다. 그는 옥수수 바구니를 메고 밭에서 오두막으로 돌아오는 흐링을 다시 만났다. 둘은 바구니를 내려놓을 겨를도 없이 서로를 껴안았다. 옥수수 향기, 나뭇잎 향기, 그녀의 살냄새가 느껴졌다. 헐떡이며 급하게, 두 사람은 더욱 세게 서로를 끌어안았다. 마치 천 번의 보름달이 지고 다시 떠오르며 만난 것 같았다. 흐링의 눈물이 그의 어깨를 적셨다. 침묵과 침묵. 그 순간은 어떤 말도 사족이고, 무의미했다.

그러다 갑자기 흐링이 울음을 터뜨렸다. 그는 그녀를 달래며 말했다. "우리 이제 다시 만났잖아, 울지 마." 하지만 흐링은 더욱 크게 울었고, 손으로 눈물을 닦아내느라 얼굴이 엉망이 되고, 관자놀이 주변까지 젖었다. 그녀는 마치 큰 억울함을 당한 것처럼, 마음속 깊은 곳에 감추어 둔 고통이 터져 나온 것처럼 울었다.

옥수수밭에서 오두막으로 돌아오는 길에 흐링은 다시 기쁜 얼굴로 활짝 웃었다. 눈물 한 방울 보이지 않았다. 그녀는 젊고 순수했으며, 오랜만에 엄마를 만난 아이처럼 웃고 떠들었다. 그녀는 그의 어깨에 기대어, 애교를 부리며 말했다. 매일 밤, 달이 뜰 때마다 당신을 생각했다고….

몇 번이나 그는 자신에게 물었다. 만약 그날 오후에 고목의 구멍에서 그 노인을 만나지 않았다면 그의 인생과 흐링의 인생은 어떻게 되었을까? 다른 길로 접어들었을까? 아니면 지금과 같았을까? 그는 옥수수밭에서 오두막으로 돌아오는 길에, 고목 구멍 옆에 앉아 뭉툭하게 잘리고 남은 두 개의 손가락으로 잔디 위에 말린 돈을 하나씩 집어 배낭에 넣고 있던 노인을 만났다. 배낭 덮개와 두 어깨끈에 그의 이름이 적혀 있었다. 자기 배낭을 가지고 있는 몸이 성치 않은 노인이 그는 놀랍고 두려웠다. 그 노인은 보통 사람과 달랐다. 얼굴은 울퉁불퉁하고, 흰 비늘이 섞인 붉은 반점이 군데군데 있었다. 왼손과 발가락은 거의 잘려져 있었고, 염증이 생겨 있었다. 오른손은 두 마디만 남아 마치 뼛조각처럼 튀어나와 있었다. 노인은 영혼 없고 빛이 바랜 눈으로 그를 바라보았다. 흐링도 놀라서 얼굴이 창백해졌다.

그날 밤, 흐링은 울면서 그에게 모든 일을 털어놓았다. 그녀의 어머니는 돌아가셨고, 아버지는 나병에 걸렸다고 했다. 히엔 마을에서는 나병에 걸리면 공동체에서 쫓겨나기 때문에, 흐링과 그녀의 아버지는 마을을 떠나 멀리 떨어진 곳에서 농사를 지으며 서로를 돌봐야 했다. 그들은 오두막을 지었고, 아버지는 병이 심해질 때마다 나무 구멍을 넓게 파서 그곳에서 지냈다. 흐링과 그녀의 아버지가 숲속에서 비바람에 떠밀려 다니던 그를 구해준 것이다. 그때 그는 직감했다. 흐링의 아버지는 그녀와 조난당한 사람을 멀리서 지켜보며 감히 모습을 드러내지 못했다. 배낭에 담긴 돈은 그가 떠난 지 며칠 후에 흐링의 아버지가 나무 덤불에서 발견했다. 홍수에 떠밀려 나무에 걸린 것이었다. 흐링과 아버지는 배낭을 열어 돈을 꺼내 말리고 그가 돌아올 날을 기다렸다. 하루, 한 달, 석 달, 넉 달, 그리고 몇 년이 지나도록 그를 기다렸다. 흐링의 아버지는 습기에 돈이 상할까 봐 가끔 돈을 꺼내 말리곤 했다.

"죽순이 몇 번이나 새로 돋고 나서야 당신이 돌아왔어요. 아버지와 저는 당신에게 그 배낭을 온전히 돌려줄 수 있게 되었어요." 흐링이 기쁘게 말했다.

"흐링, 난 이제 그 돈을 받지 않을 거야." 그는 울지 않았는데, 눈물이 흘러내렸다.

"군대 것이잖아요. 그러니 가져가야 해요." 흐링이 또렷하게 말했다.

"흐링, 해방된 지 2년이 넘었어. 정부도 이미 화폐 개혁을 했어. 이제 이 배낭에 든 구정권의 돈은 숲의 나뭇잎보다도 가치가 없어."

흐링은 잠시 멍하니 있다가 한숨을 쉬며 말했다:

"아이고! 가끔 비행기가 머리 위로 지나갈 때마다 저는 아직도 전쟁이 계속되는 줄 알았어요. 아버지도 그걸 모르고, 매달 돈을 꺼내 말렸어요."

그는 더 이상 아무 말도 할 수 없었고, 그저 흐링을 가슴에 꼭 껴안았다. 그의 마음은 절절한 감정으로 가득 차올랐다가 가라앉았다. 그들은 여전히 오두막의 불 옆에 함께 앉아 있었다. 몇 년 전의 이야기를 다시 나누었다. 흐링은 그의 곁에서 기쁨과 슬픔 사이를 가로질렀다. 때로는 마치 하늘에서 갑자기 떨어진 행복에 넋을 잃은 듯 멍하니 있었고, 때로는 이유도 모른 채 슬픔에 잠기고 한숨을 쉬었다. 그는 흐링의 크고 둥글며 야생적인 눈 속에 잠시 맺힌 막연한 두려움을 알아차렸다.

이윽고 그와 흐링은 다시 서로를 감싸안았다. 그녀의 몸은 뜨겁게 달아올랐고, 숨결은 거칠어졌다. 그녀는 그의 품에 완전히 자신을 맡겼다. 그의 몸도 뜨겁게 달아올랐다. 그는 그녀를 들어 올려 대나무 침상에 눕혔다. 그는 그녀의 옷을 끌어 내리고, 뜨겁게 달아오른 그녀의 가슴에 얼굴을 묻었다….

갑자기 오두막 밖에서 마른 나뭇가지가 떨어지는 소리가 들렸다. 그는 문득 정신이 들었다. 잘린 손가락과 발가락, 그리고 붉은 반점이 뒤섞인 피부를 가진 노인이 그의 머릿속에 다시 떠올랐다. 그의 몸은 힘이 빠져 대나무 침상에 풀썩 쓰러졌다. 흐링은 얼굴을 손으로 감싸고 벽 쪽으로 몸을 돌리며 흐느꼈다. 그녀는 마치 한 번도 울어본 적 없는 사람처럼 울었다.

그가 눈을 떴을 때, 햇빛이 나뭇잎 사이로 비쳐 들어오고 있었다. 오두막은 텅 비어 있었다. 흐링도, 군용 법랑 그릇도, 알루미늄 숟가락도, 칼도, 새총도 보이지 않았다. 그녀의 옷과 치마도 사라져 버렸다. 그의 옆에는 이전에 돈을 담아 두었던 배낭이 단단히 묶여 있었다. 그는 황급히 계곡으로 달려갔다. 위아래로 뛰어다니다 고목이 있는 곳으로 갔다. 나무 구멍은 텅 비어 있었고, 아직도 약간의 사람의 흔적만 남아 있었다. 그는 나무 밑에 철퍼덕하고 쓰러졌다. 그의 등에는 돌멩이와 산 개미가 있었다. 그는 몸이 녹초가 되어 짙푸른 나뭇잎들을 올려다보며, 마음속에 말할 수 없는 고독과 허전함이 가득 차오르는 것을 느꼈다.

그 후, 다시 히엔 마을 숲으로 돌아갈 기회가 없었다.

길은 멀고 험난했다. 학업과 과제는 끝이 없었고, 졸업 후에는 일에 몰두했다. 그는 결혼했고, 아이도 생겼다. 때로는 잊고, 때로는 기억하며 전쟁의 시간을 보냈고, 흐링의 모습이 떠오를 때마다 잠을 이루지 못했다. 부상을 당하고, 말라리아에 걸려 오두막에 누워 있던 날들과 돈을 말리고 있던 병든 노인의 모습이 그의 삶을 계속 괴롭혔다.

아침이 밝았다. 그는 하얗게 밤을 지새웠다. 기차가 다시 덜컹거리며 멈췄다. 냐짱역에 도착했다. 내리는 사람들은 짐을 챙기느라 분주했다. 그의 아내도 깨어나 그에게 이번 역에서 내려야 한다고 재촉했다. 그녀가 말했다.

"여보, 어젯밤처럼 푹 잔 적이 없었어요."

옛날 숲 입구 Ngày xưa, nơi đây là cửa rừng

사람들은 '아내와 남편이 서로 다투거나 화를 낸 뒤에, 서로 다른 방식으로 대응한다'라고 말한다. 어떤 이는 눈물을 먼저 보이며 크게 울고, 끊임없이 "아, 나는 왜 이렇게 불행할까?"라고 말하거나, 어떤 이는 냉담하고 비협조적인 태도를 보이며, 무얼 물어도 대답하지 않고, 불러도 응답하지 않으며, 밤에 침대에 올라가서는 남편이 먼저 화해하길 기다린다. 또는 삼종을 덕목으로 삼아 순종하며, 평생 남편에게 굽히고, 하인처럼 남편을 섬기며 그저 평온하기만 바란다….

나는 그런 여성 중 하나가 아니다. 나는 남편에게는 매우 편하지만은 않은 습관을 지니고 있다. 매번 화가 나면, 나는 내 집 바깥에서 평화를 찾으려고 도망친다.

남편한테 삐져서 혼자서 공연장에 갔다. 가장 구석진 자리에 앉아 사람들이 무대에서 삶을 연기하는 걸 봤다…. 남편한테 화나서

거리를 방황했다. 대학 시절 친구들을 떠올리면서 기억을 더듬었고, 나를 좋아했지만 이루어지지 않았던 남자애들을 생각했다. 시간이 과거로 되돌아가길 바라면서, 첫사랑의 기억이 그리워서 마음이 아팠다. 난 남편을 배신했다, 비록 생각으로만 했지만. 어쩔 수 없잖아! 남편의 모습은 점점 희미해지고, 첫사랑은 점점 더 생생하게 떠올랐다. 그 순간, 나 진짜로 싱이 너무 그리웠고 첫사랑이 아쉬웠다….

아! 인생이여! 왜 이렇게 불공평한가? 하늘은 나에게 착한 남편을 주었지만, 내게 팔베개 해줄 첫 남자에게 마음이 움직이는 사랑을 주지 않았다. 나는 그림자를 쫓고, 멀리 있는 행복을 찾아 헤맸지만, 한 번도 그 행복을 붙잡지 못했다. 많은 순간 나는 가슴 속에서 깜짝 놀라며, 하늘을 향해 그렇게 외쳤다. 행복이란 매우 추상적인 것이며, 너무 멀리 있는, 야생의 바람처럼 느껴질 뿐이며 결코 붙잡을 수는 없었다. 친구들은 내가 감수성이 많고, 과거에 연연하며, 너무 복잡하게 산다고 말했다. 행복이 바로 옆에 있음에도 불구하고, 나는 그것을 잡지 못하고, 옛날의 무형의, 멀리 있는 것만을 아쉬워했다.

나는 다시 남편에게 화가 났다. 친정으로 가자! 엄마에게 돌아가야지. 친정으로! 내 집 밖에서 평온을 찾는 해법이다.

***

나는 셉역에서 하차했다.

혼자서 가방 하나 메고, 나는 해가 산 너머로 지는 시간에 에오밧 고개를 오르고 있었다. 산속의 황혼은 매우 빨리 찾아온다. 산바람은 시원하게 불어오고, 고개의 양쪽으로 갈대와 덤불이 바람에 흔들리며 소리내고 있었다. 에오밧 고개는 깊게 갈라져 있었다. 바위들이 깎여 내려가 큰길이 만들어졌다. 나는 고개의 옛 모습을 떠올리려 애썼다….

예전 이곳은 숲의 입구였다.

일요일이면 나는 엄마를 따라 산에 가서 삐비풀을 베서 가잉에 메거나, 마를 캐서 질통에 지고 에오밧 고개를 넘어 집으로 돌아오곤 했다. 고개의 양쪽에는 성벽처럼 우뚝 솟은 산들이 있었고, 그 사이로 작은 오솔길이 나 있었다. 오솔길은 황갈색의 흙과 자갈로 이루어져 있고, 돌로 된 험한 지형을 따라 구불구불 이어졌다. 고개 꼭대기에 서서 위를 올려다보면 푸른 하늘밖에 보이지 않았다. 숲의 입구이자 바람의 입구였던 곳은 일 년 내내 산바람이 세차게 불었다. 길가에는 오래된 떡갈나무 한 그루가 서 있었다. 산속에서 일하는 나무꾼들은 이 떡갈나무 아래에서 쉬며 산속으로 들어가거나 산에서 내려오는 힘을 얻곤 했다. 지금도 그 떡갈나무는 여전히 그곳에 있으며, 거친 나무뿌리와 이끼 낀 나무껍질을 가지고 있다. 그 오래된 떡갈나무는 나와 싱의 젊고 열정적이던 순간들을 지켜보았고, 숲 입구에서 일어나는 모든 변화를 목격해 왔다.

덤박 호수와 초원은 고개 이쪽에 있었다. 고개 저쪽에는 끝없이 이어지는 초록의 숲이 펼쳐져 있었다. 내 고향은 산악과 평지가 만나는 지역이다. 에오밧 고개 위쪽은 남동쪽으로 뻗은 땀디엡산맥의 일부인 산과 언덕이 있다. 에오밧 고개 아래쪽에는 초원이나 논 사이에 드문드문 서 있는 언덕이나 산이 있다. 벤쩌우강과 붓강을 건너야 비로소 바다로 이어지는 평야가 나온다. 내 고향인 쏨누이 마을은 덤박 호숫가에 자리 잡고 있으며, 바로 초원 옆에 있는 작은 마을이다. 쏨누이 마을에는 대략 스무 채의 집이 있으며, 흙으로 지은 벽과 억새나 짚으로 지붕을 덮은 집들이 있다. 덤박 호수 건너편에는 꼰주어(거북이) 언덕과 로보이(석회로) 산, 그리고 에오 밧 고개 아래에 므엉족 마을이 몇 개 있었다. 므엉족 사람들은 대나무로 지은 고상 가옥에 살고, 지붕은 억새로 덮었다. 마루 밑에는 돼지, 닭, 소, 염소, 말들이 자유롭게 돌아다니고, 잠도 잤다. 건기에는 들판이 황량해져 불씨 하나로도 쉽게 불이 붙었다. 우기에는 길마다 방목된 가축들의 발자국이 가득했다. 쏨누이 마을 사람들은 주로 물소를 키우고 벼를 재배하며 가끔 산에 간다. 반면에 므엉족 마을 사람들은 산에 가서 일하고, 염소와 말을 키우며 생계를 이어갔다.

그 당시, 꼰주어 언덕 아래 초원 너머에 군부대가 하나 있었다. 새로 온 병사들은 아주 젊었고, 군 계급장은 빨갛고 은빛 별이 반짝였다. 군복은 숲의 나뭇잎처럼 초록색이었다. 그들은 폭탄의 외피를 가져다가 신호를 보내는 종으로 사용했다. 군부대 안에서는 모든 훈련, 학습, 휴식이 이 경보음에 따라 이루어졌다. 기상, 아침 식사, 훈련장으로 이동, 취침 등이 모두 이 종소리에 따라 움직였다. 군부대의 종소리에 너무 익숙해져서 쏨누이 마을과 므엉족 마을 사람들은 종소리만 들어도 몇 시인지 알 수 있었다. 매일 같이 듣다 보니 이 소리는 이 지역 사람들의 습관이 되었다. 아침에 종소리가 울리면 잠에서 깨어났다. 저녁에는 숲속에 있다가도 종소리를 들으면 서로 집으로 돌아가자고 했다. 밤이 되어, 취침 종이 울리면 온 가족은 서로 불을 끄고 침대에 누웠다. 군부대의 종소리가 우리 마을의 일상생활 속에 매우 자연스럽게 스며들었다. 나중에 군인들이 모두 철수하면서 그곳을 면사무소로 사용하도록 했다. 그 종소리는 더 이상 새벽이나 저녁 무렵에 울리지 않았다. 내 마음은 허전하고, 공허하기에 그지없었다. 우리 마을 사람들은 그 종소리를 그리워하며 잠을 이루지 못했다. 그 당시, 꼰주어 언덕은 군인들이 훈련하던 연병장이었다. 휴식 시간에 그들은 총을 세워두고 서로 씨름을 하거나 농담하며 기타를 치고 크게 노래를 부르곤 했다. 그 소리는 이쪽 덤박 호숫가에도 들렸다. 처음에는 물소와 말을 몰던 아이들이 낯설어했지만, 나중에는 익숙해졌다. 그들은 슬며시 다가가 풀밭에 털썩 주저앉아 팔을 뻗어 턱을 괴고 입을 벌린 채 노래를 들었다. 나는 숲에서 돌아오다가 가끔 행군하는 젊은 병사들을 마주쳤는데, 그들이 장난을 치며 나를 놀려 얼굴이 빨개지곤 했다. 꼰주어 언덕 아래 주둔한 병사들은 종종 장거리 야외 행군하거나 각개 전투 훈련을 했다. 장거리 야외 행군은 보통 매우 이른 시간에 시작했다. 아침 5시에 기상나팔이 울린다. 얼마 지나지 않아 그들은 총을 메고, 쌀자루를 지고, 삽과 위장용 녹색 배낭을 메고 우리 집 앞을 지나 행군했다. 저녁이 되면 그들이 돌아왔다. 헬멧이 출렁거리고, 위장용 나뭇잎이 흔들렸다. 행군 대열이 꼬불꼬불한 오솔길을 따라 마치 땅 위의 용처럼 길게 이어졌다. 가끔 소위가 대열 옆에서 걸으며 크게 외쳤다. "어깨에 백 근!" 그러면 병사들이 대답했다. "다리로는 천 리!" 소위가 이어 외쳤다. "청년들 준비 완료!" 행군하는 병사들이 한목소리로 길게 외쳤다. "남쪽으로 가서 미~국을 무찌르리라!"

나는 마음속에 설렘과 흥분을 느꼈다. 그때 나는 남자라면 좋겠다고 생각했고, 나도 그 군인 대열에 합류해 배낭을 메고 함께 걷고 싶었다. 젊은 신병들이 훈련받고, 다른 곳으로 떠나갔다. 새로 들어오고 떠났고, 또 새로 들어왔다. 그들은 끝없이 먼 전장으로 향했다. 꼰주어 언덕 아래 주둔한 군인들이 가장 고생하는 것은 '흙덩이를 달고 하는 행군'이었다. 각자 세 다리가 달린 바구니를 엮어 흙덩이를 담아야 했다. 흙은 바로 옆에 있는 덤박 호수 근처에서 가져와서 잘 반죽하고 세 덩이로 만들어 말렸다. 큰 덩이는 15kg, 중간 덩이는 10kg, 작은 덩이는 5kg이었다. 신병들은 처음에는 15kg짜리 흙덩이만 지고 행군했다. 나중에는 체력에 따라 10kg이나 5kg짜리를 추가로 지기도 했다. 일주일에 두 번씩 흙덩이를 지고 행군하며 훈련했는데, 그들이 우리 집 앞을 지나가곤 했다. 그들은 저녁 무렵에 출발해서 밤 9시쯤에야 부대로 돌아왔다.

이제 전쟁이 끝난 지 오래됐다. 예전의 군대 막사는 흔적도 없이 사라졌다. 더 이상 내 집 앞을 지나가는 어린 군인들의 행렬도 보이지 않는다. 모든 일은 그저 기억 속에 남아 있을 뿐이다.

나는 멍하니 우리 집 앞에 서 있었다. 오래된 초가지붕의 집은 여전히 그대로이다. 이웃집에서 들려오는 쿵덕쿵덕하는 절구질 소리가 천천히, 끊임없이 이어지고 있었다. 우리 집 염소들이 방금 먹이를 먹고 와서 뜰에서 장난치며 우리 안으로 들어가려고 서로 다투고 있었다. 정원에 있는 오래된 목면나무는 가시가 돋아난 앙상한 가지를 회색빛으로 어두해진 하늘을 향해 뻗고 있다.

불길이 훨훨 타오르고 있었다. 나무가 타면서 퍽퍽 소리를 냈다. 찹쌀밥의 향기가 진하게 퍼졌다. 엄마는 부엌에 앉아 밥 짓는 일에 집중하고 있었다. 엄마의 그림자가 벽에 검게 비쳤다.

"엄마!"

엄마가 부지깽이를 내려놓고 나를 천천히 바라보았다. 내가 어둑해진 저녁에 갑작스럽게 찾아와서 엄마는 놀랐다. 마음속 깊은 곳에서 가족에 대한 애틋한 감정이 솟아올랐다. 이런 감정을 느낀 건 참 오랜만이었다. 나는 울먹이며 말했다.

"엄마, 저 돌아왔어요!"

엄마도 목이 메었다. 눈물을 훔치며 말했다.

"너 아직 집에 오는 길을 잊지는 않았구나, 미엔?"

"일도 많고 바쁘지만, 항상 엄마 생각했어요."

엄마는 내게 무슨 안 좋은 일이 있는지 직감하셨는지, 일부러 화난 척하며 물었다.

"남편은 어디 두고, 혼자 온 거야?"

그 말이 떨어지자마자, 나는 엄마 품에 뛰어들어 어린아이처럼 울기 시작했다. 슬퍼서 울고, 기뻐서 울고, 마음이 편해져서 울었다. 사십 대 초반이 되어 집에 돌아와서야 비로소 나 자신을 찾을 수 있고, 엄마 품에서 따뜻했던 옛날의 기억을 되찾을 수 있었다.

산속의 밤이었다.

나는 잠을 이루지 못하고 계속 뒤척였다. 엄마도 이미 일어나 찹쌀밥이 다 쪄졌는지 확인하고 있었다. 나는 고상 가옥의 계단에 앉아 하늘을 올려다보았다. 산속의 달빛은 도시의 달빛보다 더 여위고 푸르스름했다. 별들이 듬성듬성 떠 있고, 지치지도 않고 깜빡거렸다. 밤하늘은 더 높고, 더 멀고, 더 아득하게 느껴졌다. 20년 전 이와 같은 달밤에 싱을 만났다. 그 뜻밖의 만남은 신기하게도 내 평생을 따라다녔다.

그날, 식사를 마치고 나는 계곡으로 목욕하러 갔다. 엄마는 나에게 “가는 김에 대나무 통도 가져가. 목욕 끝나면 물도 떠 와라.”라고 했다. 나는 맑고 시원한 물에 몸을 담갔다. 물가에는 얕은 곳도 깊은 곳도 있었고, 나는 가장 깊은 곳으로 헤엄쳐 들어가 물장구를 쳤다. 오후에 산에서 죽순을 캐느라 지쳤던 피로가 완전히 사라졌다. 밤은 고요했고, 물가는 적막했고, 달빛은 맑았다. 나는 달빛 아래 야생화의 향기와 물가의 풀 냄새에 취했다. 그런데 갑자기 쥐가 나서 팔 근육이 경직되었다. 더 이상 헤엄칠 수 없었고, 두 다리는 절망적으로 발버둥 쳤다. 구조를 요청할 때마다 물이 입으로 들어왔다. 내 몸이 물 위로 떠 올랐다가 가라앉기를 반복했다. “어…, 엄마! 살…, 살려주세요!” 나는 절망 속에서 엄마를 불렀다. 그리고 한순간 죽음에 관한 생각이 내 머리를 스쳐 지나갔다.

싱은 배낭을 메고 혼자 계곡을 지나가고 있었다. 내가 거의 물에 빠져 허우적대며 가라앉기 직전이었다. 싱은 옷을 입은 채 그대로 계곡에 뛰어들어 나를 건져냈다. 그는 나를 어깨에 메고, 두 다리를 꽉 붙잡고 달리기 시작했다. 머리는 아래로 향하고, 그의 걸음에 맞춰 내 배 속의 물이 입으로 쏟아져 나왔다…. 나중에 싱은 그때 상황을 이렇게 이야기했다. 나는 속으로 그에게 감사하면서도 부끄럽고 수치스러웠다. 그때 그가 나를 초원에 눕히고, 허둥지둥 내 입과 코에서 물을 빼내려고 애쓰는 모습을 상상했다. 그는 총과 삽을 익숙하게 다루던 강인한 손으로, 내 어린 가슴을 강하게 눌러가며 심폐 소생술을 시도했다…. 더 이상 상상할 엄두도 나지 않았다. 왜냐하면 그때 나는 속옷만 입고 있었던 것이 떠올랐기 때문이다….

다음 날 아침, 엄마는 나를 구해준 군인을 찾으러 갔다. 군부대는 텅 비어 조용했다. 중대는 아직 야외 훈련 중이라 돌아오지 않았다. 야전 취사장에서는 푸른 연기가 영지버섯 모양으로 피어오르고 있었다. 몇몇 군복을 입은 이들이 부대 안에서 드문드문 오갔다. 건물에 남아 있던 당직을 서는 젊은 소위가 엄마의 이야기를 주의 깊게 들었다. 그 소위는 매우 놀라워하며, 그런 일이 일어났다는 것을 믿을 수 없어 했다.

진실은 여전히 진실이다. 싱은 나를 구해준 사람이었지만, 그는 중대 간부에게 이 사실을 알리지 않았다. 일주일 전, 부대는 정치 학습 중이었고, 싱만이 엄마의 병문안을 위해 대대의 허락을 받아 휴가를 다녀왔다. 어젯밤 매우 늦게 부대로 돌아왔다. 싱은 기차가 늦어서 두 시간이나 늦게 돌아왔다고 보고했다. 그러나 그는 기차가 저녁 6시에 이미 역에 도착했다는 것을 잊었다. 부대에서 점호할 때 기차의 기적 소리를 들었다. 에오밧 고개를 지름길로 이용해 부대로 돌아오는 데는 한 시간밖에 걸리지 않았다. 아무리 해도 그렇게 늦을 수는 없었다. 중대는 싱에게 반성문을 작성하게 하고, 그를 취사반으로 전출시켰으며, 하루 동안 나무를 패는 벌을 주었다.

나는 서둘러 나무를 패는 싱에게 달려갔다. 상의를 벗은 그의 힘차고 단단한 어깨와 가슴이 불쑥 솟아올라 있었다. 땀이 줄줄 흐르고, 얼굴은 더위로 벌겋게 달아올랐다. 어젯밤 내가 선물한 은팔찌가 그의 손목에서 반짝거렸다. 나는 눈물을 참을 수 없었다. 그가 너무나 가엾고 가슴이 아팠다. 나 때문에 싱이 이렇게 된 것이었다….

그 시절, 나는 고등학교 마지막 학년을 다니고 있었다. 아침에 군대의 기상 종소리를 들으면 바로 일어나서 7시 수업에 맞추기 위해 학교로 걸어갔다. 거의 점심시간이 되면 수업이 끝나고 다시 쏨누이로 터벅터벅 걸어 돌아오곤 했다. 학교에 갔다가 숲에 다녀와도 나는 피곤함이 무엇인지 몰랐다. 친구들은 나를 예쁘다고 했다. 열일곱 살 소녀의 아름다움이었다. 얼굴은 계란형으로, 언제나 하얗고 붉었다. 머리는 어깨까지 짧게 잘랐고, 가슴은 높고 풍만했다. 허리는 잘록했고, 눈은 크고 동그랗고, 꿈꾸는 듯한 표정을 지녔다. 나는 성격이 밝고 열정적이었다.

그렇게 우리는 서로 알게 되었고 친해졌으며, 언제부터인지 사랑하게 됐다. 일요일 아침에는 군인들은 취사를 돕기 위해 숲에서 나무를 해야 했다. 오후가 되면 쉬는 시간이 주어졌고, 나는 그와 함께 숲으로 가거나 계곡을 따라 놀러 가곤 했다.

엄마는 우리가 사랑하는 것을 알고 있었다. 이를 막지는 않았지만, 내가 너무 어리기 때문에 걱정했다. 열일곱 살로 아직 고등학교를 졸업하지 않았다. 전쟁이 언제 끝날지 알 수 없었다. 아버지는 군대에 간 지 십 년이 지났지만, 아직 돌아오지 않았다. 엄마는 남편을 기다리는 긴 세월을 견뎌왔다. 남편에 대한 걱정에다 이제는 딸에 대한 걱정까지 더해졌다.

***

나는 결혼했다. 남편은 전쟁을 겪어본 적이 없는 사람이다. 싱의 청춘은 산과 전장에서 보냈다. 내 남편의 청춘은 동유럽에서 공부하며 보냈다. 남편은 매우 현대적인 삶을 살며, 성공한 사람으로 돈도 많이 벌었다.

신혼 첫날 밤, 나는 남편 앞에 무릎을 꿇고 용서를 구했다. 남편은 나를 일으켜 세워 꼭 안아주며 말했다.

"외국에서 오래 살아서, 나는 결혼 전의 남녀 관계가 도덕적인 문제라고 생각하지 않아. 내가 사랑하는 건 지금 내 앞에 있는 너야. 다만, 네 머릿속에서 너와 함께 잔, 그놈의 이미지를 지워주길 바랄 뿐이야."

나는 조심스럽게 말했다.

"시간을 좀 주세요."

그리고 나는 싱과의 사랑 이야기를 남편에게 털어놓았다. 사람들은 부부 관계에서 행복을 지키기 위해 때로 거짓말도 해야 한다고 말한다. 그 순간의 거짓말은 죄가 아니라고. 나는 거짓말을 할 줄 몰랐다. 남편이 말했다.

"당신이 아직도 싱을 그리워한다는 것을 알아."

나는 항상 남편에게 솔직했다.

"네, 저는 당신을 가장 사랑해요! 하지만 아직 완전히 그를 잊을 수는 없어요. 그리고 죽은 사람을 질투하지 마세요." 남편이 차분하게 말했다.

"나는 질투하지 않아. 하지만 나는 당신의 인생에서 항상 두 번째 남자일 뿐이야. 그게 옳은 걸까?" 나는 아무 말도 하지 못하고 가만히 있었다. 남편이 다시 말했다.

"네 몸은 내 곁에 있지만, 네 영혼은 옛 연인을 향해 있어. 나는 항상 네 인생에서 두 번째 남자일 뿐이야. 그게 맞는 거냐고?" 나는 아무 말도 할 수 없었고, 눈물이 볼을 타고 흘러내렸다.

해마다 나는 남편에게 죄책감을 느꼈다. 남편은 말했다.

"내가 뭘 해야 싱의 영혼이 더 이상 당신을 괴롭히지 않을까? 아니면 내가 싱이 당신에게 준 것만큼 잘해주지 못하는 걸까…."
나는 급히 손으로 그의 입을 막으며 말했다.

"아니에요, 그런 생각 하지 말아요. 당신은 정말 훌륭한 남편이에요."

어느 날, 남편은 우연히 싱의 일기장과 제가 전장에 나가는 싱에게 선물한 은팔찌를 발견했다. 그 두 유품은 싱이 죽기 전에 남긴 유언에 따라 전장에서 힘겹게 찾아내어 나에게 전해진 것이었다. 그 안에는 내가 쓴 오래된 편지가 있었고, 종이는 이미 누렇게 변해 있었다. 남편은 그 편지를 읽고 또 읽으며, 특히 '싱! 나는 당신을 세상에서 가장 사랑해요'라는 문구를 반복해서 읽는 것 같았다.

이 시점에서 남편은 화를 폭발시켰다. 그는 "이렇게 당신은 여전히 죽은 사람과 바람을 피우고 있는 거잖아."라며 소리쳤다. 그리하여 우리는 말다툼을 벌였고, 남편은 내 머릿속과 집 안에서 싱과 관련된 모두를 없애라고 요구했다. 하지만 나는 그럴 수 없었고, 하고 싶지도 않았다. 그러나 깨질 위기에 처한 결혼 생활을 구하기 위해 나는 남편의 뜻에 따르겠다고 약속했다. 그 이후로 집안은 평온해졌고, 남편은 아무런 말도 하지 않고 과거를 입에 올리지도 않았다. 나는 싱의 이미지를 머릿속에서 지우려고 노력했지만, 그러지 못했다. 남편과 함께 누워 있을 때조차, 심지어는 애정을 나누는 순간에도 싱을 떠올리곤 했다. 남편은 내가 여전히 과거에 얽매여 있다는 것을 알고 있었지만, 모르는 척 침묵했다. 그는 예전처럼 화를 내기보다는 조용히 지내기로 한 듯했다. 하지만 그의 눈과 마주쳤을 때,

그 눈빛은 마치 “너는 죽은 사람과 바람을 피우고 있어. 난 그걸 이미 다 알고 있어.”라고 말하는 것 같았다. 오, 세상에! 이렇게 사는 것은 너무 고통스러웠다. 집안은 내가 생각했던 것만큼 평온하지 않았고, 속으로는 폭풍이 일고 있었다. 나는 밤새 잠을 이루지 못하고 고민 끝에 남편에게 말하기로 결심했다.

“차라리 당신이 날 하루 종일 꾸짖고 때리기라도 하면 덜 괴로울 거예요. 그런데 당신은…, 그저 조용히 아무 말도 하지 않으니, 당신이 나를 멸시하는 것 같아요. 그렇죠?”

“적당히 좀 해. 나 좀 편히 살자.”라며 남편은 화가 나서 소리쳤다. 나는 울며 남편에게 말했다.

“당신은 정말 좋은 사람이에요. 내 평생에 당신 같은 훌륭한 남편은 다시 만날 수 없을 거예요. 하지만 당신의 그 눈빛은 견딜 수가 없어요. 우리 차라리 헤어질까요?”

남편이 걱정스러운 표정으로 말했다.

“그런 생각은 하지 마. 우리 아이들도 있고, 내가 당신을 사랑하는 마음도 있는데….”

나 자신에게 물었다. 만약 내가 싱을 사랑하지 않았고, 내 젊음을 모두 싱에게 바치지 않았다면 남편과 함께 살면서 마음이 평온했을까? 그에 대한 대답은 ‘그렇다’이기도 하고 ‘아니다’이기도 하다. 부부 생활은 매우 복잡하다. 이 문제로 다투지 않는다면 다른 문제로 갈등이 생긴다. 나는 순수하고 진실하지만, 충동적인 첫사랑을 가졌다. 순간적으로는 행복하고 기쁘며 후회하지 않지만, 나중에는 슬프고 마음이 아팠다.

***

나는 아직도 그 운명적인 밤을 생생하게 기억한다. 숲의 가장자리, 오래된 참나무 아래에서 일어났던 일이다. 그날 오후부터 내 안에 불길한 예감이 들었다. 군부대에는 저녁 식사를 알리는 종소리도 저녁 취침을 알리는 종소리도 들리지 않았다. 무슨 일이 생긴 걸까? 마음이 불안하고 초조해서 견딜 수 없었다. 나는 곧바로 싱의 부대로 달려갔다. 부대는 어둠에 잠겨 있었고, 몇 군데만 희미한 등불 아래 사람들의 그림자가 어른거렸다. 그들은 부대를 지키기 위해 남겨진 병사들이었다. 나는 그들에게 물었다. 한 병사가 작은 목소리로 말했다. "떠났어! 전부 다 떠났어!" 그러고는 내가 돌아가기를 권하며 부대의 문을 닫으려고 했다. 내 가슴은 마을의 북소리보다 더 크게 울렸고, 얼굴을 감싼 채 울었다. 싱이 떠났다! 싱도 이곳에서 훈련받은 후 전장으로 떠난 많은 젊은 병사들처럼 떠나갔다.

셉역으로 달려갔다. 나는 허둥지둥 뛰고 또 뛰었다. 바람이 두 귀를 스쳐 지나가고, 날카로운 돌과 가시가 발바닥을 찔러 아팠다. 계속해서 달렸고, 에오밧 언덕을 가로지르는 지름길로 뛰어갔다. 숲의 입구에는 바람이 휘몰아쳤다. 그때 저쪽에서 누군가가 헐레벌떡 반대 방향으로 달려오는 모습이 보였다. 우리는 서로를 알아보았다. 나는 싱의 품에 쓰러지듯 안겼다. 싱이 숨을 헐떡이며 말했다.

"우리 부대가 남쪽으로 행군을 떠나."

나는 버림받은 기분이 들었다. 억울하고 서러워서 나는 그의 어깨와 가슴을 마구 때리며 말했다.

"왜 나에게 알리지 않았어."

"나도 그냥 평소처럼 훈련인 줄 알았어. 셉역에 도착하자마자 남쪽으로 행군하라는 명령이 내려졌어. 부대는 지금 기차를 기다리고 있어. 나는 배낭을 맡기고 몰래 역을 빠져나와 너와 작별 인사를 하려고 달려온 거야."

하늘이여, 신령님이여, 도와주소서! 신령님이 우리 길을 둘로 나눠서 싱이 절반을 달리게 하고, 내가 나머지 절반을 대신 달리게 한 것 같았다. 우리는 숲 입구, 에오밧 언덕의 중간에서 만날 수 있었다. 싱은 숨을 헐떡이며 말했다.

"나를 기다려줘…."

"그럴게요…. 언제 돌아올 건데?"

"곧 돌아올 거야! 길어봐야 내년일 거야. 아니, 봄이 오면 돌아올게."

나는 싱의 넓고 탄탄한 가슴에 얼굴을 묻었다. 싱은 두 팔로 나를 꼭 끌어안았다. 익숙하고 따뜻한 땀 냄새가 났고, 그 냄새가 나를 편안하게 해주었다. 그러자 내 몸이 뜨거워지고, 가슴이 꽉 막혀 숨이 가쁜 느낌이 들었다. 우리는 오래된 참나무 아래서 서로를 감싸안았다. 바깥에서는 바람이 계속 불어 대고, 갈대가 살랑거리며 흔들렸다. 늦은 저녁을 먹고 돌아오는 숲속 새들이 깜짝 놀라 울어댔다. 오래된 참나무는 몸을 비틀며 잎을 떨어뜨렸다.

셉역에서 기적소리가 울려 퍼지자, 우리는 서로를 풀어주었다. 싱이 당황하며 말했다.

"가야 해, 늦으면 안 돼."

"나도 데려가 줘."

"안돼!" 싱은 내가 돌아가도록 강요했지만, 나는 듣지 않았다.

그 순간, 나는 그를 따라 세상 끝까지 함께 가고 싶었다. 싱이 앞서 뛰었고, 나는 뒤따라 뛰었다. 가끔 싱은 나를 기다리며 멈췄다. 우리가 셉역에 도착했을 때, 군인들이 서둘러 기차에 오르고 있었다. 싱은 동료들의 투덜거림과 지휘관의 호통 속에서 기차 문으로 뛰어 올랐다.

푸른 군복을 실은 기차가 몸을 떨며 천천히 역을 떠났다. 나는 허둥지둥 기차를 따라 달렸다. 싱은 차창 밖으로 머리를 내밀며 외쳤다.

"미엔…. 미엔! 봄이 오면 돌아올게!" 나도 급히 대답했다.

"네, 기다릴게요!"

나는 멍하니 기차가 남쪽으로 사라져가는 것을 바라보았다. 그 기차는 싱과 그의 동료들을 전장으로 데려가고 있었으며, 언제 돌아올지 알 수 없었다. 나는 눈물이 핑 돌았다. 갑자기, 많은 하얀 새들이 기차 옆에서 반짝이며 날아다니는 것이 보였다. 젊은 군인들이 기차에서 주고받는 축복의 메시지, 노랫소리가 들렸지만, 나는 정확히 알아들을 수 없었다. 나는 기차가 남쪽으로 완전히 사라질 때까지 그 자리에 서서 바라보았다. 역과 철로를 따라 하얀 새의 깃털이 흩날리듯 떨어졌다. 지나가는 사람들은 고개를 숙여 그것을 주웠다. 나도 고개를 숙여 주었다. 그것은 젊은 군인들이 가족과 사랑하는 이들에게 급하게 써서 전하는 작별의 편지였다. 많은 편지가 아직 우표도 붙이지 못했고, 봉투조차 없는 것들도 있었다. 모두가 서투르고 급하게 쓴 글씨들로, 지나가는 사람들에게 대신 전해달라고 부탁한 것들이었다.

***

나는 셉역에서 기차를 타고 도시로 왔다. 엄마는 예전에 그랬던 것처럼 숲의 입구까지 나를 배웅해 주었다. 엄마가 말했다.

"미엔, 네가 옛날 일에 너무 마음을 두고 있는 걸 안다. 이제 곧 설이야. 남편과 아이들 곁으로 돌아가거라. 엄마 걱정은 하지 말고."

"네, 엄마, 이제 돌아가세요."

나는 다시 남편에게, 그리고 내 아이들에게 돌아왔다. 남편에게 그때 있었던 일을 모두 이야기해 주려고 한다. 그날, 어머니께 받은 돈으로 우표와 봉투를 샀다. 나는 바닥에 엎드려 편지 받을 사람의 이름과 주소를 적었다. 그리고 그 젊은 군인들이 가족과 사랑하는 이들에게 보내는 수많은 편지를 대신 보내주었다.

멍하니 에오밧 언덕을 걸었다. 오래된 참나무 아래에서 잠시 앉아 쉬었다. 그때의 기억이 다시 떠올랐다. 아, 옛날이여! 옛날 이곳은 숲의 입구였다. 숲의 입구에는 바람이 휘몰아쳤다. 바람이 불고, 또 불었다. 나는 고개를 들어 올려다보았다. 오래된 참나무가 몸을 비틀며 잎을 떨어뜨리고 있었다.

톤레사프 강가에서 Ở Bên dòng Tonlesap

밤이 깊었다.

정원에서는 나뭇잎이 바스락거린다. 창밖으로는 그믐달이 은빛을 쏟아내며 오래된 나무의 잎사귀 위에 부드럽게 내려앉는다. 때로는 짙은 구름이 흘러가면서 초승달을 감추고, 그 달빛은 어둠 속으로 사라진다. 사람들은 말하곤 한다. 각 사람은 작은 우주와 같아 광대한 우주와 보이지 않는 연결 고리를 가지고 있다고. 달은 인간의 감정과 기분에 큰 영향을 미친다. 오늘 밤, 어쩌면 날씨 때문인지, 끼엔은 잠을 이루지 못하고 뒤척인다. 그러나 그 깊은 슬픔과 애틋함은 저 초승달이 구름에 가려졌다가 나타나는 것 때문만은 아니다. 그 슬픔은 어느 순간 갑자기 밀려드는 기억에서 비롯되었으며, 그 기억은 집요하게 끼엔을 따라다니며 그를 끊임없이 괴롭혔다.

깜짝 놀랐다! 당황스럽기까지 했다. 끼엔은 스스로 통제할 수 없을 정도로 마음이 설레었고, 마지막으로 면접에 들어온 사람은 베트남어를 꽤 유창하게 하는 캄보디아 소녀였다. 찢어진 청치마를 입고, 갸름하고 탄탄한 갈색 다리, 검은 곱슬머리, 반짝이는 비둘기 같은 눈을 가졌다. 끼엔은 그녀를 어딘가에서 본 적이 있는 것만 같았다. 끼엔은 희미하고 아득한 기억 속에서 익숙한 얼굴을 끄집어 내려고 애썼지만, 전혀 떠오르지 않았다. 끼엔이 물었다.

"당신의 이름이 사본인가요?"

"네! 제 이름은 사본입니다, 선생님!"

"당신은 태국의 AIS 통신회사에서 일하고 있죠? 월급도 높고, 집과도 가까운데, 왜 베트남의 비엣텔이 투자한 캄보디아의 비엣텔 회사에 지원하려고 하나요?"

캄보디아 소녀는 두꺼운 속눈썹을 깜박이며, 촉촉하고 반짝이는 비둘기 같은 눈을 가진 채, 꽃처럼 환하게 미소 지으며 말했다.

"사실 이전 회사에서 일할 때 불만은 없었어요. 하지만, 제가 하는 일은 마치 너무 꽉 끼는 옷과 같았어요. 저는 제 몸이 커져서 그 옷의 실밥이 터져 나가는 것을 원하지 않았어요. 그래서 비엣텔 캄보디아에서 더 넉넉한 옷을 입고 싶어요."

끼엔은 정말 놀랐다.

"오! 그렇군요. 사본, 당신이 일하게 될 곳에 대해 얼마나 알고 있나요? 예를 들어, 우리 비엣텔의 브랜드 철학인 '캐링 이노베이터'에 대해 알고 있나요?"

잠시 입술을 굳게 다문 후, 약간 도톰하고 매력적인 붉은 입술로 그녀는 대답했다:

"선생님! 영어에서 'Caring'은 형용사로서 '관심을 기울이는', '세

심한'이라는 의미가 있고, 'Innovator'는 명사로서 '창조자', '혁신가'를 의미합니다. 저는 비엣텔이 이 철학을 선택한 이유가 동양과 서양 두 문화의 결합을 잘 끌어내기 위해서라고 생각해요. 'Caring'은 내면에 집중하여 관심을 기울이고, 부드럽고 세심하게 돌보는 것을 의미하며, 'Innovator'는 창의적이고 선도적이며, 혁신적이면서도 과학 기술의 현대적 숨결을 담아 인문학적 가치를 지향하고 인간을 존중하는 의미를 담고 있죠."

"……."

자신감이 있었다. 성숙했다. 자기만의 방식으로 유창하고 논리적이며 함축적으로 대답하는 사본은 서구 젊은이들처럼 약간 반항적인 특유의 면모를 지닌 젊고 활기찬 스타일을 보여주었다. 그러나 끼엔은 이 소녀에게서 캄보디아 사람들의 진심 어린 열정과 태국 AIS 통신사에서 일하면서 길러진 빠르고 단호한 현대적 생활 방식을 읽어낼 수 있었다. 외모, 상위권. 전문 지식, 뛰어남. 경력, 3년. 면접, 우수. 모든 지원자를 제치고 특히 면접에서 뛰어난 성과를 보인, 비둘기 같은 눈을 가진 베트남어에 능숙한 캄보디아 소녀는 어떠한 특혜나 개인적인 호감 없이 최종 합격자 명단의 맨 위에 올랐다.

***

여전히 '내가 그 여자애를 어디선가 본 적이 있었나?'라는 질문이 남았다. 그런데 아직도 대답을 찾지 못했다. 제기랄! 마흔이 넘은 나이에 독신이며, 인생에서 무르익은 나이였다. 몇 번의 전쟁을 앙코르와트 땅에서 치르고, 귀국하여 공부도 할 만큼 했고, 상좌 계급의 엔지니어가 되었다. 비범한 지능을 가진 끼엔은 이성적인 사고와 감성적이며 직관적인 사고를 조화롭게 결합하는 사람이었다. 그런데도 어째서 그리운 듯 낯설기도 한 그 캄보디아 소녀 사본이 여전히 끼엔의 머릿속에 깊이 수수께끼로 남아 있는 것일까?

끼엔은 군복을 어깨에 걸친 채 발코니로 나갔다. 그는 톤레사프강이 몇십 년 전과 마찬가지로 여전히 아픈 마음을 안고 저 멀리 흐르며 탄식하고 있다는 것을 깨달았다. 이미 잠을 이루지 못했으니 끼엔은 프놈펜의 강물과 하늘과 땅과 함께 밤을 새우기로 마음먹었다. 땀과 눈물, 그리고 피로 가득했던 전쟁 시절과 인연을 맺었던 이곳은 자주 올 수 있는 곳이 아니라고 스스로 위로했다. 강 건너편은, 끼엔의 기억이 맞는다면, 원래 드넓은 호박밭이 있었던 곳이다. 그곳에는 큰 호박과 작은 호박이 새끼 돼지처럼 가득했다. 끼엔의 동네 친구 하잉이 대공포 진지를 이곳에 설치했었다. 끼엔은 몇 번 배를 저어 톤레사프강을 건너 하잉을 만나러 갔었다. 어느 날 아침, 하잉이 실종되었고, 전 대원이 찾아 나섰다. 충격적인 광경을 마주했다. 하얀 팬티 하나만 입은 하잉이 사지가 묶인 채 있었다. 입에는 생대나무 말뚝이 박혀 있었고, 손발에는 네 개의 말뚝이 박혀 땅에 단단히 고정되어 있었다. 피는 굳어 검게 변해 있었다. 검은 개미들이 더듬이를 꿈틀대며 굳은 피에 빼곡히 달라붙어 있었다. 잔인한 폴 포트 군대였다. 사람들은 하잉이 밤에 소변을 보러 갔다가 폴 포트의 잔당에게 붙잡혀 호박밭으로 끌려가서 중세의 잔인한 방식으로 처형당했을 것으로 추측했다. 캄보디아에서 돌아와 정보 사관학교에 입학했을 때, 끼엔은 휴가를 겸해 집에 갔었는데,

이미 몇 년 전에 하잉의 사망 소식이 전해진 상태였다. 하잉의 어머니가 끼엔 집으로 달려와 끼엔의 어깨를 부여잡고 울며 말했다. “끼엔! 떠날 때는 함께 갔는데, 왜 돌아올 때는 내 아들 데리고 오지 않았니….” 어떻게 데려올 수 있단 말인가! 끼엔은 차마 하잉의 비참한 죽음을 말할 수 없었다. 그저 가슴속에 아픔을 삼킬 뿐이었다.

바로 이 톤레사프강의 먼 상류 지역에 주둔했던 북부 전선의 병사들 전한 얘기는 비참했다. 매복하고 있다가 통신병의 소대를 급습한 후, 폴 포트 잔당은 총상으로 다리가 부러진 한 병사를 붙잡았다. 정말 비참했다! 고사포병과 통신병이 보병의 무기를 들고 싸워야 했으니, 비전문적인 전투를 할 수밖에 없었고, 그 결과는 참혹했다. 너무도 안타까운 일이었다. 남부 전선의 병사들은 또 이렇게 전했다. 폴 포트 잔당이 다리가 부러진 그 부상병을 붙잡아, 우리의 통신선을 끊어버린 뒤, 방차통에 감겨 있던 통신선의 나머지 부분을 풀어내어, 병사의 몸에 검은 전선을 여러 겹으로 감아 온몸을 덮었다고 했다. 그리고 구덩이를 파서… 산 채로 묻었다. 물론, 그들은 이미 전사한 자원 병사들까지 한 구덩이에 함께 묻는 것도 잊지 않았다…. 오, 하늘이여! 피와 눈물로 얼룩진 그 시절의 기억이 끼엔을 괴롭혔고, 결코 잊을 수가 없었다.

밤이었기 때문일까, 끼엔은 이끼가 끼고 습기가 가득한 녹색 돌담이 둘러싼 망고 정원과 저택 단지를 어디에서 보았는지 기억하지 못했다. 목욕 터도 황폐한 시간 속에 사라져 버렸다. 두 개의 목욕 터는 상류로 거의 1km 떨어진 곳으로 올라갔을지도 모른다. 여기에서 끼엔은 강물이 멀리, 광활하게 흘러가는 것만 볼 수 있었다. 끼엔과 그의 친구들은 강에서 배를 저으며 그물을 던져 물고기를 잡고, 물에 뛰어들어 헤엄치며 장난을 치곤 했다. 그 옛 강은 한 해 내내 마음에 가뭄이 든 적과 싸우는 청년들을 품어주고 위로해 주었다.

그 시절, 매일 오후가 되면 끼엔과 그의 친구들은 강가로 나가 목욕을 했다. 남자들이 사용하는 목욕 터는 상류에, 소녀와 아줌마들이 사용하는 목욕 터는 하류에 있었고, 몇십 미터 떨어져 있었다. 시간이 한참 지난 후에야 끼엔은 캄보디아 여성들이 강에서 목욕하는 방식이 타이족 여성들이 시냇가에서 치마를 걷어 올리며 목욕하는 것과 다르다는 것을 알게 되었다. 타이족 여성들은 물이 천천히 허리까지 차오르면 치마를 점점 더 올려서 물에 젖지 않도록 했다. 물이 엉덩이까지 차오르면 치마를 가슴까지 올리고, 더 깊이 들어가면 치마를 더 높이, 가슴 위로 걷어 올렸다가 가슴이 물에 잠기면 치마를 벗어 머리에 감았다. 매우 은밀하고 부드럽고, 절제되어 있으면서도 낭만적이었다. 몇 미터 떨어진 곳에 있어도 여성의 피부를 볼 수 없었다. 맑고 시원한 시냇물이 마음껏 장난을 치고, 피부를 간질이며 어루만져 주었다. 캄보디아 사람들은 치마를 '사롱'이라고 불렀다. 캄보디아 여성들은 강에서 목욕할 때 옷을 입은 채로 물속에 들어가 물에 잠긴 채 손을 옷 속으로 넣어 몸을 씻었다. 목욕 터에서 집이 먼 사람은 사롱과 옷을 가지고 와서 강가 후미진 곳에서 갈아입었지만, 집이 가까운 사람은 얇은 옷이 몸에 붙어 물이 흐르는 채로 집에 가서 옷을 갈아입었다.

당시 끼엔과 친구들은 아주 어렸다. 소녀들이 목욕하는 강가를 내려다보며 잠깐 가슴이 설레고 부끄러웠지만, 이내 소년들은 강이 울려 퍼지도록 소리치며 놀기 시작했다. 상류에서 하류를 놀리면,

하류도 응수했다. 때로는 물속에 들어가 진흙을 퍼서 던지기도 했다. 처음에는 두 목욕 터가 멀리 떨어져 있었지만, 놀다 보니 점점 가까워지고 친근해졌으며, 물이 흐르면서 어느 순간 두 목욕 터가 하나로 합쳐지게 되었다. 더는 부끄럽거나 어색하지 않게 끼엔과 쯔엉은 사리, 잰 그리고 래우 누나에게 등을 내어주어 문질러 달라고 하기도 했다. 끼엔과 친구들은 수영하고 잠수하는 시합을 벌였다. 끼엔은 어린 시절 물속에서 반짝이는 검은 뿔을 가진 물소와 함께 놀고, 강에서 먼 들판으로 물을 퍼 나르는 일을 자주 했다. 그래서 모든 시합에서 끼엔은 항상 1등이었다. 어느 날, 끼엔은 물속 깊이 잠수했고, 좀처럼 올라오지 않았다. 모두 당황해서 물속으로 뛰어들어 끼엔을 찾으려고 했다. 그런데 갑자기 끼엔이 머리를 쑥 내밀며 올라왔는데, 우연히 혹은 운명처럼 끼엔의 머리가 사리의 두 다리 사이에 들어가 있었고, 사리의 사롱을 머리에 뒤집어쓴 채 물속에서 올라왔다. 사롱 자락이 물 위에 떠다니고 있었다. 강가에는 큰 웃음소리가 울려 퍼졌다. 끼엔도 부끄러워하며 웃었고, 물에 젖은 얼굴을 계속해서 문질렀다. 사리는 부끄러워 고개를 숙이고, 물을 떠서 불그스레해진 얼굴에 뿌렸다.

오, 그 옛날의 강가 목욕 터는 이제 먼 기억 속에만 남아 있다. 그러나 그 기억은 절대 사라지지 않았다. 고향의 붉게 타오르는 황혼 속에서, 그리고 하노이에서 잠 못 이루는 밤들 속에서 희미하게 떠오른다. 끼엔은 인생이 마치 원처럼 돌아간다는 것을 전혀 예상하지 못했다. 여기저기 지쳐 돌아다니다가 결국은 멀리 떨어진 옛날의 강가로 다시 돌아오게 되는 순간이 온다. 이제 끼엔은 톤레사프 강가로 돌아왔다.

습기를 머금은 바람. 시원했다. 파도가 철썩이며 물결을 일으킨다. 끼엔은 강 건너편 북쪽으로 몇 킬로미터 떨어진 곳에 왕궁이 있음을 알아차렸다. 여전히 강에 비치는 불빛이 있었지만, 예전처럼 약한 푸른빛과 붉은빛의 반딧불이처럼 반짝이는 것이 아니라 밝고 흰빛이 강물에 쏟아지고 있었다. 강가의 나무는 예전보다 적고, 고층 건물들이 빽빽하게 들어서 있다. 톤레사프 강가의 그 자연스럽고 서정적인 풍경은 이제 과거일 뿐이었다.

너무 빠르다! 벌써 20년이 넘었다.

***

끼엔이 비엣텔 캄보디아에서 근무하는 시간이 거의 끝나갈 무렵, 꽤 난처한 사건이 발생했다. 이동통신 기지국을 세워야 하는데, 설계 부서의 계산에 따르면 그 위치가 사본의 집 정원에 놓여야 했다. 사본의 어머니는 아무리 설득해도 이를 단호히 거부했다. 기술팀장은 사본에게 어머니를 설득해 달라고 간청했다. 그러나 사본은 이 문제와 자기 직장을 철저히 분리했다. 그녀는 자신이 비엣텔 캄보디아에서 일하고 있다고 해서 반드시 그 안테나를 자신의 정원에 설치해야 하는 것은 아니라고 주장했다. 비록 매달 적지 않은 금액의 돈을 받을 수 있을지라도. 사본의 어머니는 보통의 일반인이 아니라 캄보디아 구비문학 박사였다. 그녀가 동의하지 않는 데에는 분명히 타당한 이유가 있을 것이라고 했다. 사본은 어머니를 사회의 한 개인으로서 존중한다고 덧붙였다.

끼엔은 '이 고집 센 아가씨는 매우 날카롭고 항상 모든 일을 주도적으로 끝내려 한다. 경청할 필요가 있다. 그리고 만약 매우 중요한 일이 아니라면, 무언가 해로운 것이 있을 수도 있겠지? 예를 들어, 그곳에 이동통신 기지국을 설치하면 미적 균형이 깨지거나 정원의 분위기를 해칠 수 있어서, 사본의 어머니가 단호하게 고개를 저었을지도 모른다. 또는 개인적인 이유가 있을지도?'라고 생각했다. 끼엔이 직접 가봐야겠다고 생각했다. 원인을 찾아보고, 들어보고, 개별적인 존재들을 존중해야 한다. 그것이 끼엔의 삶의 철학이었다.

***

그해 봄이었다.

끼엔과 그의 부대는 톤레사프 강변에 진을 쳤다. 모니봉 다리에서 1km도 채 되지 않는 거리에 있었다. 강 건너편 정원 뒤쪽에는 통역팀의 숙소가 있었다. 그 팀에는 베트남어를 아는 캄보디아 소녀들과 소년들, 약 열 명이 있었다. 래우 언니는 서른 살 정도였고 나머지 사람들은 대개 스무 살 직전이었다. 래우 언니는 영어와 프랑스어에 꽤 능숙했다. 그녀가 영어학과 마지막 학년을 다니고 있었을 때 프놈펜이 해방됐다. 폴 포트 군이 정글에서 도시로 들어오면서 대학이 문을 닫게 되었다. 정원 이쪽에는 사단 본부의 민간 업무팀 숙소가 있었다. 끼엔과 몇몇 준위는 한집에서 함께 지냈고, 나이가 더 많은 몇 명은 다른 집에서 살았다. 집이라고는 하지만, 사실 그들은 전통적인 고상 가옥 스타일로 지어진 별장이었다. 기둥과 널빤지는 측백나무로 만들어져 있었다. 건축 양식과 정원의 나무를 보면, 그 주인들이 꽤 부유하고 세련된 사람들이었음을 짐작할 수 있었다. 끼엔의 부대가 프놈펜을 접수했을 때, 집들은 주인 없이 조용히 문이 닫혀 있었고, 일부 집은 문이 부서져 있었지만, 에어컨은 여전히 돌아가고 있었다. 그들은 해외로 도망갔거나 폴 포트 군인들에게 쫓겨 어디론가 떠돌고 있을 가능성이 있었다.

그 당시, 끼엔 일행의 지원군(베트남군)은 매우 젊었다. 프놈펜 해방 후의 일들은 바쁘고 힘들었다. 끼엔 일행은 매일 교대로 변두리의 마을에 가서 지방 정부가 주민들의 생활을 안정시키는 데 도움을 주어야 했다. 프놈펜 수도는 작고 황폐하여 죽은 도시처럼 사람도 거의 없었다. 주둔지에서 한 시간 정도만 나가면 숲을 만났다. 야자나무 숲, 울창한 잡목림, 그리고 맑은 물이 흐르는 시냇물이 있었다.

날마다 끼엔은 고향으로 돌아가는 사람들의 행렬을 보았다. 어떤 사람은 바탐방에서 돌아오고, 어떤 사람은 시아누크빌에서 올라오고, 또 어떤 사람은 깜퐁참에서 내려오는 등… 캄보디아 전역이 거대한 순례를 하듯 떠돌고 있었다. 처음에는 촌락에 사람들이 적었지만, 점차 돌아오는 사람이 많아졌다. 사람들은 서로 도와 집을 세우고 수리하며, 촌락과 마을을 청소하고, 촌락의 장을 선출했다. 처음 통역팀에 돌아왔을 때, 사리, 리우, 잰…, 이들은 모두 마르고 창백하며 얼굴에 생기가 없고 멍한 표정이었지만, 시간이 지나면서 피부는 윤택해지고 얼굴은 밝아졌고, 입가에 웃음이 머물렀다. 캄보디아 민족 전체가 부활한 것처럼, 그 소녀들도 생기 있게 변했다. 사리도 마찬가지로, 날이 갈수록 더욱 아름다워졌다. 사리의 어머니는 베트남인이고, 아버지는 캄보디아인이었다. 그녀는 우성 유전자를 타고나 두 민족의 아름다움을 모두 물려받아, 친근하면서도 낯선 매력을 가지고 있었다. 그 은밀한 아름다움은 점차 끼엔을 정복했다.

끼엔과 같은 기수인 쯔엉은 중사였는데 전장에서 준위로 승진했고, 그들은 서로 꽤 친하게 지냈다. 곱슬머리, 짙은 눈썹, 청동 같은 피부, 쯔엉의 몸은 검은 잉어처럼 단단했다. 끼엔은 쯔엉 같은 이상적인 남성상이 적지 않은 캄보디아 소녀들의 동경과 바람이었다는 것을 나중에야 알게 되었다. 쯔엉은 연대 직속 통신 중대에 있었는데, 끼엔이 온 지 몇 주 후에 사단 본부의 민사 작업팀으로 배치되었다. 아마도 끼엔의 슬픔과 괴로움, 그리고 그를 괴롭힌 이야기는 쯔엉이 이곳에 도착한 후부터 시작된 것 같다.

람봉의 밤이었다. 끼엔은 사리와 소녀들의 '새해 축하' 노래와 춤을, 넋을 잃고 바라보았다. 가녀린 몸이 유연하게 회전하며, 마치 땅 위를 가볍게 미끄러지듯 움직였다. 사리의 손가락은 연한 핑크빛의 대나무 죽순처럼 춤 동작에 따라 부드럽게 휘어졌다. 쯔엉도 사리에게 마음이 있는 듯 보였다. 그의 눈은 불꽃처럼 타오르고 있었다. 사리의 춤을 바라보며 쯔엉은 너무도 감탄한 나머지 "세상에! 앙코르의 석벽 위에 있는 무희 같구나."라고 외쳤다.

끼엔은 그 시절 민사 작업에 대한 규율이 매우 엄격했음을 기억하고 있다. 베트남 지원군은 바늘 한 개, 실 한 가닥조차 민간인에게서 가져갈 수 없었다. 베트남 지원군의 모든 식량은 본국에서 가져왔다. 민사 작업팀이 촌락에 내려갈 때는 점심으로 건조식품이나 주먹밥을 가져가야 했다. 저녁에 돌아올 때, 과수원을 지나면 바람에 떨어진 잘 익은 망고가 밟히고, 손에 우유 나무 열매가 닿았지만 아무도 손대지 못했다. 밤에 잠을 자다가 창문으로 통통하게 익은 망고 가지가 들어와도, 군침을 삼키며 참았고, 결단코 열매에 손을 대지 않았다.

작은 바늘과 실 하나조차도 엄격하게 관리해야 했던 상황에서, 하물며 이웃 나라 여인과의 연애는 더더욱 조심해야 했다. 끼엔은 자신이 경천동지할 처지에 빠질 수 있음을 알았지만, 심장은 그의 뜻과 다르게 뛰고 있었다. 감정을 억누르려 할수록 끼엔은 더욱 강렬하고 은밀하게 사랑을 갈망했다. 사리를 잊을 수만 있었다면, 끼엔은 이렇게 가슴 아프게 멍하니 있지 않았을 것이다. 회의가 없는 저녁이면 끼엔은 캄보디아어를 가르쳐 달라는 핑계로 자주 그녀를 찾아갔다. 어느 날은 이미 쯔엉이 먼저 와서 앉아 있는 것을 보기도 했다. 사리는 끼엔이 돌아갈 때면 계단 아래까지 배웅했지만, 쯔엉과는 종종 우유 나무 있는 곳까지 함께 걷고 나서야 집으로 돌아오곤 했다.

쯔엉은 진솔하고 솔직하며 순수했다. 반면 끼엔은 내성적이고 감정을 숨기는 편이었다. 그러나 오래 감춰둔 바늘도 결국은 천을 뚫고 나오기 마련이다. 알고 보니, 쯔엉과 사리는 쯔엉이 통신 중대에 있을 때부터 친밀한 사이였다. 쯔엉이 팀을 데리고 유선을 연결하러 목욕 터를 지나면서 그들은 서로 알게 되었다. 처음에는 강을 건너 밑바닥에 선을 깔려고 쯔엉과 동료들이 여러 번 강을 헤엄치며 조사했다. 물이 너무 깊고 흐름이 빨라서 결국 U자형으로, 모니봉 다리로 우회하여 선을 연결하는 방법을 택할 수밖에 없었다. 쯔엉은 여러 번 나무 뒤에 숨어 사리가 목욕하는 모습을 몰래 지켜보았다. 이 사실을 알게 된 끼엔은 슬픔에 잠겨 밤에는 잠을 이루지 못하고, 낮에는 멍하니 지냈다. 그러나 쯔엉은 여전히 끼엔의 비참한 상황을 전혀 눈치채지 못하고 있었다.

끼엔은 아직도 바람 한 점 없는 한낮을 기억하고 있다. 그는 발코니에 앉아 아래 정원을 내려다보고 있었다. 쯔엉과 사리가 야자수 잎에 드리운 그늘에 서 있었다. 사리의 길고 윤기 나는 머리카락이 하얀 어깨 위로 흘러내렸다. 방금 머리를 감은 듯한 그녀가 빨래통을 들고 쯔엉 옆에서 할 말을 망설이고 있었다. 두 사람이 나누는 이야기는 끼엔에게도 또렷하게 들렸다.

"……."

사리가 물었다.

"예전에 오빠가 통신 중대에 있었을 때, 제가 오빠를 본 적이 있어요. 안테나 한 쌍이 나무 좀 벌레 더듬이처럼 흔들거리는 소형 에어컨만 한 큰 기계를 짊어지고 행군하던데요?"

쯔엉이 웃으며 대답했다.

"아가씨, 그건 PRC 25W 무전기야. 암호를 사용해서 수십 킬로미터, 심지어 수백 킬로미터 멀리 떨어진 곳에서도 통신할 수 있지."

"서로 대화할 수 있어요?"

"물론이지. 하지만 군사 정보는 완전히 비밀이라, 우리가 지금 이렇게 이야기하는 것처럼 얘기하면 안 돼. 그랬다간 바로 폭탄이 머리 위로 떨어질 거야."

"프놈펜에는 이제 더 이상 폭탄이 없어요. 오빠랑 제가 각각 한 대씩 가지고 서로 얘기할 수 있으면 좋겠네요."

쯔엉은 갑자기 슬퍼졌다.

"내가 옛 부대에 있을 때, 어느 날 강 건너편에서 전화선을 점검하다가 작은 점 같은 너를 봤어. 내가 목이 쉬도록 불렀지만, 너는 조용히 목욕 터로 내려가더라.”

사리가 말했다.

“제가 어떻게 들어요? 강이 그렇게 넓은데.”

“그래, 네가 들을 수 없었지. 나는 그때 너와 함께 강을 건너고 싶었어. 그때 내가 꿈꿨던 건, 벽돌 크기만 한 무전기를 가지고 있는 거였어. 가방이나 배낭에 넣고 다닐 수 있는 무전기 말이야. 두 대가 같은 주파수로 연결되어 있어서, 유선 전화처럼 번호를 눌러서 서로 대화할 수 있었으면 좋겠다고 생각했지.”

“와, 정말 좋네요.”

“그럼 너는 하루 종일, 밤새도록 나와 이야기할 거니?”

“하루 종일, 밤새도록 이야기한다고요? 그러면 오빠가 나를 금방 질려할 거예요.”

“아니! 사리만의 방식대로 이야기하면 절대 질리지 않을 거야.”

“그럼 오빠는 내가 하는 말을 귀 기울여 들어줄 거죠?”

“물론이지! 나는 하루 종일, 밤새도록 네 이야기를 들을 거야. 그 기계가 뜨거워질 때까지, 내 사랑!”

“그럼 나는 무전기를 담을 수 있는 벽돌만 한 가방을 손수 짜 드릴게요.”

“…….”

애틋하게 주고받는 말이 너무도 선명하게 들려왔다. 끼엔은 마음이 아팠지만, 감정을 드러내지 않으려고 애썼다. 끼엔은 쓴웃음을 지으며 혼자 중얼거렸다.

“자신만의 방식으로 이야기해? 무슨 방식, 사랑의 방식? 벽돌만 한 작은 무전기라니! 터무니없는 바람이야. 미친 소망, 헛된 꿈일 뿐이지. 할 수 있었다면 벌써 누군가가 했겠지. 그 무거운 십몇 킬로짜리 무전기를 어깨에 메고 다니고 싶은 바보가 어디 있어.”

하지만, 끼엔은 쯔엉을 인정할 수밖에 없었다. ‘이 녀석은 참신한 아이디어를 가지고 있어. 상부에 보고해서 이 녀석을 빨리 본국으로 보내고, 국립 공과대학의 무선공학과 2학년을 계속 다니게 해야 해. 몇십 년 후, 이 녀석은 과학자가 되어 있을지 모르지. 녀석은 뭔가 이루고 말 거야. 물론, 내가 제거해야 할 연적은 하나 줄어들겠지만 말이야.’

끼엔과 사리, 쯔엉의 삼각관계는, 다음 날 밤 끼엔이 자신의 감정을 억누를 수 있었다면 아무 일도 일어나지 않았을 것이다.

그날 밤, 달은 일찍 떠서 야자수 꼭대기 위에 걸려 있었다. 톤레사프 강은 황금빛으로 가득 차 있었고, 강 아래에서 시원한 바람이 불어왔다. 모니봉 다리는 멀리서 고요하고 지친 모습으로 두 강둑을 이어주고 있었다. 끼엔은 늦은 밤에 강에서 수영하고, 옷을 챙겨 집으로 돌아가고 있었다. 망고 정원은 과일이 익어가는 철이었고, 가끔 과일이 툭, 툭, 떨어지는 소리가 들렸다. 통역팀 숙소 근처를 지나, 총알 자국이 군데군데 박혀 있는 오래된 야자수 나무에 가까워졌을 때, 끼엔은 갑자기 쯔엉을 부르는 여자의 속삭임을 들었다.

“쯔엉 오빠. 쯔엉 오빠.”

“사리. 왜 여기 혼자 서 있어?”

“오빠 기다리고 있었어요.”

“사리, 집으로 들어가. 이렇게 서 있으면 좋지 않아. 밤에 이러면 사람들이 볼 수 있어. 위험해.”

아, 몰래 만나고 있었던 거구나. 쯔엉 이 녀석, 대단하군. 끼엔은 이런저런 생각에 잠겼다.

"붕 써 란 온 떼(오빠 나를 사랑해요)?"

쯔엉은 너무 놀라 당황하여 말했다.

"이런, 이런. 내가 여러 번 대답했잖아. 사랑은 마음속에 간직하는 거지, 꼭 입 밖으로 꺼낼 필요는 없어. 우리는 지금 숨겨야 해. 더 이상 아무 말도 하지 마. 너무 위험해."

"붕 써 란 온 떼?"

사리는 다시 같은 질문을, 이번에는 단호하고 열정적인 목소리로 물었다. 그러면서 두 팔로 쯔엉의 어깨를 꽉 끌어안았다. 매끄러운 몸매, 탄력 있는 엉덩이, 약간 잘록한 허리, 작은 어깨가 쯔엉의 어깨에 매달려 그네를 타듯 흔들리고 있었다. 쯔엉의 머리를 아래로 잡아당기는 것 같았다. 끼엔은 사리의 거친 숨소리까지 들을 수 있었다.

갑자기 끼엔의 얼굴이 화끈거리고, 관자놀이에서 맥이 뛰는 것을 느꼈다. 가슴이 뒤틀리고, 끼엔은 질투와 시기를 억누를 수 없었다.

"쯔엉 동지, 동지는 민사 규칙을 기억하고 있습니까?"

두 정인은 깜짝 놀라 떨어졌다. 쯔엉은 당황하여 검은 곱슬머리를 헝클어뜨리며, 걱정스러운 목소리로 말했다.

"끼—엔, 나야—."

"제 탓이에요. 쯔엉 오빠는 잘못이 없어요." 사리가 간절하게 말했다.

"그만 해요! 그를 감싸지 마세요."

끼엔의 목소리는 차갑고, 누군가의 입에서 유리 조각이 갈리는 소리처럼 오싹하게 들렸다. 더 이상 참을 수 없는 듯, 쯔엉은 끼엔의 손을 꽉 쥐고, 작지만 단호하게 말했다.

"우리 솔직하게 터놓고, 마음 대 마음으로 얘기합시다."

"너무 문학적이고 철학적이군요. 이 마음 이야기, 전쟁터에선 맞지 않아요. 너무 어울리지 않아요! 개인적이에요! 너무 다릅니다!"

상황은 점점 긴장감이 고조되어 가는데, 마침 사단 본부에서 회의를 마치고 늦게 그곳을 지나가던 정치 주임 중령을 만나지 않았다면 큰일이 될 뻔했다. 끼엔은 모든 사건을 빠르고, 유창하게, 마치 전장에서 전공을 세운 것처럼 흥분하며 보고했다. 풍부한 삶의 경험과 인자함을 지닌 중령은 민심 공작에 유리하지 않으니, 일을 크게 벌이지 말고 자신의 사무실로 와서 해결하라고 말했다.

끼엔은 속으로 만족감을 느끼며 걸어갔다. 사단 정치 주임 앞에서 창백한 얼굴로 애원하고 있는 겁먹은 쯔엉의 모습을 떠올렸다. 쯔엉은 전장으로 보내지지 않더라도, 징계를 받아 귀국하게 될 것이다. 그러면 쯔엉은 사리 앞에서 체면을 잃게 될 것이다….

끼엔의 생각과는 달리, 검은 곱슬머리의 남자는 중령 앞에서 침착하고 분명하게 자신의 처지를 설명했고, 모든 잘못에 대한 책임을 지고 징계를 받겠다고 했다. 반면 사리는 훌쩍이며 말했다. "저희 어머니도 베트남 사람입니다. 저희는 아직 결혼하지 않은 남녀인데, 서로 사랑하면 안 되나요?" 그러고는 모든 잘못을 자신에게 돌렸다. 사리는 울면서 애원했다. "제발 쯔엉 오빠를 징계하지 말아 주세요." 정치 주임은 "진정해라."라고 말했지만, 사리는 "아니에요! 제 생각을 말하게 해주세요. 제가 너무 사랑해서 참을 수가 없었던 거예요. 저희는 진심으로 서로 사랑합니다. 지금은 전쟁 중이라 사랑이나 결혼을 못 한다고 하더라도 전쟁이 끝나고 평화가 찾아오면 저는 반드시 베트남으로 돌아와서 쯔엉 오빠와 평생을 함께하고 싶습니다."라고 결연하게 말했다. 작은 몸집에 연약해 보이는 소녀였지만, 그녀의 사랑을 지키려는 의지는 불타오르고 있었다. 끼엔은 물론 쯔엉도 놀랐다. 중령 역시 놀랐다. 사리의 눈은 눈물로 가득 차 있었지만, 그 눈에는 결연한 의지가 빛나고 있었다.

끼엔이 생각한 것과 달리, 그들은 서로 온 마음을 다해 사랑했고, 자신들만의 방식으로 사랑에 목숨을 걸었다. 이런 사랑 방식은 정말 이상했다! 끼엔은 자신이 너무 어리석게 느껴졌고, 갑자기 이방인처럼 느껴졌으며, 외롭고 초라하고 비굴하게 느껴졌다. 정치위원회 주임은 신중하게 깊이 생각하고 단호한 표정을 지었다. 그는 침착하고 차분하게 대략 이런 의미를 전했다. "친구 나라의 정부는 생긴 지 얼마 안 되었고, 많은 업무가 산적해 있으며, 상황도 복잡하다. 폴 포트 잔당도 아직 완전히 제거되지 않았다. 두 나라 간의 결혼에 대한 공식 협정도 아직 없다. 지금은 사적인 행복을 잠시 접고 기다릴 줄 알아야 하며, 그로 인해 나쁜 사람들이 이 일을 이용해 두 민족 간의 단결을 해치는 일이 없도록 해야 한다…." 그는 또한 젊은이들의 꿈, 우정, 그리고 필요할 때 나라를 위해 기다리고 희생하는 것에 대해 많은 이야기를 했다. 그리고 결국 이 일은 소수의 사람만 알고 끝났다.

다음 날 끼엔, 사리, 쯔엉, 이 세 사람은 작은 업무 이동이 있었다. 사리는 다른 민심 공작팀과 함께 마을로 내려갔고, 끼엔은 잰과 함께 갔으며, 쯔엉은 래우 누나와 함께 다니게 되었다. 가끔 서로 마주칠 때면 쯔엉은 여전히 아무 일도 없었던 듯이 평소처럼 대화를 나누며 화난 기색도 내보이지 않았다. 끼엔은 약간 부끄럽고, 조금 후회스러운, 어색한 마음이 들었다. 하지만 그는 여전히 자기 행동이 민심 공작 규칙을 지키고 군인의 책임감에 맞는 올바른 행동이었다고 자위하고 있었다.

일주일 후, 쯔엉은 배낭을 메고 끼엔에게 인사를 건넸다.

"나 다시 옛 연대의 총신 부대로 가서 싸울 거야. 전투병인데 이렇게 조용한 곳에 있으니 너무 지루해. 사단 정치 주임한테 계속 졸라서 이제야 옮기게 됐어. 그만 가야겠다, 차가 기다리고 있어."

너무 놀라서 끼엔이 말했다.

"잠깐만, 쯔엉. 사리는 네가 가는 걸 알고 있어?"

"사리는 몰라. 알면 더 가기 어려워지니까. 하지만 나 다시 돌아올 거야."

끼엔은 귀를 긁으며 당황스러워했다. 그 순간, 끼엔은 무언가 해명하고 싶었다. 마음속에 쌓인 후회와 괴로움을 말하지 않으면, 도대체 언제 말할 수 있을까. 전쟁은 여전히 계속되고 있었다. 폴 포트의 잔당은 지원군을 게릴라 야습 전술로 공격했다. 포병, 전차병, 통신병도 모두 보병처럼 총을 들고 적을 소탕해야 했다. 적의 잔당이 숨어 있는 숲은 마치 거미줄처럼 위험한 함정으로 가득 찼다. 누가 이게 마지막 이별이 아닐 거라고 알 수 있을까.

"지난번 일, 진심으로 그렇게 하고 싶지 않았어…. 내가 너무 유치했어."

"그만해, 다 지나간 일이야, 끼엔."

"부대 안은 폭격이 너무 심했어… 쯔엉이 왜 그랬는지 말하고 싶었어…"

"사람마다 살아가는 방식이 다르잖아, 똑같은 사람은 없어. 끼엔. 그만 해, 나, 갈게." 쯔엉이 끼엔의 손을 꽉 잡고 빠르게 걸어갔다.

순간 멍해 있다가 갑자기 정신이 든 끼엔은 전속력으로 통역팀 쪽으로 뛰었다. 계단 아래에서 끼엔이 큰 소리로 외쳤다.

"사―리, 사―리…!"

마치 이별의 징조를 느낀 듯, 사리는 얼굴이 어두워진 채 허둥지둥 뛰어나왔다. 끼엔이 말했다.

"쯔엉이 원래 부대로 돌아갔어. 빨리 가야 차를 놓치지 않을 거야."

그들이 집결지에 도착했을 때, 차는 이미 먼지를 날리며 달리고 있었다. 사리는 끼엔의 어깨에 고개를 떨군 채 울었다. 눈물에 젖은 머리카락이 그의 어깨에 얼룩을 남겼다. 그 순간, 끼엔은 자신이 아주 소중한 무언가를 잃어버린 듯한 느낌을 받았지만, 그것이 무엇인지 정확히 알 수 없었다.

건기가 지나고 다시 우기가 찾아왔다.

사람들은 끼엔을 프놈펜에서 백여 킬로미터 떨어진 암렝에 있는 사단 전방 지휘부로 전출시켰다.

얼마 후, 끼엔은 귀국하여 통신 사관학교에서 공부하게 되었다. 그 이후로 그들은 다시는 만나지 못했다.

옛일이 슬프게도 마음에 남아 있었다. 갑자기 끼엔의 마음속에 간절하게 속삭이는 목소리가 울려 퍼졌다. "쯔엉! 쯔엉! 지금쯤 너는 제대해서 다른 일을 하고 있을 수도 있겠지. 너는 행복한 가정을 이루었을지도 모르고, 나처럼 여전히 군대에 남아 있을 수도 있겠지. 너는 사리, 래우 누나, 그리고 잰을 기억하고 있니?

우리가 아주 어렸을 때의 그 일을 기억하고 있을까, 아니면 이미 잊었을까? 나와 사리, 그리고 네가 함께했던 그 옛날의 일을….”

***

끼엔이 귀국을 위해 공항에 가기 전날, 사본의 초대로 그녀 집을 방문했다. 별이 많은 저녁이었다. 끼엔은 아마도 그녀의 어머니가 정원에 BTS 기지국을 설치하는 문제에 대해 다시 생각해 본 것일지 모른다고 생각했다. 아니면 사본이 뭔가를 해명하려는 것인지도 모른다. 그것도 아니면 그저 예의상 집을 방문해달라는 평범한 초대일 수도 있었다. 사실 끼엔은 자신이 관리자이자 리더로서 직원인 사본의 집을 한 번쯤 찾아가고 싶었다. BTS 기지국 설치가 성사되지 못한 것도 이유 중 하나였다. 그리고 마음속 깊은 곳에서는 이 유별나고 아름다운 캄보디아 소녀가 지닌 놀라운 비밀들을 더 알고 싶어하는 설렘이 은밀히 꿈틀거리고 있었다.

차가 모니봉 다리를 건넜다. 하늘의 별들이 톤레사프강 위에 촘촘히 흩뿌려져 있었다. 신비롭고도 부드러운 강을 만날 때마다, 한 시절의 많은 추억이 어린 강을 바라보며 끼엔의 마음은 다시금 설레고 두근거렸다. 갑자기 전화벨이 울렸다. 어, 또 098… 너무 이른 시간, 사본의 전화번호가 아닌 아버지의 번호였다.

“끼엔이에요, 아버지!”

전화를 건 아버지는 아무 말이 없었다. 저쪽에서 들려오는 고요함이 무섭기까지 했다. 끼엔은 당황하며 말했다.

“아버지! 무슨 일이세요?”

아버지의 목소리는 느리고 애절했다.

"끼엔아, 아버지는 이제 늙었다. 일흔 살이야. 이제 살날도 얼마 남지 않았다. 아버지는 손주를 보고 싶다. 외모가 어떻든 간에, 네가 빨리 장가를 가서 아버지를 기쁘게 해주면 좋겠다. 계속 독신으로 살지 마라! 네가 힘들어. 아버지도 힘들고…."

끼엔은 말없이 가만히 있었다. 또다시 결혼 이야기가 나왔다. 아버지가 너무 안쓰러워 마음이 아팠지만, 끼엔은 어떻게 아버지를 달래드려야 할지 알 수 없었다. 끼엔의 인생에는 몇 번의 사랑이 지나갔다. 친구들은 물었다. "전부 어리고 예쁘고 착한 여자들이고, 직업도 안정적인데 왜 연애만 하는 거야?" 끼엔은 구체적으로 대답하지 않았다. 독신도 하나의 삶의 방식일까? 사랑이여, 어디에 있는가? 끼엔은 아직 자신에게 맞는 진정한 반쪽을 찾지 못했다. 그 반쪽은 분명히 평범하고 시끄럽고 지루하며 피상적인 여자 속에 섞일 수 없는 존재, 아주 특별한 존재여야만 했다. 혹시 과거의 캄보디아 소녀가 그의 심혼과 감정을 전부 차지해 버린 것일까?

사본이 문을 열어 끼엔을 맞이했다. 차는 곧바로 주차장으로 들어갔다. 끼엔과 사본은 옆으로 돌아가 흰 자갈이 깔린 작은 길을 따라 천천히 걸었다.

아담하고 예쁜 저택에는 군데군데 이끼가 끼어 있고, 작은 잎을 가진 나무 덩굴이 거친 돌로 마감된 벽을 타고 올라가고 있었다. 정원은 꽤 넓었다. 끼엔은 이 집이 독특한 건축 양식을 가지고 있다는 것을 알아차렸는데, 이는 그 집 주인이 평범하지 않고, 쉽게 대중 속에 묻히지 않는 사람임을 증명했다. 정원의 조명은 은은하게 빛을 발했고, 호주산 잔디는 벨벳처럼 부드럽고 짙은 녹색을 띠며,

나무들 사이로 길게 드리운 그림자를 받아들였다. 돌이 깔린 작은 길이 반달 모양의 연못으로 이어졌고, 그곳에는 흙더미를 쌓아 만든 언덕과 여러 개의 분수대가 있었다. 장미꽃의 은은한 향이 멀리서부터 살며시 퍼져왔고, 그 속에 짙은 백목련의 향기가 더해져 마음을 설레게 했다. 군인의 발걸음이 '지금 고급스럽고 품격 있는 곳에 서 있다는 것을' 끼엔에게 말해주고 있었다.

"오늘, 제가 당신에게 큰 놀라움을 줄 거예요."

끼엔이 대답했다.

"내 인생은 늘 놀라움의 연속이었어. 또 하나의 놀라움이라니, 흥미롭겠는데."

집안일을 돕는 사람이 나와 정중하게 캄보디아어로 인사했다. 끼엔이 캄보디아어로 인사를 받는 것을 보고 그녀는 놀랐다. 사본은 블랙 아이스 커피를 주문했고, 끼엔은 연유 커피를 시켰다. 은은한 청색 네온 조명 아래, 캄보디아 전통 민속 음악이 부드럽게 방을 채우고 있었다. 사본은 낮에 직장에서 일할 때와 달리 훨씬 더 온화하고 부드러워 보였다. 끼엔은 다시금 기억 속에 익숙한 곱슬머리를 한 얼굴을 떠올렸다. 그는 지난달 면접시험에서 사본이 보여준 탄탄한 지식과 상황에 따른 유연한 대처 능력을 회상했다. 참 흥미로웠다. 그는 그토록 영리하고 예리한 응시자를 이전에 본 적이 없었다.

그날 끼엔이 물었었다.

"당신의 방식대로 말하시오! 비엣텔의 슬로건인데, 그 의미가 무엇이라고 생각하나요?"

곱슬머리 캄보디아 소녀는 비둘기 같은 눈을 들고 답변이 아닌 대화하는 듯이 말했다.

"선생님! 제 생각에는 비엣텔이 고객에게 전하고 싶은 메시지는, 항상 고객의 개별적인 열망과 소통, 정보 전달의 요구를 주의 깊게 듣고, 그것을 충족시키기 위해 노력해 왔으며, 앞으로도 계속 그럴 것이라는 의미인 것 같아요. 'Say it your way'를 선택함으로써, 비엣텔은 공동체 안에서 각 개인에 대한 경영진의 관심, 경청, 그리고 이해를 확고히 하고자 합니다. 이 메시지는 모든 사람이 개별적인 정체성을 발전시키고, 각 개인의 창의성을 장려하여 비엣텔의 사상과 행동을 더욱 풍부하게 만드는 것을 지지하고자 하는 의미를 담고 있습니다. 선생님! 저는 비엣텔이라는 공동체 안에서 특별한 사람이 되고 싶습니다. 왜냐하면, 바로 선생님들께서 각 개인이 자기 방식대로 생각하고, 살아가고, 사랑하고, 말할 수 있도록 존중해 주고, 그런 환경을 만들어 주시기 때문입니다. 그 자유로운 분위기에서 창의적 사고와 행동이 나올 수 있을 것이라는 점이 제가 비엣텔에 지원한 이유 중 하나입니다."

끼엔이 다시 물었다.

"사본, 다른 이유는 또 무엇인가요? 이 질문에 답하지 않아도, 당신은 확실히 비엣텔에 가장 먼저 합격할 겁니다."

"가족의 개인적인 문제입니다. 이해해 주시길 바랍니다. 말로 표현할 수 없는 그 이유가 바로 제가 이전 회사를 떠나 베트남의 비엣텔 캄보디아에 결단력 있게 지원하게 된 가장 큰 동기입니다."

더 이상 인터뷰는 필요 없었다. 사본은 비판할 부분이 없을 정도로 예리하고, 전문 지식과 사회적 이해가 풍부하며, 이를 간결하게 표현하는 차분하고 울림 있는 목소리를 가지고 있었다. 그 순간, 끼엔은 이 소녀가 앞으로도 많은 비밀을 간직하고 있을 것으로 생각했다.

이제 이 비둘기 눈을 가진 캄보디아 소녀가 끼엔에게 어떤 큰 놀라움을 가져다줄까? 끼엔은 넓은 거실을 둘러보았다. 한쪽 구석에 붉은 꽃을 활짝 피운 키 작은 바나나 나무가 있었고, 적갈색의 고대 토기 항아리가 놓여 있었다. 웅장한 앙코르 사원의 풍경을 그린 유화 한 점과, 문짝 크기의 절반만 한 흑백 사진이 있었다. 오, 세상에! 벽에 걸린 사진 속에 내가 있는 것이 아닌가?

끼엔은 벌떡 일어났다. 바로 여기였다! 끼엔, 래우, 잰, 사리, 그리고 쯔엉. 이 흑백 사진은 그들이 사단 본부 작업팀에 있던 시절에 찍은 것이었다…. 끼엔은 서툰 손으로 사진 속 자기 어깨에 손을 얹고, 하나하나 얼굴을 더듬듯이 만지다가, 사진에 고개를 묻었다. 끼엔은 말없이 가만히 있었다….

"이것이 제가 이전 회사를 떠나, 비엣텔 캄보디아에 온 가장 큰 이유입니다. 우리 엄마와 저는 이 사진 속 두 남자를 수년 동안 찾아다녔어요."

끼엔은 깊은 한숨을 내쉬며 말했다.

"그리고 당신 모녀는 실망했겠지…."

"네! 실망했지만 또 희망이 생겼어요. 아주 조그만 희망이지만요."

"너희 어머니께서 뭐라고 말씀하셨니?"

"아버지는 저를 보지 못한 채 전사하셨습니다. 어머니는 그 이야기를 거의 하지 않으셨어요. 이야기할 때마다 가슴 아파하셨거든요. 어머니는 울곤 하셨어요. 베트남에서 전사자 묘 발굴팀이 와서 아버지의 유해를 찾았는데, 그분들이 유해를 알아본 건, 아버지의 시신이 유선 통신선으로 겹겹이 감겨 있는 채로 묻혀 있었기 때문입니다. 사람들은 아버지의 유해를 베트남 고향으로 모셔다드렸습니다. 어머니는 아버지를 모시고 목바이 국경까지 따라가셨죠. 집으로 돌아오신 후 어머니는 거의 움직이지 않으시고, 조용히 눈물을 흘리셨습니다. 저는 너무 어려서 세상의 일, 사람의 마음, 의리 같은 것을 알지 못했어요. 사흘 후 어머니는 다시 묘지를 찾아가셨습니다. 그리고 조용히 아버지의 묘를 파헤쳐, 흙이 묻은 유선 통신선을 하나하나 주워 집 정원에 묻으셨어요. 어머니는 그 신성하고 아픈 기념물을 땅속에 간직하셨죠…."

끼엔은 말없이 가만히 있었다. 그의 앞에 전쟁 시기의 광활한 기억들이 펼쳐졌다. 끼엔은 황혼의 적막 속에서 진흙이 묻은 유선 통신선 더미 옆에 앉아 흐느끼는 캄보디아 과부의 모습을 떠올렸다. 멀리 먹이를 찾아 떠났던 새들이 힘없이 날개를 퍼덕이며 둥지로 돌아오는 장면이 그려졌다….

"사실 처음에 저희 어머니는 집 정원에 BTS 기지국을 세우는 것을 꺼리셨어요. 어머니는 '그 기둥을 볼 때마다 옛날 일이 떠오를 것 같아'라고 하셨죠. 그런데 나중에 다시 생각해 보시더니, '내가 멀리 있는데, 너희가 집에서 그 유선 통신선을 묻어둔 곳을 모르고 파헤칠까, 걱정된다'라고 하셨어요. 어머니께서는 이 문제에 대해 더 생각할 시간이 필요하다고 하셨어요…."

아침에 끼엔은 베트남으로 돌아가기 위해 포첸통 공항으로 나가야 했다. 그는 파리에서 프놈펜으로 돌아오는 사리를 기다릴 시간이 없었다. 그날 밤, 그는 신비로운 꿈속에 빠져들었다.

사본과 끼엔은 '옛 나루' 카페에 앉아 있었다. 분홍빛 조명이 은은하게 빛났다. 톤레사프강 위에는 망월루가 있었다. 은빛 달빛이 쏟아졌다. 끼엔은 마음이 설레고, 따뜻하고 친근한 감정이 가득 차오르는 것을 느꼈다. 사본은 여전히 장난기 가득한 목소리로 서구식 호칭을 쓰며 말했다.

"내일 아침, 당신은 베트남으로 돌아가죠. 마지막으로 당신에게 또 하나의 깜짝 선물을 드리고 싶어요." 또 놀라움이라니! 끼엔은 무척 흥미롭게 느껴졌다.

"저기 한번 보세요…."

끼엔은 사본이 가리키는 문 쪽을 바라보았다. 불타는 듯한 색의 사롱을 입고, 가슴 왼쪽에 몇 개의 자수가 놓인 흰옷을 입은 한 여인이 천천히 카페로 들어오고 있었다. 끼엔은 가슴이 두근거리며 자리에서 벌떡 일어섰다. 충격에 빠진 듯 얼떨떨했다.

그 여인 또한 끼엔을 보고 매우 놀라 당황한 기색이 역력했다. 그녀는 걸음을 멈추고 두 다리가 풀려 그 자리에 주저앉았다. 사본은 급히 달려 나가 그녀를 부축해 끼엔이 앉아 있는 테이블로 데려왔다. 자기 눈을 믿을 수 없었던 끼엔은 놀라서 외쳤다.

"사리…야? 사리 맞아?"

그 여인이 흐느끼며 말했다.

"끼엔, 끼…엔 오빠!"

서로의 손을 꼭 잡았다. 그러고 나서 그 여인은 끼엔의 옛 어깨로 달려들어, 마치 옛날에 쯔엉을 태운 차가 먼지를 일으키며 부대로 돌아가던 모습을 멍하니 바라보며 실망에 빠졌던 그날처럼 그의 어깨에 머리를 기댔다. 너무나도 애절했다! 끼엔은 심장이 두근거리는 것을 느꼈다. 수십 년 만에 이루어진, 뜻하지 않은 재회였다.

시간은 그녀를 인생의 가을로 데려갔지만, 옛 아름다움은 사라지지 않고 여전히 남아 있었다.

"선생님! 오늘 밤, 어머니와 함께 이 자리에 남아 주셨으면 해요. 그리고 이 공간을 어머니와 선생님께 양보할게요."

사본은 조심스럽게 인사한 뒤 돌아섰다. 사리는 손수건으로 마지막 눈물을 닦고 미소 지으며 말했다.

"이 아이가 엄마를 기쁘게 해주기 위해 모든 일을 다 해줬어요." 그녀의 목소리는 느리고 애틋했다.

"오랜만이네요, 끼엔. 끼엔은 옛날 목욕 터 기억해요?"

"세월이 많이 흘렀어. 나는 알아보지 못했어."

"그럴 수밖에 없지요, 벌써 20년도 넘었으니. 우리가 지금 앉아 있는 곳은 바로 그 '옛 나루터' 근처예요, 끼엔."

옛 나루터! 그 오래전 물가의 기억이 다시금 끼엔의 마음속에 울려 퍼졌지만, 이제는 더 이상 상상 속의 사리가 아니었다. 그녀는 지금 끼엔의 눈앞에, 매끈한 허리선과 실제로 느껴지는 피부의 향기와 함께 앉아 있었다. 이 순간, 카페는 조용했고, 마치 그들 두 사람만이 있는 듯했다. 끼엔의 마음은 설명하기 힘든 기쁨과 슬픔으로 뒤섞여 설레었다. 잠들었던 기억이 다시 깨어나며, 흐릿했던 이미지들이 점차 선명해져 눈앞에 펼쳐지는 듯했다….

잠에서 깨어난 끼엔은 포첸통 공항으로 향하는 길에서 그 꿈이 아쉽기만 했다.

산마루의 천둥소리 Tiếng sét trên triền núi

뿌늉산에서는 가끔 대낮에 벼락이 치곤 했다. 맑게 갠 하늘에 갑자기 번쩍이며 번개가 치고, 천둥소리가 요란하게 울리면 정신이 아찔해질 정도였다. 대낮에 벼락이 치면 숲이 불타거나 마을 사람들이 참혹하게 죽는 일이 벌어지곤 했다. 사람들이 산에서 내려와 골짜기에 새로운 마을을 세운 뒤로는 더 이상 대낮에 벼락이 치지 않았고, 숲도 평온해졌다.

옛날에 뿌늉산 산허리에 몽족 마을이 있었다.

뿌 씨는 말 옆에 서 있다가 문득 옛 마을을 바라보았다. 그곳에는 지금 잡초, 덩굴, 호접란, 박하가 옛 집터와 흙벽 위를 덮고 있었다. 그의 가슴은 찌르듯 아팠고, 속이 뒤틀렸다. 오래전의 일이었지만 가슴을 저미는 그 고통을 지울 수 없었다. 그곳은 그가 뚜언자오 게릴라 부대에 합류하기 전까지, 청춘을 다 바쳤던 옛 마을이었다. 그곳은 동생이 적군에게 붙잡혀 오래된 복숭아나무 가지에 매달려

총에 맞아 죽었던 곳이기도 했다. 프랑스군이 어머니의 배를 가르고 간을 꺼내 살해했던 곳이다. 어머니의 시신은 어디에 묻혔는지 지금도 모른다. 아버지, 어머니, 동생까지 합쳐 여덟 명이 그곳에서 모두 목숨을 잃었다. 집이 타고, 마을은 붉은 불길에 휩싸였으며 연기가 하늘 높이 치솟았다. 사람들의 피가 여기저기 웅덩이를 물들였다. 그 경천동지할 비극은 오래된 일이 아니라 마치 어제 일어난 일 같았다.

아, 세상에! 예전에 이 계곡에서 올려다보면 집들이 산허리에 걸린 새 둥지처럼 작게 보였다. 여름에는 뜨거운 열기가 뿜어져 나오고 물이 부족해서 몽족 사람들은 산 밑에 있는 샘까지 내려가 물을 짊어지고 올라왔다. 옛날에 몽족 사람들은 뿌눙산 비탈에 집을 짓고 살았는데, 지붕은 억새로 덮고, 벽은 흙으로 발랐으며, 출입구는 하나뿐이어서 밤낮 할 것 없이 항상 어두컴컴했다. 겨울이 오면 바람이 거세게 불어 그 '새 둥지' 같은 집들이 금방이라도 계곡 아래로 날아갈 것만 같았다. 그런데도 집들은 마치 땅속 깊이 뿌리라도 내린 것처럼, 아무리 강한 바람도 뽑아내지 못했다. 마을 사람들은 말, 개, 염소, 거위까지 기르고, 하늘과 가까운 그 메마른 돌산에서도 옥수수와 유채를 재배했다. 설이 지나고 1월이 되면 산비탈에 복숭아꽃이 활짝 피었고, 청년들은 피리를 불고 아가씨들은 콩주머니와 비슷한 파오를 던지며 한 달 내내 즐겼다. 옥수수를 돌 틈에 심기 시작해야 할 때가 되어야 비로소 놀이가 끝났다. 높은 산에 사는 몽족 사람들의 생명력은 정말로 신기할 정도로 강인했다!

***

그가 또 왔다. 그는 조용히 여물통 가까이 다가오더니, 날카롭고 높은 목소리로 말했다.

"뿌야! 내가 깊이 생각해 봤어. 오늘은 너를 네 어머니 숭이 묻혀 있는 곳으로 데려다줄게."

노인은 놀라지는 않았지만, 칠십 년간 쉼 없이 뛰어온 늙고 지친 가슴은 여전히 설렜다. 그가 "내가 깊이 생각해 봤어…."라고 말할 때마다, 노인은 희망을 품었다가 실망한 적이 여러 번 있었다. 그가 와서 데려가겠다고 할 때마다 노인은 따라나섰다. 비록 어머니의 유골을 찾을 수 있을 거란 믿음은 잠시 번쩍였다가 곧 사라졌지만 말이다.

그가 다시 노인을 데리고 뿌늉산 비탈을 올라갔다.

산비탈은 온통 노란 억새로 덮여 있었다. 해 질 무렵의 바람이 서로 뒤쫓듯 달리며 바위 틈새로 휘몰아쳤다. 땀이 그의 등과 소매를 적셨다. 그는 머리에 쓰고 있던 낡고 더러운 검은 베레모를 벗어 얼굴과 목을 닦았다. 그의 머리카락은 대나무 뿌리처럼 거칠고 희끗희끗하며, 두 눈은 불그스레하고, 얼굴은 말의 얼굴처럼 심줄이 가득했다.

오월의 햇볕이 내리쬐고 마른 억새가 바싹 말라가던 어느 날, 그가 와서 "내가 깊이 생각해 봤어! 네 어머니의 무덤을 확인시켜 줄게."라고 말했다. 노인은 기뻐하며 그를 따라갔다. 어느 겨울, 비가 내리고 추운 날씨에도 그가 와서 "내가 깊이 생각해 봤어. 오늘, 네 어머니가 묻힌 곳을 보여주겠어."라고 말했다. 노인은 너무 기뻐서 비바람을 맞으며 그를 따라나섰다. 한밤중에 그가 찾아와 "잠을 잘 수가 없었다. 숭 아주머니가 나타나 나를 계속 쳐다보면서 '옛일은 이제 다 지나갔어. 나, 더 이상 당신을 원망하지 않아. 그런데 왜 당신은 나와 내 아이를 만나지 못하게 하는 거야?'라고 책망하는 거야." "내가 곰곰이 생각해 봤다. 오늘 밤, 내가 너를 네 어머니가 묻힌 곳으로 데려가지 않으면, 눈을 감고 죽을 수 없을 것 같아." 뿌는 너무 기뻐서 바로 그날 밤 그를 따라 집을 나섰다.

그렇게 여러 번, 비슷한 상황이 계속되었다! 하지만 뿌눙산 비탈, 바로 그 산비탈에 오면, 그는 멈춰버렸다. 그곳은 예전에 그의 동생 브가 복숭아나무에 매달려 총에 맞은 곳이었다. 그는 더 이상 가지 않으려 했다. 이상한 일이었다.

그는 노인에게 돌아가라고 했다. 그리고 노인의 어머니가 묻힌 곳은 여전히 광활하고 신비로운 어둠 속에 남아 있었다. 노인은 그에게 애원하고, 협박도 해봤다. 하지만 그는 차갑게 "잘 대해주면 말하겠지만, 그렇지 않으면 그 비밀을 무덤까지 가져갈 것이야!"라고 말했다. 노인이 그 의도를 파악하지 못하면, 그는 어머니의 묘지를 저승으로 가져가겠다고 했다.

노인은 화가 났고, 그를 증오했다. 그렇지만, 억울함을 가슴속에 억누를 수밖에 없었다. 노인은 거친 숨을 내쉬며 뒤처지지 않으려 애써 발걸음을 옮겼다.

갑자기, 그가 빈 땅에 털썩 주저앉았다. 힘이 빠지고, 숨이 턱턱 막혀, 노인 역시 털썩 주저앉으며 신음했다.

"싸! 싸야! 이 늙은이를 도대체 언제까지 더 괴롭힐 작정이냐?"

그는 느릿느릿 담뱃대에 담배를 채웠다. 바람을 막기 위해 손으로 감싸고, 라이터를 켜니, 연한 푸른 담배 연기가 바람 따라 흩어졌다. 그의 얼굴은 새까맣게 어두워졌고, 차갑게 굳어 있었다. 그는 여전히 돌처럼 침묵을 지켰다.

노인은 여기가 예전에 몽족의 흙집만큼이나 크고 높았던 오래된 복숭아나무가 있던 곳임을 알아차렸다. 가지는 무성하게 퍼져 있었고, 꽃봉오리가 빽빽이 맺혀 있으며, 꽃잎은 연분홍색이었다. 이제 복숭아 숲은 사라졌다. 그 오래된 복숭아나무도 더 이상 없다. 브의 무덤은 이미 발굴되어 뚜언자오 묘지로 옮겨져 안식하고 있다. 여기는 갈색 흙으로 뒤덮인, 아무 풀도 자라지 않는 황량한 땅만이 남아 있을 뿐이었다. "불쌍한 내 동생!" 노인은 브를 애틋하게 생각했고, 자신에게도 애통해했으며, 옆에 앉아 있는 무뚝뚝한 늙은이도 안타까웠다. 그도 어떤 고통이나 측은지심이 있어 노인을 여기 데려왔을 텐데, 와서는 정작 아무 말도 하지 않았다. 노인은 주름진 두 뺨을 타고 흐르는 눈물을 손으로 훔치며 가슴 속 깊이 흐느꼈다.

***

그때 우리는 서북 지역 전투를 준비하고 있었고, 뚜언자오에 있던 적들은 마치 여자가 장을 보러 가듯 쉽게 뿌늉으로 진입했다. 피엥띠 주둔지의 백인과 흑인 프랑스군도 월맹군에게 물자를 공급하던 몽족을 매복하여 기습했다.

뿌늉 마을의 아이들은 브가 마을에서 갑자기 사라진 것을 알았다. 그들은 "브는 산으로 들어갔어"라고 수군댔다. 산에 들어간 지 오래되었고, 집으로 돌아오지 않았다. 그런데 숭 아주머니가 아들을 찾으러 가지 않는 걸 보고, 숭파이싱의 유격대를 따라갔다고 생각했다. 브는 체구가 작아서 열다섯 살이지만 겨우 열세 살짜리만큼 보였다. 그는 말수가 적고 조금 소심한 편이었지만, 땅따먹기 놀이를 잘했고, 피리를 멋지게 불며, 팽이치기를 좋아했다. 뿌늉의 아이들은 브의 재주를 높이 평가하며 "브의 팽이는 돌 때도 알고 쉴 때도 아는데, 쉬면 꼭 서 있는 것처럼 쓰러지지 않아."라고 말했다. 브와 항상 함께 다니던 누렁이 개가 있었는데, 어디를 가든지 그림자처럼 함께 다녔다. 산에 갈 때는 누렁이가 앞에서 뛰어다니고 뒤에서 쫓아오고, 킁킁거리며 냄새를 맡다가 때로는 벼랑 쪽을 향해 짖기도 했다.

유격대는 림 숲에서 완전히 포위되어 수십 일 동안 쌀도 소금도 없이, 성과의 연락이 완전히 끊겼다. 백인 프랑스 군인들은 "뚜언자오에 있는 월맹군이 굶어 죽지 않으면 산속 야인처럼 될 거야"라고 말했다. 아직 야인이 되진 않았다. 그러나 유격대원들의 얼굴은 젖은 나뭇잎처럼 창백했고, 일부는 이미 배가 부어오른 상태였다. 나중에야 유격대에 모든 물자를 공급한 것이 숭 아주머니와 그녀의 아들이었다는 사실이 밝혀졌다. 아주머니는 찹쌀밥을 짓거나 찐 옥수숫가루 음식을 산바나나 잎에 싸고 쌀을 등에 짊어진 채 칼을 들고 산에 가는 사람처럼 움직였다. 브는 집 근처 밭에서 어머니를 기다렸다가 그것을 림 숲으로 전달했다.

유격대는 굶어 죽지 않았다. 밤마다 그들은 여전히 피엥띠 주둔지를 몰래 습격했다. 낡은 두 개의 총구에서 '탕, 퍽, 탕, 퍽….' 소리를 뿜고는 달아났다. 이런 소규모의 공격 방식도 프랑스군을 미치게 하여 밥도 제대로 못 먹고, 잠도 제대로 못 자게 했다. 프랑스군은 몽족이 월맹군을 돕고 있다고 의심했다. 그들은 각 집을 뒤져서 소금을 모두 빼앗았다. 소금이 없으면 유격대를 공격하지 않아도 사람들은 지쳐 쓰러질 것이다. 동굴 안에서 창백한 얼굴을 한 뿌씨의 총을 쥔 손이 떨렸다. 다른 동료들은 쌀 대신 고구마 뿌리를 먹어 치아가 쪽빛으로 물들었다. 적들은 다시 마을 사람들이 숲에 가지 못하도록 금지령을 내렸다. 그들은 총을 들고 설치며 앞에서 뛰는 동물을 쏴 죽이고는 으르렁거리며 "월맹군에게 물자를 공급하는 놈들을 이 염소나 거위처럼 쏴버릴 거야."라고 위협했다. 밤이 되면 적들은 길목마다 매복해 마을에서 나가는 사람들을 잡으려고 기다렸다. 일부 가정은 견디지 못하고 가족끼리 마을을 떠나 다른 곳으로 도망쳤다. 뚜언자오의 유격대는 마치 물에서 떨어져 나온 물고기처럼 주민들과 멀어지게 되었다.

숭 아주머니는 마을에서 나갈 방법이 없었다. 두 아들과 유격대가 동굴에 숨어 있는 상황에서 마음을 졸이며 걱정하고 있을 때, 누렁이가 돌아왔다. 누렁이는 땅에 몸을 바짝 붙이고 기어 문틈으로 살며시 집 안으로 들어왔다. 젖은 코로 숭 아주머니의 발을 건드렸다. 아주머니는 아들이 사랑하던 개와, 목에 묶인 야생 정향 꾸러미를 알아보았다. 누렁이는 눈물을 머금은 눈으로 아주머니를 올려다보며 마치 도움을 요청하는 듯했다. 모성의 직감으로 아주머니는 효심 깊은 브가 동굴에서 소금이 다 떨어졌다는 것을 어머니에게 알리고 있다는 것을 느꼈다. 아주머니는 큰 나무 숟가락으로 찐 옥수숫가루를 퍼서 누렁이에게 먹였다. 잠시 생각한 후, 말린 박 속에 숨겨둔 소금을 모두 털어보았으나 겨우 한 움큼밖에 나오지 않았다. 적더라도 없는 것보다는 낫다고 생각한 아주머니는 소금을 싸서 누렁이

목에 다시 묶고 "다음에 또 오너라. 내가 소금을 구할 방법을 생각해 볼게."라고 말했다. 누렁이는 감사의 눈빛을 보내며 조용히 문을 나서 숲으로 들어갔다. 그날 이후, 숭 아주머니는 오직 마을에서 소금을 모으는 일에 전념했다. 자기 옥수수, 콩, 밭에서 나는 쌀을 가져다 소금과 바꾸었다. 한 줌의 소금도, 몇 알의 소금도 바꿔서 모았다. 그리고 누렁이가 몰래 돌아와 가져가기를 기다렸다.

동굴 속에 있던 우리 편 사람들은 굶주리고, 입맛도 잃었다. 일부 사람들이 목숨을 걸고 마을로 돌아와 쌀과 소금을 구하러 다니다가 매복에 걸렸다. 긴장감과 답답함이 뿌늉산을 덮었다. 숭 아주머니는 초조하고 불안했다. 두 아들이 만약 마을로 내려오려다가는 총에 맞아 죽을 것이 분명했다. 아주머니는 다시 찐 옥수숫가루를 바나나 잎에 싸서 질통에 넣고, 약간의 소금은 몸에 숨겼다. 이른 아침, 뿌늉 마을은 안개 바다에 잠겨 있었다. 사람들은 아직 마른 풀로 만든 침상에서 몸을 웅크리고 자고 있었지만, 아주머니는 조용히 집을 떠났다. 손에는 칼을 쥐고, 등에는 질통을 진 모습이 마치 이른 새벽 밭일을 하러 가는 사람처럼 보였다. 아주머니는 유격대에 음식을 전해주기 위해 동굴로 향했다.

첫 번째 배달은 무사히 마쳤다. 두 번째 배달도 발각되지 않았다. 세 번째 배달에서 숭 아주머니는 마을을 떠나자마자 적에게 붙잡혔다. 진한 술 냄새를 풍기는 놈이 졸린 목소리로 아주머니에게 물었다. "너 혼자 먹으려고 이렇게 많은 옥수숫가루를 찧어 준비한 거냐? 너 혼자 20명분을 먹는 거야?" 피엥떠 진지에 있는 적의 손에 떨어졌다면 죽는 것밖에 방법이 없었다. 아주머니는 간청하지도 않고 소리치지도 않으며 모든 야만적 고문을 묵묵히 견뎠다.

그들은 숭 아주머니를 몽족의 집마다 데리고 다니며 "베트남 월맹군에게 물자를 제공한 사람의 이름만 말하면 곧바로 놓아주겠다."라고 말했다. 숭 아주머니는 고개를 저었다. 몽족은 원래 그런 사람들이었다. 한 번 따르기로 한 사람은 끝까지 따른다. 그들은 아주머니를 숲 가장자리의 빈터로 끌고 갔다. 하얀 피부에 덥수룩한 수염을 기른 서양인 지휘관이 병사들에게 명령했다. 병사들은 철제 솥을 걸고 불을 지폈다. 두 명은 아주머니의 팔을 잡고, 두 명은 다리를 잡았다. 또 한 명은 단검으로 아주머니의 배를 갈라 간을 꺼냈다. 그들은 조금의 망설임도 없이 아주머니의 간을 썰어 쇠솥에 던졌다. 한 병사는 팔을 걷어붙이고 솥에 든 간을 뒤집었다. 솥에서 연기가 자욱하게 피어오르며, 바람이 불어 사람 간이 타는 역겨운 냄새가 숲속에 퍼졌다. 서로 간을 나눠 씹어 먹는 그들의 입술에 기름이 번들거렸다. 땅딸막하고 뚱뚱한 통역병이 서양인 지휘관 대신 "베트남 월맹군은 정말로 용감해. 내가 그들의 간을 먹어보니, 얼마나 크고 담대한지 알겠다."라고 말했다. 하얀 서양인이 검은 서양인보다 더욱 잔인했다. 검은 서양인들은 간을 먹지 않고 얼굴을 돌리며 눈시울을 붉혔다.

수염을 기른 서양인이 다시 통역병을 불러 뭔가 중얼거렸다. 타이족과 몽족 출신의 프랑스군 병사들은 멍한 얼굴로 듣고 있었지만, 아무것도 이해하지 못했다. 통역병 역시 처음에는 어리둥절한 표정을 지었지만, 이내 갑자기 "아!" 하고 외치며 무언가를 깨달은 듯한 반응을 보였다.

"이놈." 그는 싸를 가리켰다. 그리고 또 다른 병사들을 가리키며 말했다. "이놈이랑 저놈도." 상급자가 "이 간 큰 몽족 월맹 여자의 시체를 멀리 가서 묻어라. 당장 증거를 없애고, 흔적을 아주 잘 숨겨라. 마을 사람들이 시체를 여기로 끌고 와서 보상을 요구하지 않도록 해라."라고 말했다.

싸는 몸을 떨며 서툴게 숭 아주머니의 손을 잡아 들어 올리려 했지만, 금방 놓쳐버렸다. 두려움은 눈앞이 번쩍하는 따귀를 한 대 맞고 나서야 떨칠 수 있었다. 그는 아주머니의 머리카락을 잡아끌었다. 다른 두 병사는 군용 삽을 들고 그 뒤를 따랐다.

세 명이 구름 낀 숲속으로 사라지자, 바람이 멈췄다. 나뭇잎 하나 흔들리지 않고 고요했다. 공기는 무겁고 답답해 숨쉬기조차 어려웠다. 그런데 갑자기, 맑은 하늘에서 번쩍하고 번개가 치며 천둥이 울었다. 눈이 부실 정도로 번개가 하늘을 가로질렀다. 적군의 장교와 병사들은 깜짝 놀라 도망치기 시작했다. 뿌늉에 사는 몽족 사람들은 모두 마당에 나와 하늘을 올려다보았다. 그들은 번개가 뿌늉산 꼭대기에만 떨어진다는 것을 알고 있었다. 대낮에 번개가 치는 것은 매우 오랜만의 일이었다. 대낮에 번개가 치는 것은 숲에 큰 변화를 의미했다….

한번은 실제로 산불이 일어나서 마을까지 불에 휩싸였다. 한참 후 정신을 차린 서양인들이 불을 끄기 시작했다. 모두 상의를 벗은 서양인들의 피부는 싸움닭처럼 붉게 변했으며, 마치 미친 물소처럼 횃불을 휘둘렀다. 불길은 시뻘겋게 타오르고, 연기가 하늘 끝까지 치솟았다. 프랑스군이 있던 숲을 태우고, 뿌늉 마을까지 태워버렸다.

숭 아주머니가 희생되자, 뚜언자오에서의 혁명 운동은 잠시 소강 상태에 빠졌다. 뿌늉 마을은 무거운 공기와 애도의 분위기로 가득 찼다. 그러나 뚜언자오 외곽 마을들에서는 칼을 메고 집을 떠나

숲으로 숨어드는 사람들이 하나둘씩 나타났다. 숭 아주머니의 희생은 중요한 연락망 하나가 사라졌음을 의미했다. 브는 어머니의 일까지 맡아 림 숲을 지나 뿌늉에서 뚜언자오로 이어지는 연결고리가 되어야 했다. 브는 주로 밤에 숲을 가로질러 다녔고, 반려견 누렁이와 함께 길을 나섰다.

브는 뚜언자오에서 뿌늉으로 돌아가는 길에 적에게 붙잡혔다. 적군은 브의 팔을 뒤로 한 채 가시줄로 묶어 싸를 시켜 말을 끌듯 끌고 갔다. "살고 싶으면 월맹군을 있는 데로 안내해라." 브는 고개를 끄덕이며 동의하는 척했다. 적군은 총을 들고 흥분한 채 브를 따라갔다. 브는 하루 종일 적들을 데리고 빙빙 돌았다. 고개를 넘고, 산에서 내려가고, 개울을 건너며, 가시덤불을 통과하고, 독성 식물 사이를 헤쳐 나갔다. 이곳에 월맹군이 없으면 다른 곳으로 데려갔다. 반려견 누렁이는 멀찍이 따라오며 때로는 덤불 속에 숨어 있고, 때로는 슬그머니 옆으로 지나갔다. 싸가 몇 번이나 총을 겨누며 쏘려 했지만, 누렁이는 그때마다 덤불 속으로 사라져 버렸다. 6월의 태양 아래 적군은 하루 종일 걷고도 월맹군의 그림자도 찾지 못한 채 피로와 갈증에 시달렸다. 회유도 통하지 않고, 협박과 폭력에도 브는 전혀 두려워하지 않았다. 브는 끝까지 게릴라 부대의 위치를 말하지 않았다. 브는 순하고 착했지만 그만큼 대담하고 강인했다. 브가 정보를 털어놓으면 뚜언자오의 혁명 기지가 무너지고, 게릴라 부대는 몇 자루의 총과 산에서 쓰는 칼, 그리고 활밖에 없어 모두 전멸할 위기였다. 적군은 15살짜리 어린아이에게 속았다는 사실에 실망하고 분노하며, 브를 뿌늉산 중턱의 오래된 복숭아나무에 매달았다. 얼굴이 붉어진 지휘관은 병사들에게 브의 바지를 벗기라고 명령했다. 그는 반짝이는 강철 단검을 꺼냈다. 왼손으로는 브의 성기를 움켜잡고, 오른손으로는 칼을 휘두르며 말했다.

"월맹군 어디 있어?" 브는 침묵했다. 코가 빨간 놈이 다시 고함쳤다.

"월맹군 어디 있냐고!"

소년은 여전히 침묵했다. 갑자기, 코가 빨간 놈의 왼손이 물에 흠뻑 젖었다. 지독하게 고약한 소변 냄새! 분노한 그는 이를 악물며 소년의 생식기를 움켜잡았다.

"월맹군 어디 있냐고!" 그는 짐승처럼 소리치며 날카로운 칼로 세차게 그었다.

브는 몸을 구부리며 고통스러워했다. "엄마!" 피가 쏟아져 나와 코가 빨간 놈의 바지에까지 튀었다. 놈은 급히 멀리 도망가면서 소리 질렀다.

"쏴…. 쏴…. 쏴…. 쏴라!"

그날, 벼락이 다시 뿌늉산 꼭대기를 강타했다. 번개는 광선처럼 번쩍이며 무더운 하늘을 갈랐다. 그러나 귀가 멍해질 만큼 큰 천둥소리는 한 번뿐이었다.

***

뿌 씨는 브의 죽음과 산꼭대기의 벼락에 대해 더 이상 생각하지 않으려 했다. 그의 동생은 끔찍하게 죽었다. 브가 너무 불쌍했다. 하루 종일 브는 얻어맞고, 굶주리고, 목이 말랐다. 브는 배고픈 채로 죽었다. 귀신도 배가 고팠을 것이다. 갑자기 뿌 씨의 온몸에 흐르던 피가 거꾸로 솟구쳤다. 그는 싸 몸을 덮쳤다. 싸가 쓰러졌다. 뿌 씨가 그의 목을 움켜잡고 말했다.

"너! 너희. 너희가 우리 집안을 모두 멸망시켰어!"

싸는 저항하지 않았다. 몸은 축 늘어지고, 두 팔은 힘없이 내려간 채로 죽음을 기다리고 있었다. 하지만 바로 그 순간, 뿌의 손이 느슨해졌다. 싸는 옆으로 비켜 털썩 주저앉으며 숨을 헐떡였다. 하늘과 땅이 어두워졌다. 싸는 천천히 일어나 갑자기 울음을 터뜨리며 털어놓기 시작했다.

"뿌야! 네가 우리에게 네 가족을 모두 멸망시켰다고 했지. 하지만 나도 진작에 끝장났어, 조금도 행복하지 않아. 지난 오십 년 동안 나는 아내도, 자식도, 가족도 없이 살았어. 살아도 죽은 사람처럼 살았어." 그는 울며 끊임없이 하소연했다.

"뿌, 넌 모를 거야! 다른 녀석들이 네 동생을 쏠 때 나도 쐈어. 나는 조준하지도 않았고, 내 총알이 명중했는지도 확실치 않아. 네 동생 브는 죽었지만, 빨간 코의 지휘관이 우리에게 철수하지 말라고 했어. 그자는 나와 한 분대에 좋은 총을 가진 사람들을 남겨두고 몇 날 며칠 동안 숨어서 브의 시신을 가지러 오는 사람을 잡으라고 했지. 뿌야! 나 거짓말하는 거 아니야! 네 동생 브의 누렁이는 자리를 떠나지 않았어. 그 개는 계속 그 근처를 어슬렁거리며 가끔 큰 소리로 짖었어. 날씨는 덥고 마실 물도 부족했어. 우리 병사들은 날씨는 덥고, 마실 물은 없고, 낮에는 먹어도 밥맛이 없고, 밤에는 누렁이의 짖는 소리 때문에 잠을 못 잤어. '젠장, 내가 쏠게.' 뿌야, 너는 모를 거야! 내가 총을 개에게 겨누고 쐈어 '탕… 탕.' 두 발의 총성이 바람 속으로 사라졌어. 누렁이는 다른 덤불 속으로 숨어버렸어. 그런데 다시 짖더라. '왈…왈…' 나는 총을 들고 따라갔어. 브의 누렁이를 쏘느라 정신이 팔려 있다가 삐뚤어진 돌을 밟고 말았어. 나는 아편 밭 아래로 수십 바퀴를 굴렀어. 마을 사람들이 신선한 대나무를 잘라 만든 날카로운 울타리 말뚝이 내 중요 부위를 거의 끊어버렸어. 피가 줄줄 흘렀지. 동료들이 풀을 뜯어 씹어서 상처에 붙이고는 나를 뚜언자오 병원으로 둘러업고 갔어. 하지만 그때부터 내 몸은 망가졌어. 난 남자도 아니고 여자도 아닌 상태가 되어버렸어. 난 죽은 사람처럼 살아왔어. 계속 생각했어, 네 동생 브의 혼령이 그 근처에서 복수하려고 떠도는 건 아닐까 하고. 뿌야! 네 동생 브가 나에게 복수하는 거니?"

"네가 착각하고 있어! 내 동생 브는 복수를 모를 거야. 그 애는 토끼처럼 온순했어. 작고 연약했단 말이야! 복수를 한다면 그건 바로 나야."

"아, 세상에! 마을 사람 중에 나만큼 비참한 사람이 있을까, 뿌야…?"

싸는 정말로 우는 것 같았다. 그리고 그가 지금 진심으로 말하고 있다는 것도 알 수 있었다. 50년 동안 그는 혼자 외롭게 살았고, 아내도 자식도 없이 살아왔다. 알고 보니, 그는 반세기 동안 사람 같지 않게, 괴이한 상태로 한을 품고 지내온 것이었다. 갑자기 뿌는 싸가 불쌍해 보였다. 그를 위로해 주고 싶었지만, 아무 말도 할 수 없었다.

싸가 일어섰다. 다리가 휘청거렸다. 그는 예전처럼 산에서 내려갔다. 오르내리기를 반복해 온 그 모습 그대로였다. 그의 허리는 이미 굽어 있었다. 그의 그림자가 울퉁불퉁한 석회암 돌과 가시덤불이 뒤덮인 가파른 오솔길 위로 비틀거리며 드리워졌다. 또 한 번 어머니의 무덤을 찾으러 가면서 그가 뿌를 길 한가운데 남겨두고 떠나버렸다. 해가 저물었으니 이제 뿌도 일어나 집으로 돌아가야 했다. 뿌는 늙어서 산에서 내려가는 게 너무 힘들었다. 입에서 숨을 헐떡거리며 내쉬는 소리가 끊어질 듯했고, 발가락에선 땅을 짚으며 피가 터져 나왔다. 싸도 많이 늙었고, 그의 손발은 나보다 더 떨리고 있었다. 이런 가파른 돌길에서 잘못해서 넘어지기라도 하면 산 아래로 굴러떨어질 텐데, 그의 살과 뼈가 남아나겠는가?

***

그날, 사실 뿌는 브를 뿌늉산에서 잡아 쏴 죽였다는 것만 알았지, 정확히 어디에서였는지는 몰랐다. 산맥은 거대하고 끝없이 이어져 있었으며, 당시 그곳 주인은 적들이었다. 두 달이 지나서야 적들이 피엥띠 주둔지로 철수했고, 아군 쪽으로 달려온 한 병사가 알려주어서야 뿌는 브를 찾을 수 있었다. 정말 신기했다! 브의 몸은 말라 있었고, 머리는 높이 들려 있었으며, 가볍게 복숭아 나뭇가지 아래서 흔들리고 있었다. 설마 산에서 뜨거운 날씨에 브의 시신이 말라버린 걸까? 아니면 브의 영혼이 울부짖어 하늘과 땅이 그를 불쌍히 여겨 시신을 온전히 보존한 걸까? 혹은 대낮에 벼락이 쳐서 브의 몸이 마른 걸까? 그는 마른 브의 시신을 내려서 가시덩굴로 묶인 매듭을 서너 개 잘라내고, 복숭아나무 밑에 묻었다. 동생을 묻고 나서 보니, 누렁이도 그 근처에 엎드린 채 죽어 있었다. 누렁이도 마치 숯불 위에서 말려진 것처럼 말라 있었다. 그는 작은 구덩이를 더 파고,

누렁이를 브의 무덤 옆에 묻었다.

그 시기, 월맹군은 서북부 해방 작전을 준비하고 있었다. 적들은 무차별하게 소탕하고 잔혹하게 테러를 자행했지만, 그들 역시 매우 불안해하고 있었다. 이제 더 이상 후퇴할 길이 없었다! 숲에서 총을 안고 있는 건 죽음을 기다리는 것이었고, 결국 죽게 될 것이었다. 숭 할머니와 브가 희생하면서 뿌늉 마을 사람들과 뚜언자오 유격대에 더 큰 힘을 실어주었다. 산 아래에서 많은 군인이 올라와 유격대와 함께 피엥띠 주둔지를 포위했다. 피엥띠 주둔지는 완전히 뿌리 뽑혔다. 그는 총을 들고 수염이 난 백인 서양인을 찾아다녔지만, 보이지 않았다. 몽족의 빨간 코 지휘관도 찾아다녔지만, 그도 흔적조차 없었다. 그들이 미리 도망쳤는지, 아니면 어디선가 죽었는지 알 수 없었다. 뿌늉에서 적은 완전히 소탕되었고, 사람들은 마을로 줄지어 돌아왔다. 승세를 타고 월맹군은 뚜언자오 외곽 지역까지 해방했고, 점차 디엔비엔으로 진격해 갔다.

***

그날 밤, 뿌 씨는 잠을 이루지 못했다.

저녁 무렵 어머니의 무덤을 찾으러 갔다가 다시 미완으로 끝나버린 여정이 생각나서 뒤척이고 있었다. 그때 싸가 사람을 보내 그를 급히 부르러 왔다. 또 무슨 일일까? 그는 중얼거리며 낡은 군복 상의를 걸치고 집을 나섰다. 설마, 이번에도 그가 어두운 밤중에 어디로 가자고 부르는 건가?

싸의 집은 마을 끝에 있었고, 작고 낮아서 마치 소 외양간 같았다.

그는 혼자 살았다. 밤이 깊어질 때까지 그는 마을의 이쪽 끝에서 저쪽 끝까지 헤매고 다녔다. 말이 없고 과묵해서, 아무도 그의 속마음을 알 수 없었다. 하지만 가끔 그는 마치 부모님이 돌아가신 것처럼 갑자기 통곡하곤 했다. 사람들은 그가 정신이 나갔다고 말했고, 또 어떤 사람들은 그가 미쳤다고 했다.

뿌 씨가 도착했다.

싸는 낡고 반질반질해진 대나무 침상에 누워 있었다. 그의 친지들이 먼저 와서 기름등잔의 불을 더 키웠다. 파란 불빛이 깜빡이며 사람의 그림자가 마치 도깨비불처럼 흔들렸다. 그는 쌕쌕거리며 힘겹게 숨을 쉬고 있었다. 싸는 손짓으로 뿌를 가까이 오라고 했다.

"뿌… 야! 나를… 용서… 해 다오."

싸의 목소리는 점점 작아졌다. 아마도 그는 저승으로 떠나고 있는 것 같았다. 죽어가는 새는 슬픈 소리를 내고, 죽어가는 사람은 진심을 말한다. 뿌 씨는 그가 죽을까 봐 두려웠다. 그는 힘을 주어 입을 열려고 애썼다.

"뿌…. 야! 네 어머니의 무덤…. 은…. 은…. 은…."

뿌 씨는 재빨리 그의 머리를 들어 올렸다. 하지만 그는 숨이 막혀 더 이상 말을 하지 못했다. 그의 눈에서 눈물이 흘러 뼈만 남은 늙은 두 뺨을 타고 내려왔다. 그는 몸을 한 번 떨더니, 혀는 굳어지고 그의 머리는 한쪽으로 기울어졌다.

뿌 씨의 눈은 흐릿해졌고, 세상이 꽃무늬로 뒤덮인 것처럼 보였다. 하지만 뿌 씨는 그 순간 싸의 얼굴이 환하게 피어오르는 것을 보았다. 그의 얼굴은 저녁 무렵처럼 어두워 보이지 않았다.

붉은 단풍잎 Lá phong đỏ năm thùy

붉은 단풍잎.

미엔은 자신이 살아오는 동안, 이 붉은 색을 어디선가 보았었다. 그런데 아무리 생각해도 기억이 나지 않았다. B52 폭격 후에 남겨진 선홍색 바나나꽃이었던가? 여름에 하얀 모래 위로 달려들던 검붉은 구름이었나? 전쟁이 끝나던 날 빛나던 붉은 깃발이었나? 도저히 생각이 나지 않았다. 그 단풍이 행복이었는지, 상실의 아픔이었는지도 생각나지 않았지만, 오랫동안 그녀를 괴롭혔다.

갑자기 센강 쪽에서 바람이 불어와 미엔이 느끼는 무거운 걱정의 흐름을 가로막았다. 그 선홍색에 관한 생각이 순식간에 흘러갔고, 몸소 체험했던 그 어떤 전쟁의 모습을, 오랫동안 생각을 멈출 수 없었다. 아마도 미엔은 호앙과 함께 따뜻하고 고요한 파리의 오후 시간을 평화롭게 걷고 있어서 그 기억이 쉽게 떠오르지 않았던 것 같다. 단풍잎이 떨어졌다. 바람이 단풍잎을 한곳으로 모았다.

미엔은 신발을 벗어 손에 들고, 샹 드 마르스 공원에 맨발을 디뎠다. 가끔 바람이 모아놓은 단풍 더미를 밟았다. 두 발이 시원했다. 가슴이 시원했다. 아주 편안했다. 전쟁도 없다. 부딪힐 일도 없다. 속일 일도 없다. 입고 먹는 것을 걱정할 일도 없다. 오직 지구 반대편 조국에서 멀리 떨어져 있던 두 사람의 사랑만 있었다. 미엔은 귀여운 붉은 단풍잎을 만지작거렸다.

호앙이 미엔의 팔짱을 끼고 천천히 걸으며 말했다.

"미엔이 좋다면 기차 가득 단풍잎을 실어줄 수도 있어."

전쟁 때, 정글을 헤매던 미엔은, 화려한 파리에서 화창한 날에 사랑하는 남자와 산책하는 것을 상상도 못 했었다. 게다가 손에는 붉은 단풍잎을 들고서. 러시아 영화 속에서 가을 단풍을 한두 번 본적이 있을 뿐이었다. 이것은 상상을 초월하는 일이었다. 특히 포탄 속에서 고향으로 돌아갈 희망이 없는 전선에서 처녀 시절을 다 보낸 미엔 같은 사람에게는 더욱 그러했다. 그녀는 호앙의 은혜에 감사한 마음을 담은 눈빛을 보내며 말했다.

"나는 단풍잎 하나면 충분해. 생에 처음으로 유럽을 방문한 기념으로."

"그렇구나. 그런데 쯔엉선 정글에서 미국의 B52 폭격 후에 살아남았던 선홍색 바나나꽃이 생각나지 않니?"

미엔은 몸을 움츠렸다. 붉은색 바나나꽃. 호앙이 무심코 말한 붉은색은 미엔이 가슴에 묻어둔 공포를 일깨웠다. 차가운 기억 속으로 쉽게 흘러가도록, 그녀는 현실적으로 살려고 억지로 그 애매한 빨간색을 찾는 생각을 버리려고 했다.

"몰라! 나는 정말 기억이 없어. 행복해서 설레는 마음뿐이야!"

호앙이 걸음을 멈추고 미엔의 허리를 끌어안았다. 남자의 건강하고 힘 있는 팔이 따뜻했고, 수컷의 땀 냄새가 났다. 그는 그녀의 붉은 입술에 키스했다. 호앙의 마술 같은 혀가 파고들며 입술을 점령했다. 애절하면서도 어쩔 줄 몰랐다. 미엔은 마치 그네를 타는 사람처럼 발을 들고 턱을 쳐들며 호앙의 목덜미를 감싸안았다. 미엔의 고향에서는 절대로 일어날 수 없는 일이다. 아주 어색했지만 자연스러웠고, 서로에게 푹 빠져드는 자랑스러운 오후였다.

"오늘 밤은 우리 방에 은이나 금 같은 화려한 장식 말고 단풍잎을 가득 뿌려줄게."

미엔은 황홀해서 몽롱해졌다.

"뭐라고? 무슨 말이야?"

"내가 전쟁 때의 고생스러운 날들을 보상하기 위해 단풍잎으로 우리 평화의 방을 꾸밀 거야."

온대지역의 나뭇잎이 땅에 떨어져 있었지만, 호앙이 아니라 미엔은 여전히 따뜻한 온기로 덮은 낭만적인 사랑을 느꼈다. 단풍색 가방 두 개가 열일곱 살 아이와 같은 미친 사랑을 하는 두 사람의 설레는 기쁨과 함께 조용히 프런트를 지나 엘리베이터로 들어갔다.

욕실에서 호앙은 미소를 지으며 거울에 자신의 벌거벗은 몸을 비춰보며, 이리저리 돌면서 생명력으로 가득 찬 신체의 작은 결점을 찾아보았다. 없다! 두 근육은 개구리 장딴지 같았다. 가슴은 부풀었다. 복근은 네 개였다. 팔뚝 근육이 밧줄처럼 울퉁불퉁했다. 샤워꼭지가 안개를 뿜어댔다. 작은 물방울 하나도 보이지 않았다. 희뿌연 안개가 흩날리는 것 같았다. 갑자기 호앙은 몸을 떨었다. 먼 기억 속에서 윙윙거리는 비행기 소리, 우윳빛 구름… 그리고 바람이 몰아치고… 그리고 갑자기… 들판에 푸른 잎이 흩날리던 어느 날이 다가왔다.

샤워 꼭지를 잠그고 나자, 순간 한 남자의 얼굴이 나타났다. 그의 신체에서 갑자기 팔이나 다리가 떨어져 나가고 볼록한 흉터가 튀어나오고… 무슨 일이 벌어진다면? 그는 숨을 헐떡였다. 오늘 밤… 모호한 걱정이… 오늘 밤… 다가오는 것 같았다.

욕실에서 나와 호앙은 잠옷을 입고 허리띠를 두 번 졸라맸다. 그의 어깨에는 사크레쾨르 대성당과 푸른 잔디밭이 있는 몽마르뜨 언덕의 모습이 연하게 인쇄된 수건이 걸쳐 있었다. 미엔! 호앙은 마음속에서 기쁨의 소리가 튀어나왔다. 넓고 깊게 파인 부드러운 잠옷 차림에, 여성스러운 날씬한 허리가 호앙을 놀라게 했다. 그는 가슴이 뛰는 것을 느꼈다. 미엔은 여전히 침대 위와 붉은색 꽃무늬 편백나무 바닥에 단풍잎을 뿌리는 데 몰두하고 있었다.

"미엔, 내가 할게!"

잎사귀를 하나씩 천장에 던지며 호앙은 콩주머니 던지기 놀이를 하는 열다섯 소년처럼 즐거워했다. 잎사귀가 떨어졌다. 잎사귀가 흩날렸다. 잎사귀가 빙빙 돌았다. 미엔은 가만히 서서 옷장 거울에 등을 기대고, 한 손으로는 허리를 짚고, 공중을 나는 무수한 단풍잎 속으로 사랑하는 이가 빠져드는 것을 바라보았다. 아무도 이 낭만적이고 따뜻한 모습을 알지 못했다. 하늘과 땅과 신만 알았다. 빨간 단풍잎이 떨어진 공간, 하얀 침대 시트도 덮었다. 화장대 앞에서 주저했다. 단풍잎이 코르셋을 입지 않은 그녀의 부푼 가슴 속으로 떨어졌다. 얇은 천으로 가려진 두 젖꼭지가 염소 뿔처럼 겨누고 있었다. 수없는 단풍잎 사이에서 그녀는 신성했다. 모든 단풍잎이 내려앉고 방안이 온통 붉은색이 되었을 때 그녀는 비로소 사랑하는 이가 최고의 절정을 맛보았다는 것을 알았다. 행복에 젖은, 호앙의 얼굴에 당황함과 어색함이 드러났다. 미엔은 미묘한 미소를 지었다.

호앙은 '촛불잔치'를 준비했다. 이곳에는 촛불 하나, 저곳에는 촛불 두 개를 두었다. 다른 곳에는 여러 개를 두었다. 감정 없는 전기가 밝을수록 낭만적인 촛불도 더 빛이 났다. 양초가 언제 만들어졌는지는 모르지만, 양초는 종교와 궁전의 의식에서 빠질 수 없는 것이 되었고, 인간의 침실을 따뜻하게 비추었다.

그는 전등을 껐다. 신비롭고 신성한 촛불만 남았다. 긴 강을 따라 흐르는 달빛과 함께 알레그레토 2악장을 거닐고 있는, 베토벤의 교향곡 〈달빛 소나타〉만이 듣는 이로 하여금 뭔가 격렬하고 폭발적인 일이 일어날 것이라는 예감을 갖게 했다. 보티첼리 명화 〈비너스의 탄생〉 복제화에는 비너스가 조개껍데기 위에 서서 오른손으로는 젖가슴을 가리고 왼손으로는 긴 머리칼을 잡아 중요 부분을 가리고 있었다. 저 밖에서는, 어린 소녀 같은 센강이 밤에 붉고 노란 단풍이 떨어지는 소리에 귀를 기울이고 있었다. 대낮에 흐르던 파란 강물이 밤에 쏟아지는 수많은 불빛을 받아 자줏빛으로 변했다. 아침에 근육은 없고 뼈만 남은 모습의 에펠탑은 수도 파리의 하늘에 보일락 말락 하는 장년의 남자에게 기대고 있었다. 18세기 왕가로 거슬러 올라가, 그는 나폴레옹이 오스트리아 전장에서 파리로 돌아오는 것을 환영하던 조세핀의 격정적인 밤과 같은 신비로운 공간을 미엔에게 가져다주었다. 용상과 같은 모양을 새긴 거북이 다리가 있는 더블 침대, 웨일스 매트리스에 토끼 문양을 수놓은 침대보, 하얀 레이스를 단 연두색의 낭만적인 커튼, 왼손에 지구본을 든 모습의 촛대, 따뜻한 느낌을 주는 페르시아풍의 붉은색 나무 카펫, 그리고 여기저기 떨어진 단풍잎이 있었다.

"미엔, 이리 와!"

촛불에 비친 두 눈이 반짝이고, 간청하듯 절박하게 두 손을 뻗어 기다리고 있었다. 미엔은 바람처럼 살포시 달려갔다. 든든한 남자는 미엔을 지구 반 바퀴나 떨어진 모국에서 데려왔고, 그녀를 꼭 껴안았다. 마치 실을 놓쳐서 허공에 잃어버릴까 봐 두려운 듯.

사랑의 밤.

단풍잎이 널브러진 하얀 매트리스 위에서 아담과 이브가 뜨겁게 이리저리 굴렀다. 붙었다, 떨어졌다, 꼬았다, 풀었다, 털다가 저었다. 단풍잎이 바닥으로 굴렀다. 그는 그녀의 치마를 들어 올렸다. 그녀의 풍만한 엉덩이가 벽에 곡선을 그렸다. 그는 몸에 올라 번식을 기다리는 젖가슴에 얼굴을 묻었다. 그녀는 희귀한 황홀감에서 작은 분홍색 손가락으로 검은 머리칼을 쓸어내렸다. 숨이 막혔다. 호앙의 살갗이 뜨거웠다.

그런데 오, 이런! 그가 몸을 굽혀 미엔을 침대에 눕히는 순간, 그녀는 허벅지 사이를 통해서 백모래 같은 하얀 시트 위에 사람의 피 같은 선홍색을 보았다. 그 순간 미엔의 머릿속이 번쩍했다. 모골이 송연하고 닭살이 돋았다. 호앙이 서두르는 동안 미엔은 입을 크게 벌렸지만 소리를 지를 수 없었다. 아, 아파! 형체를 알 수 없는 아픔이었다. 두 허벅지 사이의 선홍색 피가 그녀의 머릿속에서 번쩍였다. 놀랐다. 근육이 경련을 일으키고, 체온이 식었다. 몸이 늘어지며, 힘이 빠져나갔다. 신체의 모든 부분이 떨어져 나가는 것 같았다. 감정 없는 목석같은 사람. 그녀는 차가운 시체처럼 눈을 감았다.

"미엔! 미엔! 왜 그래?"

침묵했다.

미엔은 여전히 정신이 혼미했다. 그녀는 새하얀 백사장을 헐떡이며 달리고 있는 자신을 보았다. 뒤에서는 정찰대가 그녀와 항생제와 수액을 야전 의무실로 운반하는 어린 간호사를 쫓고 있었다. 하얗게 빛나는 모래는 모래일 뿐, 급히 모래 위를 밟는 발걸음마다 검푸른 얼룩무늬 군복 셔츠와 바지가 떨어져 나갔다. 발가벗은 발정이 난 수컷이 오르내렸다. 그녀는 발가벗은 간호사가 아직도 무력하게 누워 있는 것을 보았다.

남자의 가슴털이 그녀의 가슴을 눌렀다. 엄마! 가장 힘들 때 나오는 소리는 역시 엄마였다. 그리고 기절하기 전 그녀는 허벅지 사이로 하얀 모래 위에 아른거리는 선홍색 피를 보았다. 호앙은 두려움에 몸을 움츠렸다. 그리고 그의 몸에서 마치 감춰두었던 불그스레하고 울퉁불퉁한 상처가 새싹이 나오듯 튀어나왔다.

"미안해! 미안…"

"아니야. 더 이상 말하지 마! 누구의 잘못도 아니야."

미엔은 일어나 베개를 끌어안았다. 눈물이 앞을 가렸다. '사랑의 의식'이 중간에 끝났고, 그는 고통스럽게 웃으며 말했다.

"흠, 내 징그러운 몸이 역겹고 겁나게 했지?"

"아니야. 더 말하지 마! 호앙에게 말할 수 없는 일이 있어."

호앙은 갑자기 살갗에 여기저기 솟아오른 기이하고 볼록한 흉터를 떠올리며, 미엔을 무섭게 했으리라 생각했다. 미안함과 안타까움으로 호앙은 화난 듯 말했다.

"내가 미엔을 무섭게 한 것을 알아."

"아, 아니야! 절대 아니야! 천만번도 아니야!"

"아니라고? 그런데 왜 나에게 냉담하지?"

"호앙에게 냉담하다고? 냉담한 데 같이 있고 싶어서 지구를 반 바퀴나 돌아서 호앙을 찾아왔다고? 우리 너무 힘들었어. 화내지 마. 죄라면 내가 여자라는 거야."

슬픔이 엄습해 가슴을 짓눌렀고, 그는 자신이 잘못했다고 생각했다. 몸이 식었고, 후끈한 느낌도 사라졌다. 그는 일어나 스위치를 눌렀고, 전등이 환하게 켜졌다. 촛불과 전등 빛이 섞여서 아른거렸지만 조금 전 경황 없던 순간의 얼굴과 피부 상태를 보기에는 충분했다. 이상했다. 상처가 점점 가라앉다가 사라졌고, 그의 살갗은 매끄럽고, 상처 하나 없었다. 미엔은 눈을 비비며 침대에서 선홍색 피를 찾는 사랑하는 사람의 몸을 보고 경악했다. 아무것도 없었다. 정말 아무것도 없었다. 단지 떠밀려서 구겨지고 흐트러진 하얀 침대 시트 위에 빨강 단풍잎만 있었다.

호앙은 서둘러 잠옷을 걸치고 허리띠를 맨 다음 단추를 두 개 채웠다. 그는 술병을 들고 의자에 앉아 작은 잔에 술을 따랐다. 생각에 잠겼고, 무력감을 느꼈으며, 텅 빈 것 같았다. 호앙이 10년은 늙어 보였다. 미엔은 잠옷을 걸치고 조용히 문을 열고, 슬며시 발코니로 나갔다.

빛과 어둠이 섞인 파리의 밤이었다.

어디선가 들려오는 길고양이 소리. 야옹… 야옹… 야~옹… 수컷을 부르는 암컷 고양이의 목소리가 널리 울려 퍼졌다. 미엔은 파리

교외의 버려진 고대 성에서 야생 고양이가 무리를 지어 살고, 낮에는 먹이를 찾고 밤에는 사랑을 부르러 돌아온다는 이야기를 들은 적이 있었다. 그러나 아마도 이따금 끊어지는 급한 고양이 울음소리는 저 넓은 샹 드 마르스 공원에서 바람을 타고 온 소리이거나 센강 강가에서 잠잘 곳을 찾는 길고양이일 수도 있었다. 밤 고양이 소리는 미엔에게 전쟁 당시 야전병원에서 들었던 고양이 소리를 생각나게 했다. 가슴을 울리는 맑은소리는 듣는 사람의 마음을 움직이게 했다. 파리 고양이의 마귀 같은 소리가 아니었다. 그 암고양이는 근처 마을에서 잃어버린 것으로, 몇 부상병들이 매일 밥을 주었다. 충분히 돌봐줬지만, 수컷이 없었다. 밤마다 애절하게 수컷을 부르는 소리에 병실 전체가 잠을 못 잤다. 결국 퇴원하던 병사가 데리고 가서, 후방 병참 기지에서 돌봤다.

고양이 소리와 중간에 멈춰버린 사랑의 의식이 미엔의 눈에 파리의 밤이 더 이상 시적이라고 생각하지 못하게 했을까? 센강은 둥근 별들로 가득 찬 마귀 같은 푸른 은하수다. 희미한 빛무리. 자동차가 검은색 잎사귀 아래로 서둘러 달려가고, 전시에 안개등을 켠 것처럼 빛을 따라갔다. 미엔은 무의식적으로 저 어두운 단풍나무들처럼 옛날 어두웠던 밤의 정글이 생각났다. 가로세로 강철로 된 에펠탑은 미엔이 발광 물질에 오염된 정글 나뭇잎이 바람이 세게 불 때 번쩍번쩍하며 떨어지던 모습, 어두운 밤에 회색으로 말라버린 기둥만 남은 나무를 연상시켰다. 가상의 자연이 미엔을 둘러싸고 있었다. 가까울 때는 만질 수도 있고, 멀어지면 만질 수도 없으며, 옛 공간이 좁아졌다 넓어졌다 뒤죽박죽되고 있었다. 저 밖에서는 파리 사람과 각 인종이 가야 할 곳으로 열심히 가고 있었다. 술집으로 나이트클럽으로, 식당을 나와 집으로, 아니면 단순히 남녀가 샹젤리제 대로에 가서 결혼 예복을 사거나 미엔처럼 먼 곳에서 파리를 잠시 방문한 사람도 있었다. 그들은 미엔이 행복이 깨지고 커다란 아픔을 가진 여성으로, 전쟁의 기억이 삶에 끼어들어 잠시 왔다가 바로 가야 한다는 것을 알지 못했다. 온전치 못한 시체와 피로 가득 찬 전쟁을 겪은 작은 여자, 그녀가 고개를 들고 일어서려고 애쓰고 있었다. 정말 작지 않은가! 넓은 자연 앞에 인간은 너무 작았다. 인간이 인간 앞에서 작아지기도 했다. 얼마나 많은, 크고 작은 전쟁과 얼마나 많은 사람이 피를 흘렸는지 셀 수도 없다. 태어나고 성장하고 전쟁하고 헤어지고, 이 사람은 저쪽으로 던져지고, 저 사람은 다른 곳으로 던져지고, 그 사람은 또 다른 곳으로 던져지고, 수평선 저쪽에 떠돈다. 잠시 반평생을 뒤돌아보면 뒤는 상실과 손실이고, 앞은 어둡고 황망하다. 서로를 사랑하는 것도 전쟁 때와 다를 바 없이 고달프다.

미엔은 다시 '사랑의 의식' 방으로 돌아왔다. 그녀의 눈앞에는 영화 필름 속의 마귀가 어른거렸다. 호앙은 루이 14세의 초상화가 새겨진 금색 훈장 상표가 붙은 마르텔 VSOP 메데일론 술병을 거꾸로 기울이며 졸고 있었다. 입을 닫지 못하고, 술이 입술을 타고 넘쳤다. 계속 이렇게 마시면 죽을 수 있었다. 술이 호앙의 간을 태우고, 위장을 터뜨릴 것이다. 그는 자신을 괴롭히는 강박 관념과 헤어지기 전에, 사람들과 이별할 것이다. 미엔이 달려가서 그의 손에서 술병을 뺏었다. 그녀도 한 모금을 마시고는 냉장고에 넣었다.

눈을 질끈 감고 숨을 몰아쉬고 있는 호앙은, 사람이 그립고 다가가 안고 싶은 것을 거절당한 어린아이 같은 심정이었다. 미엔은 그를 침대로 이끌었다. 그가 원한다면 못 할 일은 없었다. 여러 나쁜 것 중에서 그와 함께 살기 위해 가장 덜 나쁜 것을 선택할 수도 있었다. 미엔은 전혀 자신이 무기력한 투항자가 되고 싶지 않았다. 나이는 그녀가 선택에 시간을 끌고, 상처가 아물어 새살이 돋아날 기회를 허락지 않았다. 능동적인 사람은 항상 감정을 지배하고 다른 사람들에게 감정을 가져다준다. 적어도 이 시점에서 그녀는 그녀와 호앙에게 행복을 가져다주고 싶었다.

그녀는 호앙의 잠옷을 벗기고 뒤로 눕혔다. 연인의 옆구리에 무릎을 꿇고, 그녀의 하얀 엉덩이는 그의 허벅지 위에 앉았다. 살과 살이 맞닿았다. 깊은 곳으로부터 그 무엇인가가 마음속에서 꿈틀거리며 일어났다. 작은 손으로 부드럽게 남자의 어깨를 쓰다듬었다. 분홍색을 띤 하얀 손가락이 등으로 미끄러지고 허리 양쪽으로 돌면서 관능적인 엉덩이에서 갑자기 멈추었다. 남자에게 이런 마사지를 해본 적이 없었지만, 직업적 본능과 성적 본능은 그녀가 연인에게 자신 있게 감정을 전할 수 있도록 했다.

호앙은 조용히 누워서 눈을 감고 갑자기 찾아온 기분 좋은 느낌을 즐기고 있었다. 실제로 그는 미엔이 스스로 품에 안길 거라는 상상을 하지 못했으며, 이처럼 화려한 이국땅에서 뜨거운 사랑의 밤을 누릴 거라는 생각은 감히 하지도 못했다. 가슴이 두근거리고 몸이 점점 달아올랐다. 몸이 차가운데 흥분하는 사람이 있을까?

"미엔! 내가 무섭지 않니?"

"왜 무서워? 나 지금 행복해!"

그녀는 그의 몸으로 미끄러졌다. 뜨겁고 부푼 가슴이 그의 등을 눌렀다. 호앙은 두 팔을 뒤로해서 그녀의 엉덩이를 쥐었다. 미엔은 연인의 목덜미에 얼굴을 묻었다. 혀끝을 호앙의 귓불에 살짝 갖다 댔다. 그녀는 목덜미에 키스하고, 어깨에 키스하고, 연인의 등에 키스했다. 그녀는 그의 등에 붉게 솟아오른 볼록한 상처에 혀를 내밀었다. 그녀는 몸을 살짝 굴려 그의 등에 밀착시켰다. 그의 등에 있는 볼록한 흉터가 뜨거워지면서 그녀의 매끄럽고 하얀 피부에 열기를 전했다. 그녀는 자기장이 아니라 그의 몸에서 자기 피부로 흐르는 작은 전류일 수 있다고 느꼈다. 그녀는 몸을 옆으로 젖히면서 그의 몸을 뒤집었다. 호앙은 발정기가 한창인 수컷 멧돼지처럼 헉헉거리며 미쳐 날뛰었다. 그녀는 부풀어 오른 가슴골에 얼굴을 대고 그의 털을 쓸어내렸다. 그의 가슴털이 그녀의 뺨과 입가에 닿았다.

갑자기 그녀는 몸서리를 쳤다. 덥수룩한 남자의 털이 젖가슴을 누르는 느낌이 옛날 백사장에의 기억을 불러왔다. 흑백의 표범 무늬 군복과 젖가슴 형상이 다시 떠올랐다. 몸이 움츠러들었고, 땀이 나고, 살결이 식어갔다. 두 손이 풀렸다. 무기력해졌다. 마치 차가운 바다 밑바닥에 가라앉은 것 같았다.

"미엔! 미엔! 왜 그래?"

여전히 '사랑의 의식'의 밤에 호앙이 처음 물었던 말이었다. 점점 뜨거워지는 따뜻한 바다의 높은 파도 꼭대기에서 흥분과 열기로 이글거리고 있던 그의 몸이 갑자기 차가운 바다 밑바닥으로 떨어졌다. 완전히 가라앉았다. 무기력해지고, 절망감이 엄습했다….

밖에서는 길고양이 울부짖는 소리가…. 야옹… 야옹… 점점 가까이 들렸다. 미엔은 가슴에 차가운 얼음덩어리를 담고 있는 것 같았다. 그녀가 등을 돌리니 호앙이 베개에 얼굴을 묻고 엎드려 있었다. 안타까워! 미엔은 속으로 외쳤다. 애틋한 사랑하는 남자를 바라볼 수도, 껴안고 애무할 수도 없는 그녀는 몸을 돌려 조용히 눈물을 흘렸다.

시간이 한참 흘렀다. 미엔은 몽유 상태에 빠졌다. 연기가 자욱한 은회색의 메강이 흐르고 있는 가운데, 옛날의 간호사가 가끔 나타났다.

"그래서 호앙이 언니에게 행복을 가져다주지 못했다는 거지?"

"반대로, 바로 언니가 호앙을 기쁘게 할 수 없는 사람이지. 우리 정말 힘들지?"

"남자가 더 고생이지. 우리 같은 여자보다 그들에게 기다림은 더 힘들 거야. 유감스럽게도 언니의 모든 노력이 실패했어."

"두 사람 전쟁 때부터 사랑했잖아. 다 죽었다고 생각했는데 살아서 만났지. 이제는 헤어지지 마."

"세미나는 끝났고, 언니 비자가 석 달이 남았어. 호앙이 언니에게 파리에서 같이 지내자고 하잖아. 그가 언니 감정이 돌아올 때까지 기다린다고 했어."

간호사가 가볍게 고개를 저었다. 안개는 여전했다. 간호사는 안개 속에서 슬픔에 젖은 눈을 바라보았다.

길고양이가 짝을 부르는 울음소리가 더 들렸을 때 거의 아침이 되었다. 간호사를 볼 수 없었고, 메강도 볼 수 없었다. 오직 낯선 파리에 있는 단풍이 흩어져 있는 방뿐이었다. 어쨌든 이 상황을 벗어나야 한다고 생각했다. 미엔은 자신이 무슨 말을 하는지 모른

채 계속 중얼거렸다.

호앙은 일어난 지 오래됐다. 그는 조용히 무언가를 쓰고 있었다. 옆에는 본국에 관한 투자계약서가 놓여 있고, 그 옆에는 반쯤 비워진 마르텔 술병이 있었다. 이 광경이 미엔의 정신을 추스르게 했다. 미엔이 호앙에게 조용히 다가갔다. 연인의 고통이 묻어나는 시가, 반평생을 불행 속에서 헤어나지 못한 여자의 눈에 들어왔다.

타국에서 너의 손을 잡았다
붉은 단풍이 가을을 붉게 물들이고
지구를 반 바퀴 돌았지만, 함께 가지 못하고

센강이 흐느끼는 밤
예나 다리 밑 길고양이 소리
진정한 남자가 되지 못한 굴욕
운명의 장난처럼
조물주의 장난처럼…

너무 안타까워! 미엔은 눈물을 참느라 입술을 깨물었다. 지구 반 바퀴를 돌아 서 있는 이곳에서 미엔은 길고양이 소리만을 들었다. 남성의 무성한 가슴털을 보는 것만으로 겁에 질리고, 붉은 단풍잎은 여전히 붉은 피로 보였다.

호앙이 고개를 들어 애틋한 눈으로 미엔을 바라보았다. 그는 몸을 돌려 미엔의 품으로 다가갔다. 그녀는 눈물을 글썽이며 그의 머리를 품에 안았고, 검고 긴 머리칼을 누나의 사랑, 어머니의 사랑처럼 그의 이마에 늘어뜨렸다.

숲속에서 Trong rừng hoang

K 전쟁터는 마치 거대한 열대 늪지대와 같았다. 전쟁이 막바지에 이를수록 전투 양상이 점점 변해갔고, 베트남 지원군은 점차 베트남으로 철수하고 있었다. 이제는 몇십 명밖에 남지 않은 검은 옷 부대와 대응해서 탱크와 대포로 중무장한 사단이나 연대로 싸울 수는 없었다. 유격전과 소규모 전투가 계속해서 이어지면서, 양측 병력은 점점 줄어들었고, 그때마다 새로운 병력이 보충되었다.

그들은 네 명이었다.

푸른 옷을 입은 사람과 검은 옷을 입은 세 명의 폴 포트 잔당들은 지친 모습이었다. 그들의 얼굴은 수척했고, 몸은 쇠약해져서 비틀거리며 걷고 있었다. 오랜 시간 동안의 굶주림이, 한계에 다다른 인간의 인내심과 고통을 이겨내려는 모습을 무너뜨리고 있었다.

***

한적한 흙길에서 시작된 운명의 충돌, 그 길에는 캄보디아 농민들이 끄는 소달구지 바퀴 자국만 남아 있었다. 검은 옷을 입은 한 병사가 선두에서 우르릉거리며 푸른 군복을 입은 군인을 태우고 가던 Zin 131트럭의 운전석을 향해 B40 로켓탄을 발사했다. 발사 타이밍이 조금 빨랐는지, 로켓탄은 군용 트럭의 머리 위로 날아가 길 반대편에 버려진 소달구지가 있는 흰개미 둥지를 폭파했다. "매복이다!" 푸른 옷을 입은 군인이 갑자기 외쳤다. 소대장은 차량을 정지시키고, 훈련된 방식대로 반격할 것을 명령했다.

브레이크를 밟기도 전에 검은 옷을 입은 적군의 기관총 소리가 요란하게 터졌고, 앞바퀴에 총알이 박혀 타이어에서 바람이 새어 나왔다. 트럭이 비틀거려 운전대를 통제할 수 없었고, 야자나무를 들이박고 멈췄다. 푸른 옷을 입은 군인은 베트남 지원군이 땅으로 급히 뛰어내리는 모습을 겨우 볼 수 있었다. 두 번째 군용 트럭에 타고 있던 병사들이 놀라 어쩔 줄 몰라 하고 있을 때… 쾅! 뒷바퀴가 지뢰를 밟아 차량 적재함과 병사들이 하늘로 날아올랐다. 고무 타이어 하나와 까이 병사가 '휙' 소리와 함께 폭발력에 의해 수십 미터 높이의 나무 위로 날아가 그곳에 걸려버렸다. 흙, 나무 파편, 쇳조각, 시체, 팔과 다리, 살점들이 땅과 풀밭 위로 떨어지며 '퍽퍽'… '스륵 스륵' 소리를 냈다. 소련제 수류탄이 큰 폭발음을 내며 터졌고, 박격포 소리가 연이어 울렸다. 중국제 AK47 소총의 총성이 '탕탕'… 귀청이 터질 듯 요란했다. 푸른 옷을 입은 병사들이 선두 차량 적재함 위로 쓰러지는 모습이 어렴풋이 보였다.

화염이 번쩍이며 B40에 맞은 Zin 131트럭이 폭발했다. 저주를 내리듯 저격수는 끈질기게 두 번째 탄환을 쏘았다. 푸른 군복을 입은 생존자들이 숲으로 도망치려다 KP2와 62A 지뢰밭에 빠졌다. 길 가장자리에서 약 3~5m 떨어진 곳에 설치된 지뢰였다. 뛰다가는 지뢰 연계선에 걸리고, 개미집 더미를 장애물로 삼으려 구르면, 지뢰를 밟게 되었다. 지뢰는 한 무리로 연결되어 있어, 하나가 폭발하면 몇십 개의 지뢰가 잇따라 굉음을 내며 터졌다. 열아홉, 스무 명의 생명이 사라졌다.

푸른 군복을 입은 몇몇 생존자들은 소총으로 저항하며 점점 숲 깊숙이 후퇴했다. 검은 군복을 입은 군인들이 추격하며 "삳뜨로우! 삳뜨로우! 삳뜨로우!(적! 적! 적!)"라고, 소리쳤다.

총알이 간간이 붉은 흙을 파고들었고, 가지를 갈가리 찢어 나뭇잎이 흩날렸으며, 나무에 박혀 신선한 수액이 흘렀다. 이 검은 옷 부대는 게릴라 전술에 매우 능숙하여 갑자기 푸른 군복 병사들을 압도하고 전장을 장악했다. 게릴라 전술은 원래 푸른 군복을 입은 전임자들이 검은 군복을 입은 병사들에게 가르쳤던 전술이었다. 그때는 밥도 맛있고 국도 괜찮았던 시절이었지만, 이제는 그 제자들은 교본을 철저히 익혀, 적에게 가까이 접근한 후에야 움직이는 표적(병사들)을 향해 총을 쏘았다.

결국 푸른 군복을 입은 군인들이 먼저 탄약이 떨어졌다. 상처를 입어 기어가며 개미집 둔덕 옆에 쓰러져 있거나, 절망적인 상황에서 야자나무에 기대고 있었다. 검은 군복을 입은 병사들은 총검이나 탄약 한 발도 쓰지 않고 AK 소총 개머리판과 B40 발사관으로 푸른 군복 병사들을 처리했다. 철모를 쓴 머리 위로 "쾅…. 퍽…." 하는 둔탁한 소리와 함께 맹렬히 내리쳤다. 헐떡이는 숨소리도, 서로 다른 언어로 애원하는 소리도 무시한 채 철모는 찌그러지고, 터져 나갔다.

갑자기 핀이 뽑힌 소련제 수류탄이 무서운 궤적을 그리며 날아갔다. 번쩍이며 불꽃이 일어났다. B40을 들고 있던 검은 옷의 병사가 천천히 쓰러졌다. 한 손으로 '발사관'을 짚고 일어나려고 했지만, 완전히 힘이 빠져 있었다. 대장과 소장이 흘러나와 한 무더기를 이루었다. 폴 포트 잔당들이 정신을 차리고 일어설 때, 푸른 옷을 입은 병사는 그제야 멀지 않은 곳에 자신의 중대장이 있다는 것을 알아차렸다. 중대장은 중상을 입어 배가 크게 터져 내장이 흘러나와 흙더미 뒤로 드러나 보였다.

검은 옷을 입은 한 병사가 AK 소총을 들고, 화가 난 얼굴로 수류탄을 던진 자에게 다가갔다. 분노와 피로가 서서히 가라앉으며 멈췄을 때, 중대장의 머리는 이미 뼈와 살이 파편투성이의 헬멧과 섞여 있었다.

***

나는 살아남은 마지막 푸른 옷의 병사를 두올이라고 부르기로 했다. 두올은 내가 생각했던 것과 달랐다. 몇 초 전까지만 해도 나약해 보였고, 우리 검은 옷을 입은 병사들이 그의 다친 동료들을 학살할 때, 그는 총도 제대로 쥐지 못하는 모습이었다. 그러나 지금은 생존 본능이 갑자기 깨어난 듯, 푸른 옷의 병사는 피가 끓는 듯 결사적으로 달려들었다. 죽기 아니면 살기로, 물러설 곳이 없는 결전이었다. 그의 눈빛은 강인하고 결의에 차 있었다. 두올은 CKC 소총의 총신을 잡고 총검으로 찔렀다. 하지만 나는 재빠르게 피하면서 동시에 총신을 쳐내었고, 푸른 옷의 병사가 힘껏 달려들다 그 관성에 의해 총검을 땅에 꽂아버렸다. 균형을 잃은 두올은 굴러 넘어졌다. "네 이놈! 나 같은 강한 검은 옷의 정찰병을 만났으니 어쩔 수 없지!" 너무 아파서 일어날 수 없는 두올은 기어가며 땅에 꽂힌 CKC 소총을 잡으려고 했다. 그러나 그럴 틈은 없었다! 이미 나의 거칠고 더러운 신발 밑창이 무장하지 못한 그의 손을 짓밟고 있었다. 총알 한 발도 쏘지 않았다. 상대의 목이나 등에 총검을 찌르지도 않았다. 대신 내 AK 소총의 단단하고 확실한 개머리판을 위로 치켜들었다.

총성이 탕 하고 울리며 총알이 내 신코 바로 앞을 스쳤다. 동시에 지휘관이 나에게 멈추라고 외쳤다. 피에 취했지만, 살육은 멈춰야 했다. 나는 깜짝 놀라 멍해졌다가 주저하며 총을 내렸다. 하지만 두올을 향해 강하게 한 번 발길질하는 것을 잊지 않았다. 그 발길에 두올은 몇 바퀴 굴러 얼굴을 땅에 처박고 헐떡거렸다. 나는 차가운 총검 옆에 팔꿈치를 괴고 아쉬운 마음에 지휘관에게 물었다.

"죽이면 안 되나요? 지휘관님?"

지휘관이 나에게 소리쳤다.

"짭띠앙 뤄… 짭띠앙!(생포해… 생포해!)"

나는 조용히 말없이 시키는 대로 따랐다, 마음속으로는 억울함이 남았지만. 죽이라면 죽이고, 멈추라면 멈추는 거지. 그때 간호병 잰이 B40 병사의 내장을 모두 다시 배 속에 넣고 붕대로 꽉 감싸고 있었다. 부상한 검은 옷의 병사가 힘겹게 숨을 내쉬고 있는데, 그 벙어리 간호병이 일어나더니 손가락을 모은 손으로 내 총신 위에 팔꿈치를 얹고 있는 내 소매를 살짝 만졌다. 그녀는 나를 똑바로 바라보았고, 그 눈빛은 칼날처럼 날카롭더니 갑자기 온화해지면서 "이제, 그만큼 죽였으면 충분해. 아랫사람은 룩톰(상관)의 명령을 들어야 한다."라고 말하는 듯했다.

젠장! 이 죽음의 현장에서 그 벙어리 여자가 내 안에 타오르던 살인의 불길을 완전히 꺼뜨리지는 못했지만, 마음은 조금 누그러졌다. 그럼에도 나는 화가 나서 벙어리 간호병의 손을 뿌리치며 그녀에게 두올을 묶으라고 말했다….

***

머릿속에서 번쩍하는 섬광이 스쳐 지나갔다. 어디선가 본 듯한 베트남 여자아이의 익숙한 얼굴이었다. 그와 동시에 푸른 옷을 입은 남자의 시선이 무심코 내 얼굴을 스쳤다. 그는 내 약간 튀어나온 이마, 곱슬머리, 그리고 갈색 피부를 보고 무언가를 알아챈 듯했다. 평범한 캄보디아 소녀, 더구나 말하지도 못하는 그녀가 푸른 옷의 병사를 순간 당황하게 만든 것이다.

이때 나는 푸른 옷을 입은 남자가 떨고 있는 것을 보았다. 그는 두려움에 떨고 있었다. 무기를 빼앗긴 패자의 반사적 본능일까? 아니면 다른 민족의 여자아이에게 묶인 것 때문일까? 그 이유는 하늘만이 알 것이다. 너무 놀라웠다! 그는 느슨하게 묶여 있다는 사실에 나에게 고마운 눈빛을 보냈다. 나는 총알이 오가던 전쟁터에서 은인을 만난 것 같다는 갑작스러운 생각을 숨기려고 애썼고,

혹시 그가 과거에 나를 구해줬던 사람이라는 확신이 없기에 그 생각을 곧바로 떨쳐냈다.

검은 옷을 입은 남자는 살기에 취했던 상태에서 벗어났다. 그의 얼굴에서도 살기가 조금씩 사라졌다. 살인의 열기는 점차 식어가고, 그는 마치 미친 사람처럼 중얼거렸다.

“두올 따위가 뭐라고…. 두올 따위가 뭐라고….”

룩톰, 일명 ‘큰 어른’은 마치 아무것도 듣지 않은 것처럼 시치미를 떼고, 나와 검은 옷의 남자에게 전장을 정리하라고 지시했다. 전장을 정리하라고 했지만, 사실 정리할 것도 없었고, 검은 옷을 입은 생존자들이 모여 다친 큰 어른을 기지로 옮기는 것이 더 정확한 표현이었다. 나는 숨을 헐떡이는 B40 병사 옆에 앉아 아무것도 할 수 없었다. 나는 룩톰을 바라보며 명령을 기다렸다. 룩톰은 검은 옷의 남자를 보더니, 턱을 들어 올리며 명령을 내렸다.

“버려.”

살의를 띤 병사는 순순히 그리고 냉정하게 총을 들어 다친 동료를 겨누었다. 룩톰은 목을 내밀며 크게 외쳤다.

“총알이 아깝다, 멍청한 놈.”

검은 셔츠를 입은 사람이 손을 멈추고, 총을 내려놓으며 멍한 표정을 지었다. 갑작스러운 본능적인 움직임이 그를 깨웠고, 지휘관은 턱을 들어 철수 명령을 내렸다. 검은 셔츠는 지휘관의 의도를 알아채고, 강하게 손을 한 번 흔든 다음, 다시 내 쪽을 향해 턱짓했다.

“떠우으… 떠우으…(가… 가).”

나는 자리에 멍하니 앉아 일어날 생각도 하지 않았다. 안타까웠다. 나는 부상병을 두고 가고 싶지 않았다. 비록 B40 병사가 중상을 입어 죽음을 피하기 어렵다는 걸 알았지만 말이다.

"떠우으…. 떠우으…. 떠우으…."

검은 셔츠를 입은 사람이 소리치며 나를 억지로 일으켜 세우고 마치 짐을 밀어내듯 나를 밀쳤다. 그는 작고 왜소한 룩톰을 어깨에 둘러맸는데, 룩톰이 아프다며 크게 소리치건 말건 상관하지 않고, 베트남 지원병을 계속 밀어붙였다. 나는 순간 푸르스름한 그의 얼굴이 조금 풀리는 것을 보았다. 아마도 이제야 자신이 살았다는 것을 깨달은 듯했다.

B40 병사는 몸을 앞으로 내밀며 손을 허우적거리다가 알아들을 수 없는 흐릿한 소리를 냈다. 그 소리는 애원하듯 절망적으로 전우를 버리지 말라고 외치는 듯했다. 안타까웠다. 나는 간호사인데도 사람을 구하지 못했다. 망설였다. 주저했다. 나는 일어서서 다시 돌아보았다…. 가진 힘을 모두 짜내어 B40 병사는 이를 악물고 붉게 물든 붕대를 끊어내더니 기어가면서 소리쳤다. 전우가 다시 돌아와 응급처치를 해주길 바라면서 그렇게 하고 있었다. 검은 옷을 입은 사람이 나를 밀치듯 쓰러뜨렸다. 높은 사람도 나를 보고 무정하게, 여자처럼 감정에 흔들리지 말라고 소리쳤다.

여전히 검은 옷들은 부상한 검은 옷 병사를 향해 돌아섰을 뿐, 장이 밖으로 쏟아져 나와 누렇게 탄 풀밭과 모래 위를 질질 끌고 있는데도 아무도 뒤돌아보지 않았다. 발걸음은 점점 멀어져 갔다. 모두는 마치 도망치듯 비틀거리며 걷고 있었다. 절망에 찬 외침은 점점 희미해져 갔고…, 사라져 갔다.

***

그들은 발자국을 따라 거꾸로 돌아왔다. 떨어진 나뭇잎과 부러진 가지, 나무 몸통을 관통한 총알 자국을 따라갔다. 하지만 숲 전체가 전투의 흔적으로 가득했다. 여기저기에서 치열하게 싸우며 도망치고, 멀리 쫓겨 가다가 다시 밀려 돌아오고, 때로는 다른 방향으로 갈라지기도 했다. 혼란스럽게 오가며, 가로질러 나아가고, 이리저리 흩어졌다… 땀이 흐르고, 눈물이 뜨겁게 솟아올랐다. 그리고 두려웠다.

앞쪽에는 검은 옷이 들었다. 나는 뒤에서 들었다. 룩톰은 들것 위에서 아프다고 신음했다. 잰은 맨 뒤에서 따랐다. 때로 길이 평탄해지면 검은 옷이 다시 뒤로 와서 벙어리 간호사에게 앞에서 들라고 떠밀었다. AK 소총 위에 번뜩이는 날카로운 총검이 그의 등 뒤에서 어른거렸다. 나는 팔다리가 풀리고, 무거운 발걸음으로 겨우 걸음을 옮기며 금방이라도 주저앉을 것만 같았다. 몸이 오싹할 만큼 추웠다. 소주 산 푸른 셔츠는 땀에 흠뻑 젖었다. 눈물도 주르륵 흘러내렸다. 4개월 동안 캄보디아어를 배우면서 민중 사업을 한 것이 아마도 이제야 도움이 되는 것 같았다. 두려움과 공포가 뒤섞였다. 동료나 부대, 혹은 집에 대한 그리움은 생각할 겨를도 없었다. 오직 등 뒤에서 멀어지다 다시 가까워지는 AK 총검에 대한 공포뿐이었다.

모두는 들것을 메고 1km도 채 가지 못하고 멈춰 섰다. 숲속의 병사들은 전투 경험을 통해 길을 잃지 않으려면 나뭇가지를 꺾어 표시하거나 나무줄기에 칼자국을 내어 표식을 남겨야 하고, 일정 거리를 가면 다시 돌아서서 주변을 살펴보아야 길을 잃지 않는다는 것을 알고 있었다. 하지만 이런 전쟁 속에서 격렬하게 싸우고, 기동하고, 목숨을 걸고 뛰어다니면서 어디 그런 여유가 있을 리가 없었다. 서로 쫓고 쫓기며, 숨을 곳을 찾아 숨어야 했고, 달릴 곳을 찾아 달려야 했다. '도망이 상책'이라며 하나의 길만 따라가는 건 멍청이들이나 하는 짓이다. 오히려 전투의 흔적들과 캄보디아 사람들의 소달구지 길들이 이리저리, 가로세로 얽혀 모두를 새로운 미궁으로 빠뜨렸다. 이건 단순히 행군하다 길을 잃은 게 아니라, 표식을 따라 원래 자리로 돌아가는 것이 불가능한 완전히 다른 상황이었다.

***

얼굴을 찡그리며 나는 고통스러워 소리쳤다. 푸른 옷을 입은 병사가 들것 위에 엎드린 내 깡마른 모습을 바라보았다. 아마도 두올이라는 녀석은 '적어도 크메르루주는 자신들이 기지로 돌아갈 때까지는 나를 살려둘 거라고. 검은 옷의 병사들은 아직 내가 필요하니, 그 말은 내가 아직 죽임을 당하지 않았다는 뜻이다.'라고 생각하고 있을 것이다.

빌어먹을! 내가 너를 죽이라고 명령할 거다, 하지만 두올, 그건 나중의 일이다. 분명히 석방 같은 건 없을 거다. 내가 네 결박을 풀고 나를 들것에 메어 운반하게 할 거야. 구급 들것을 들어야 하고, 나를 위해 일해야 할 거다. 두올 너는 죽기 전보다 고통받게 될 거다.

봤지! 나를 조금 들었다고 벌써 지쳐서 바닥에 쓰러져 헉헉대고 있잖아. 검은 옷 병사가 발로 걷어차자, 그놈은 앞으로 고꾸라졌고,

불타는 눈빛으로 방금 징벌당한 자 쪽을 노려보았다. 그 눈빛은 마치 "두올 너희 놈들 병사는 정말 멍청하구나"라고 욕하는 것 같았다. 병사들은 언제나 그렇게 난폭했다.

푸른 옷 병사는 손으로 입가에 흐르는 피를 닦고 묵묵히 앉아 있었다. 나는 두올의 마음속에 분노, 원한, 공포가 뒤섞여 있는 것을 느낄 수 있었다. 잰도 두올을 안타까워하고 측은히 여기는 것이 보였다. 벙어리 간호사는 슬픈 눈으로 검은 옷 병사를 원망스럽게 쳐다보며 "사람을 계속 때려서 무슨 해결이 되겠어요? 베트남 병사들에게 쉬게 해서 기운을 차리게 해야 해요. 벌써 밤이 되었는데, 이러다가는 오솔길에 도착하지 못할 거예요."라고 말하는 것 같았다. 여자는 역시 여자였다.

검은 옷 병사는 벙어리 간호사의 신호를 즉시 알아차리며 "네가 뭘 안다고 그래. 야자나무도 반쯤밖에 못 오를 여자 주제에. 두올이랑 자고 싶어서 감싸는 거냐?"라고 독설을 퍼부었다.

그런 욕설이 무슨 소용이 있을까. 이 벙어리 간호사가 무식한 병사들에게서 이런 거친 말들을 처음 듣는 것도 아니니 말이다. 이상하게도, 나는 이 벙어리 간호사가 말은 못 하지만 듣고 이해할 수 있다는 걸 느꼈다. 당장 죽여버리고 싶었지만, 지금 기지에는 의사가 절실히 필요했다. 병사들도 거의 바닥을 드러내어, 마지막까지 남은 병사들은 태국 국경 난민 캠프에서 온 풋내기 젊은이들로 보충해야 했다. 그런데 이제 검은 옷이 두올을 죽이려 든다면, 누가 나를 들어 나를 운반할 것인가?

내가 씁쓸하게 말했다.

"두올 이 녀석만 좀 어리바리할 뿐이지, 몇 달 전에는 이놈들이 우리를 이 당렉산맥에서 쫓아내서 태국 국경 너머까지 도망가게 했어. 들었어?”

“들었어, 들었어.”

나는 다시 말했다.

“폴 포트는 먼저 도망갔고, 이엥 사리는 뒤 따라갔지. 그들은 우돈, 암렝, 포이펫 같은 곳에 잠시 머물다가 다시 흩어져서 우리처럼 장기적인 게릴라전을 벌일 거야. 두올 같은 놈들은 살아남을 수 없어. 들었냐?”

“들었어, 들었어.”

“지금은 모든 숲으로 완전히 흩어졌어. 전투가 마치 아이들 장난 같지 않냐. 두올을 너무 괴롭히지 마라. 저 녀석은 힘이 없어서, 마치 물동이를 나르는 임산부처럼 나를 겨우 들고 가는 중이잖아. 그 상태로 어떻게 계속 가겠느냐? 들었어?”

“들었어…. 들었어.”

검은 옷은 고개를 연신 끄덕였다. 잰도 고개를 끄덕이며 룩톰의 말에 동의하는 듯 보였다. 벙어리 간호사만 베트남 병사를 측은하게 여기는 것 같았고, 모두가 돌아가며 나를 들어야 한다는 신호를 보냈다. 그녀는 손을 뒤로 뻗어 등을 약간 구부린 채로 가리켰다.

검은 옷은 갑자기 잰을 나무 밑으로 거칠게 끌고 가며 소리쳤다.

“여자가 뭘 안다고…. 아까는 두올이랑 하고 싶어 하더니, 이제는 룩톰이랑 어깨를 맞대고 싶어 하는 거냐?”

벙어리 간호사는 콧방귀를 뀌고 길게 눈을 흘기며, 검은 옷 병사에게 반항적인 눈빛을 쏘아붙였다. 나는 두 부하의 모습을 보고, 질투심이 폭발한 것으로 짐작하며 아파도 살짝 웃음을 지으며 말했다.

"여자한테 그런 말을 하지 마라. 잰이 없었으면 너희 남자들끼리 어떻게 했을지 상상해 봐라. 나는 그때 너희가 두올의 부하들 병원에 쳐들어갔을 때, 잰 하나만 잡아 왔다는 게 아쉽다. 여자 몇 명 더 잡아 왔으면, 너희가 이 숲에서 군 생활하는 게 훨씬 더 신선했을 텐데."

***

희미한 달빛이 비치는 밤이었다.

검은 옷을 입은 사람이 총을 안고 꾸벅꾸벅 졸고 있었다. 룩톰은 똑바로 누워 아무런 움직임 없이 가끔 신음 소리를 냈다. 벙어리 간호사는 눈을 크게 뜨고 경계를 서고 있었다. 나는 오래된 용백나무 아래에 웅크리고 앉아 있었다. 땀이 스며들어 약간 신맛이 나는 주먹밥을 두세 입 먹다가 검은 옷을 입은 자가 그중 3분의 2를 빼앗아 갔다. 남은 주먹밥을 배고픔을 견디기 위해 억지로 입에 쑤셔 넣었다. 마지못해 씹고, 삼켰다. 물통에 남은 마지막 한 모금을 들이켜니 정신이 좀 들었다. 이틀 치의 701 건빵을 검은 옷을 입은 놈들이 모두 빼앗아 갔다. 5일 치 쌀이 들어 있던 주머니는 매복 공격을 받거나, 숲속에서 도망치다가 잃어버린 것 같았다.

이 폴 포트 잔당들은 항상 모순 속에 살아가고 있었다. 무엇이든 빼앗으려 하고, 내 옷, 텐트, 건빵, 물통까지 다 털어갔다. 하지만 그들은 다시 나눠줘야 했다. 나를 살려야 했기 때문이다. 룩톰을 살려서, 기지로 데려가 포상을 받기 위해 나는 살아 있어야 했다.

"크흘라(호랑이)… 크흘라… 크흘라…."

날카로운 비명 소리와 사람들이 소란스러웠다. 총알이 쨍그랑거렸다. 집게손가락은 방아쇠에 얹혀 있었다. 검은 옷을 입은 병사들은 무리 지어 총구를 사방으로 돌렸다. 룩톰은 땅에 바짝 엎드려 관찰하고 귀를 기울였다. 인간의 자기방어 본능은 아주 빠르고 신기하게도 경계하는 반응이 순식간에 나타났다. 호랑이가 으르렁거리는 곳에서 여기까지는 산 하나 정도의 거리일 것이라고 어림짐작했다.

나는 검은 옷을 입은 병사들의 비명과 공포에 휘말렸지, 호랑이의 포효 소리를 들어본 적도 없는데 어떻게 두려워하나. 그러나 수천 년 동안 사냥당했던 고등 동물로서의 본능과 불안이 갑자기 솟구쳐 오르며, 나도 호랑이의 포효 소리를 들을 때마다 몸이 떨리고 놀라서 나무에 바짝 붙었다. 밤이 되면 도망칠까, 하는 생각이 잠시 스쳤지만, 호랑이의 오싹한 포효 소리는 검은 옷을 입은 병사들의 총격보다 더 두려웠다. 호랑이는 같은 호랑이지만, 내가 어렸을 때 투레 동물원(하노이)에서 보던 호랑이는 무서운 존재가 아니었다. 아이들은 철창을 붙잡고 흔들며 호랑이 가족을 겁주곤 했다. 철창과 철망으로 둘러싸인 호랑이들은 마치 게으른 고양이처럼 보였다. 게다가 그때는 부모님과 친구들이 함께 있었기에 무서울 이유가 없었다. 그러나 오늘 밤 나는 야생에서 적들이 둘러싼 가운데 포효 소리를 들으니 고독했다. 너무 피곤했지만, 공포에 사로잡혀 잠을 이룰 수 없었다.

결국, 바라지도 않던 "호랑이님"을 마주하게 되었다. 다리를 절뚝거리는 한 마리의 호랑이가 사람의 시체 목덜미를 물고 그들의 눈앞을 지나갔다. 죽은 사람의 두 다리는 땅에 질질 끌리며 풀과 나뭇가지에 부딪혀 바스락거렸다. 반응할 새도 없이, 총들은 굳은 손에 들린 채로 그대로 얼어붙었다. 숨을 멈추었다. 움직임이 없었다.

호랑이의 그림자가 나무 사이로, 희미한 달빛 아래 신비로운 밤의 어둠 속으로 완전히 사라진 후에야, 병사들 모두가 안도의 한숨을 내쉬었다. 그리고 동시에 끊어진 숨결 속에서 낮은 소리로 중얼거렸다.

"크흘라… 크흘라… 크흘라…"

"크흘라… 크흘라… 크흘라…"

"크흘라… 크흘라… 크흘라…"

이마에 식은땀이 송골송골 맺혔다. 그 호랑이는 크고 사납게 보였다. 정말 아찔했다! 만약 혼자 숲속을 헤매다가 이 호랑이가 내 땀 냄새와 함께 살아 있는 인간의 냄새를 맡는다면 무슨 일이 벌어질까? 결국 폴 포트 잔당들과 함께 잡혀 있는 것이 약간의 안전과 드문 평온을 제공하는 셈이었다. 지금은 이들에게서 떨어져 나갈 수 없다. 내 생명은 온통 위험천만한 상태에 놓여 있었고, 이 숲속에서는 폴 포트 잔당들만이 아니라 모든 것이 나를 위협하고 있었다.

그때 룩톰이 K54 권총을 배 위에 올려놓고 들것에 누우며 말했다.

"호랑이가 시체를 먹고 있어서 사람 냄새를 맡지 못한 거야. 그렇지 않았다면 우리 턱뼈는 다 부서졌을 거야. 운이 좋았지."

"룩톰한테 운이 좋았던 거겠지. 우리는 도망갈 수 있었겠지만, 룩톰은 그 자리에 앉아서 호랑이 밥이 되었을 테니까."

"너희들은 왜 내가 호랑이한테 잡히기 전에 너희 한 명씩 내 총에 맞아 죽을 거로 생각하지 않는 거야?"

검은 옷을 입은 병사들이 서로 시끄럽게 다투었다. 나는 '호랑이가 룩톰을 다 먹으면 그다음엔 나를 먹겠지. 내가 묶여 있는 것은 마치 발과 손이 묶인 원숭이가 호랑이의 동굴에 던져져 숲의 왕에게 바쳐지는 제물과 다를 게 없다.'라고 생각했다.

병사들이 한참 동안 수다를 떨더니, 잠들 사람은 잠들고, 경계 설 사람은 다시 경계를 섰다. 머리핀 크기만 한 모기들이 윙윙거리며 찌릿찌릿 물어댔다. 나는 가끔 나뭇가지를 흔들어 모기를 쫓았다. 잠을 이룰 수 없었다. 어딘가에서 들려오는 호랑이의 포효 소리가 은은하게 울려 퍼졌다.

***

아침이 되었다.

모두가 야생 동물의 길을 따라갔다. 어정쩡하게 들것을 나르며, 땀은 이미 다 흘러버리고 몸은 장작처럼 바짝 말랐다.

폭탄이나 총알에 맞아 죽는 게 아니라 지치고 갈증에 시달려 죽을 것 같았다. 마른 개울을 몇십 미터쯤 걸었을 때, 잰이 비명을 지르며 멈춰 섰다. 미열로 몸이 후끈거리던 룩톰도 목을 빼고 바라보았다. 검은 옷을 입은 자와 나는 들것을 내려놓지 않은 채 그 자리에 얼어붙은 듯 서 있었다.

눈앞에는 커다란 용백나무가 있었고, 시든 풀은 짓밟혀 엉망이 되었으며, 두 개의 다리뼈는 살이 다 발라지고 베트남 군화 속에 발만 남아 있었다. 주변에는 흩어진 뼛조각과 호랑이 발자국이 널리 퍼져 있었다.

한순간 숨이 멎을 듯한 오싹함을 느끼고, 모두 조용히 천천히 발걸음을 옮기며 그곳을 지나갔다. 파란 옷을 입은 자는 베트남

군화의 덮개에 검은 볼펜으로 정성스럽게 적힌 중대장의 성과 이름 두 글자를 보았다.

아! 호랑이가 아직 먹지 않은 발이 천으로 만든 군화 속에 그대로 남아 있었다.

모두가 오싹함을 느꼈다. 걸음은 조금 더 빨라졌다. 파란 옷을 입은 사람은 온몸에 소름이 돋았다. 너무너무 무서웠다. 이 숲 어딘가에 호랑이가 여전히 서성이고 있을 것만 같았다. 뒤따라가면서 조금은 안심이 되었다. 폴 포트 군의 지뢰를 밟을 위험이 적어졌기 때문이다. 앞서간 사람들의 발자국을 따라가면 지뢰를 밟을 확률이 줄어들기 마련이었다. 만약 죽음의 덫이 있었다면, 앞서간 사람이 먼저 당했을 테니까. 하지만 또 다른 걱정이 생겼다. 바로 호랑이의 공격이었다. 갑자기, 호랑이가 흰개미 언덕이나 오래된 용백나무 밑, 혹은 외따로 있는 돌 뒤에 숨어 있다가… 순식간에 덮친다. 채 10초도 되지 않아 야생에서 가장 강력한 짐승이 뒤에 있는 사람을 덮치고, 목덜미를 물어 깊숙한 숲속으로 사라진다. 그런 상상이 계속되면서, 파란 옷을 입은 사람은 발걸음을 재촉했고, 앞에서 들것을 메고 가던 검은 옷을 입은 사람은 속도가 더 빨라지면서 끌려가듯 걷게 되었다. 중대장의 천으로 만든 군화가 있던 그 장소를 빨리 벗어날수록 두려움에서 더 빨리 벗어날 수 있을 것만 같았다.

그러나 결국 인간의 힘에는 한계가 있었다. 계속 허둥대며 걷다가 결국 파란 옷을 입은 자는 숨을 헐떡이며, 입, 코, 귀로 숨을 몰아쉬었다. 너무 지쳤다! 손가락이 자꾸 느슨해져서 들것을 놓을 것만 같았다. 검은 옷을 입은 자와 벙어리 간호사도 비슷한 상태인 듯했다. 더 이상 걸을 수가 없었다. 모두가 멈춰 서서 룩톰을 내려놓고…

숨을 고르며… 숨을 내쉬었다. 파란 옷을 입은 자가 물을 한 모금 마시려 했지만, 검은 옷을 입은 자가 물통을 빼앗아 갔다. 그는 물을 벌컥벌컥 들이켰다. '재물을 잃는 것은 자식을 잃는 것과 같다'라는 속담이 있다. 파란 옷은 이를 바라보며 속이 쓰렸지만, 감히 되찾을 생각도 못 했다. 이 검은 옷을 입은 병사는 마지막 남은 물 한 방울까지 빼앗아 파란 옷을 죽일 수 있는 자였다. 물을 다 마신 후에야 검은 옷을 입은 자는 물통을 잰에게 던져주었다. 벙어리 간호사는 물통을 흔들어 보더니 나에게 던져주었다. 물통은 텅 비었다. 물은 몇 모금밖에 남지 않아 거의 바닥을 보였다.

***

다시 숲속의 밤이었다.

깊은 개울에서 물이 쏟아지는 소리가 꿈속에 들려왔다. 하늘이시여! 물이 있으면 생명이 있다. 나는 기쁜 마음으로 말라버린 물통을 들고 개울로 가서 물을 뜨려 했고, 그곳에서 벙어리 간호사가 목욕하고 있는 모습을 보았다. 그녀의 어깨는 드러나 있었고 가슴도 노출되어 있었으며, 물결이 살갗을 부드럽게 어루만지고 있었다. 이 부드러운 소녀의 모습을 보자, 순간적으로 나는 일 년 전 멀리 떨어진 비엔호에서의 일이 생각났다. 비엔호는 어업으로 생계를 꾸리는 베트남 사람들이 부르는 명칭이고, 캄보디아 사람들은 그 호수를 톤레사프라고 부른다. 톤레사프에서 메콩강으로 이어지는 강 또한 톤레사프라고 불린다.

그때 캄보디아 공산당 혁명군의 한 부대가 베트남 지원군 기지에서 불과 몇백 미터 떨어진 곳에 야전병원을 세웠다. 파란 옷을 입은 병사들은 폴 포트 잔당을 제거하기 위해 매복을 하지 않거나 시엠레아프 가는 길에서 지뢰를 찾는 일을 쉬거나, 산속에서 추격할 일이 없는 날이면, 상의를 벗고 비엔호로 나가 낚시를 하곤 했다. 그물은 시엠레아프 시장에서 산 것으로 길이가 수백 미터짜리였다. 두세 시간마다 배를 저어가 그물을 쳤고, 해가 질 무렵 다시 한번 물고기를 건졌다. 중대장, 나, 그리고 B40 담당 쭝은 군용 냄비 절반을 가득 채울 만큼 잉어, 잔고기, 메기를 잡았고, 그때쯤 초승달이 하늘에 떠올랐다. 옅은 황금빛이 넓은 호수의 물결 위에 퍼져 비엔호를 더 낭만적이고 신비롭게 만들었다. 초승달의 빛은 수많은 작은 물결에 황금을 뿌린 듯했다. 나는 생각했다. 이 전쟁터에서 늘어진 버드나무와 여름철 붉게 타오르는 봉황나무 꽃만 있으면 호떠이(하노이)의 평온한 한 구석을 느낄 수 있다고.

오랜 피난 생활 끝에, 비엔호의 어부 중 살아남거나 다친 사람들은 다시 그들의 옛 어촌으로 돌아가거나 새로운 어촌을 형성하여 생계를 이어갔다. 폴 포트 군대에 의해 죽임을 당하고 쫓기며 혼란 속에 살아남은 베트남계 어부들은 열에 아홉이 목숨을 잃었지만, 여전히 그들은 비엔호를 제2의 고향으로 삼아 그곳에서 삶을 이어갔다. 하지만 매일 밤 총성이 울려 퍼졌고, 폴 포트 잔당들은 여우처럼 돌아와 어촌을 습격하고 배를 침몰시키며 베트남인 노인과 아이들을 잔인하게 살해했다. 비엔호는 수많은 시신을 삼켰고, 그 시신들은 물에 떠다니다가 결국 호수 바닥으로 가라앉아 뼈들은 진흙 속에서 사라지며 작은 인간들의 비참한 삶은 흔적도 없이 사라졌다.

우리가 그물로 물고기를 잡아 올릴 때, 흰 해골과 온갖 뼈들이 뒤섞여 나왔다. 긴뼈, 짧은 뼈, 그리고 물고기들이 반짝이는 비늘을 가진 채로 함께 올라왔다. 아무도 신경 쓰지 않았다. 어떤 놈은 물고기가 사람을 먹었을지도 모른다며 손도 대지 않았고, 다른 놈은 눈을 감고 억지로 물고기를 먹으며, 고행의 수행자처럼 힘들게 씹고 삼켰다. 중대장은 여전히 맛있게 음식을 먹었다. 전장에 있는 병사들은 전우의 시체 옆에서 자는 것이 익숙해져 있었기에 두려운 것이 없었다. 그러나 가장 무서운 것은 '비엔호의 뱀 인간'에 대한 이야기였다. 이 이야기가 어느 병사로부터 퍼져 나갔는지는 모르지만, 우리 부대는 밤마다 그리고 낚시를 갈 때마다 공포에 떨었다.

뱀 인간은 얼굴이 예쁜 소녀 같았고, 긴 머리는 어깨에 젖은 채로 늘어져 있었다. 가슴은 팽팽하게 부풀어 있었다. 가슴골은 깊게 팼다. 두 팔은 길고 가늘었으며, 허리는 잘록했다. 깊은 배꼽에는 작은 은색 피어싱이 달려 있었고, 엉덩이는 크고 풍만했다. 그러나 허벅지 아래로는 몇 미터나 되는 긴 뱀의 꼬리가 있었다. 이 이야기가 사실인지 허구인지 알 수 없었다.

"아마도 사람인 것 같아." 내가 깜짝 놀라며 말했다. 중대장이 히죽거리며 웃더니 말했다.

"그건 뱀 인간이야. 조금 있으면 머리를 풀어 헤친 채로 가슴을 뱃전에 얹고 나타날걸. 너희들 중 누구든 욕정을 느끼면 뱀 인간에게 온몸의 정기를 빨리고 말 테니 조심해라."

"나 농담하는 게 아니야. 저기 봐… 저기 봐… 베트남계 어부의 딸이 목욕하고 있는 건가?"

나는 흐릿한 황금빛 달빛 아래 물결이 일렁이는 곳을 가리켰다. 중대장과 B40 담당 쭝은 노를 내려놓고 급히 배 뒷부분으로 달려가

물을 바라보았다. 그동안 배는 관성대로 흘러갔다. 우리 모두 물속에서 소녀의 맨 어깨와 머리가 떠올랐다가 가라앉고, 다시 떠올랐다가 또 가라앉으며 배를 따라오는 것을 보았다. 그녀의 머리카락이 물 위에 펼쳐졌다. 하지만 뱀의 꼬리는 보이지 않았다.

"뱀 인간이 아니야. 물에 빠져 죽은 여자아이야…."

중대장은 개구리가 물속으로 뛰어드는 것처럼 팔다리를 뻗으며 물속으로 뛰어들었다. 나도 잠시 망설이다가 뒤따라 물로 뛰어들었다. 물이 공중으로 튀어 오르고, 거품이 일며 파도가 번져 나가 배에서 생긴 물결과 부딪혔다. 더 이상 소녀의 머리가 물 위로 떠 올랐다 가라앉는 모습은 보이지 않았다. 중대장과 나는 번갈아 잠수하며 소녀를 찾았고, 숨이 차오르면 물 위로 올라와 숨을 몰아쉬었다. 그동안 B40 담당 쭝은 소녀가 가라앉은 곳 근처로 배를 천천히 저어갔다.

나는 물속에서 손을 휘저으며 얕은 진흙 바닥을 더듬었다. 그때 내 손에 둥글고 매끈한 것들과 양 끝이 굵고 매끈한 긴 물체들이 닿았다. 아, 해골과 뼈였다. 왜 이렇게 뼈가 많은 걸까? 더 이상 더듬어 볼 용기가 나지 않았다. 팔을 뻗어 다시 물 위로 돌아가려는 순간, 갑자기 엉킨 머리카락을 손끝으로 느꼈다. 아니다. 그건 소녀의 머리카락이었다. 소녀의 머리가 물 위로 올라왔다.

"중대장님, 도와주세요!"

팔을 세 번 저으며 중대장이 다가가 소녀의 엉덩이와 '뱀 꼬리'를 들어 올렸다. 나는 한 손으로 헤엄치며 다른 손으로 소녀의 머리를 물 위로 들어 올렸다. B40 담당 쭝은 배를 저어 다가왔다. 물결이 배 옆을 두드리고, 꿀색 피부를 가진 '뱀 인간'의 드러난 가슴을 부드럽게 덮었다.

뱀의 꼬리도 비늘도 없었다. 그저 꽃무늬 사롱이 엉덩이를 가리고 있었다. 비엔호에 뱀 인간이 있다면, 인도 신화나 덴마크의 인어 전설처럼 동화에나 나와야 할 텐데, 왜 이렇게 신비 속에만 존재하는 걸까? 나는 '뱀 인간'을 안고 거꾸로 세워 물을 빼기 시작했다. 젖은 사롱이 말려 올라가며 동그랗고 풍만한 엉덩이와 검은 털이 덮인 치골이 드러났다. 중대장과 함께 나는 그녀를 몇 번 흔들며 물을 빼내려고 했다. 그녀의 입에서 물이 쏟아져 나오며 배 바닥으로 흘렀다. 다시 그녀를 배 바닥에 눕히고, 중대장은 소녀의 입과 코에 입을 대고 물과 침을 빨아냈다. 나는 '뱀 인간'의 아직 따뜻한 부푼 가슴에 손을 얹고, 빠르고 강하게 가슴을 눌러 심폐 소생술을 시도했다. 이건 물에 빠진 동료를 살리기 위한 기본적인 응급 처치로, 모든 신병이 배우는 내용이었다.

배가 선착장에 도착해서 물고기를 풀어놓을 때, 육지에서는 중국산 손전등 불빛이 어른거렸다. 물속의 소녀를 찾으러 온 사람들 같았다. 소란스러운 목소리들이 들렸다. 걱정스러운 얼굴로 다가와 내려다보고는 불안함과 놀란 표정으로 일어섰고, 어디선가 여자의 흐느끼는 소리가 들렸다.

캄보디아 소녀는 서서히 눈을 떴고, 그녀의 눈은 젖은 군복을 입고 빛에 반사되는 두 명의 낯선 남자를 잠시 바라보았다. 하지만 그녀는 감사의 인사를 건넬 틈도 없이, 기진맥진해 다시 기절하고 말았다.

다음날이었다.

중대장은 폴 포트 잔당들을 추격하기 위해 부대를 이끌고 숲으로 들어갔다. 나도 AK 소총을 들고 함께 갔다. 일주일 후 비엔호로 돌아왔다. 우리는 알게 되었다. 캄보디아군의 야전병원의 책임자는 한 명의 여자 군의관이었고, 그 '뱀 인간'이라고 불리던 캄보디아 소녀는 우리를 찾아와 감사 인사를 전하려 했지만, 우리는 이미 숲으로 행군을 떠난 후였다는 사실을.

***

잰은 정말로 익숙한 얼굴을 보고 혼란스러워했다. 벙어리 간호사인 그녀는 그의 얼굴을 어디서 본 적이 있는지 기억해 내지 못했다. 잰은 기억 속을 뒤지기 시작했다. 혼란스러운 기억들은 그녀가 전쟁을 피해 도망치던 나날 속에 뒤엉켜 있었다. 도망치던 도중 베트남 지원군에 의해 구조된 잰은 그 후로 베트남군의 민사 공작팀에 합류해 통역으로 일하게 되었다. 기억 속에는 간호학을 배우고 부상자들을 치료하던 모습이 떠올랐다. 캄보디아 혁명군과 베트남 지원군의 수많은 부상자를 돌보았던 그녀였다. 그 부상자 중 이 베트남 지원군 병사의 얼굴을 가진 사람이 있었던가?

잰은 한 손에 단검을 들고 조심스럽게 파란 옷을 입은 병사에게 가까이 다가갔다.

'뭐 하려는 거지?' 파란 옷을 입은 병사는 생각했다. 인간의 마음은 쉽게 변해도 강산은 변하지 않는다는 말이 있다. 이 얼굴이 자신과 어떤 원한이 있었던 적이 있다면, 믿을 수 없을 것이다. 파란 옷을 입은 병사는 잠든 척하며 피곤함에 지쳐 있는 듯이 행동했다. 잰은 그의 어깨를 살짝 두드리며 가늘게 속삭였다. 파란 옷을 입은 병사는 눈을 뜨고, 비엔호에서 만났던 '뱀 인간'의 익숙한 모습을 찾으려 했지만, 도무지 기억해 낼 수 없었다. 벙어리 간호사는 단검을 들어 그의 묶인 끈을 잘라 주었고, 그의 어깨를 밀며 도망치라는 듯 재촉했다.

베트남 지원군 병사는 그녀의 눈을 깊이 응시하더니 고개를 저었다. 잰은 그저 멍하니 앉아 있었고, 약간의 실망감이 그녀의 지친 얼굴에 드러났다. 벙어리 간호사인 잰은 왜 이 베트남 지원군 병사가 도망치지 않는지 이해할 수 없었다.

열세 번째 나루 Mười ba bến nước

1

남편에게 새 아내를 얻게 했다.

이옌하 마을에서는 전혀 없었던 신기한 얘기다. 신부는 혼기를 놓친 내 친구였다. 그녀는 남편이 필요했고 합법적인 자식을 간절히 원했다. 내가 중매를 섰다. 나는 시댁과 함께 약혼식에도 갔고, 결혼식 참석은 물론 신부를 데려왔다.[1]

결혼식은 기쁨과 슬픔, 수줍음이 있었다. 그리고 바로 신부가 행복의 방으로 들어갈 때 나는 조용히 뒷문을 지나 정원을 가로지르는 지름길로 나왔다. 보따리를 가슴에 안고 울면서 걷다가 무작정 나루터로 달려가 사공을 불러, 강 건너 친정으로 갔다. 사람들이

1. 역주. 베트남 결혼식은 신랑 측이 신부의 집으로 가서 조상과 친지들에게 예를 갖추고 신부를 데려온다.

흔히 말하던 여자에게는 열두 나루가 있다는 말이 생각났다. 나는 다른 여자들보다 더 비참했다. 나에게는 열세 번째 나루가 있었다.

2

나는 어느 날 점심때 첫 아이를 낳았다.

음력 오월 추수가 끝나가는 무렵이었다. 일꾼들에게 줄 밥을 가지고 들판으로 갔다. 엄청난 메뚜기떼가 볏단으로 달려들었다. 일꾼들도 낫을 놓고 달려들었다. 나도 그루터기를 밟아대며 메뚜기를 잡았다. 배가 슬슬 아프기 시작했고, 참을 수 없을 만큼 아팠다. 삿갓에 잡았던 메뚜기를 버리고 배를 끌어안았다. 논둑에 오르기도 전에 양수가 터졌고, 바짓가랑이를 흠뻑 적셨다. 남편을 불렀다. 그는 묶던 볏단을 두고 놀라서 뛰어와 나를 안고 둑으로 갔다. 시어머니가 어쩔 줄 몰라 하며 손자에게 산파를 불러오라고 소리쳤다. 그러나 그럴 새도 없이 막 벤 벼와 그루터기가 있는 축축한 논두렁에서 아이를 낳았다.

"아이고! 이걸 어째!"

시어머니는 소리를 지르다 볏단 위에서 기절했다. 나는 온 힘을 다해 가랑이 사이로 고개를 들었다 내리기를 반복하다가 고개를 옆으로 떨구었다.

나는 영원히 시어머니의 비명과 내가 낳은 핏덩이를 결코 잊을 수 없다. 시어머니는 혀를 삐죽 내밀고 겁먹은 목소리였다.

핏덩이는 마치 죽기 전에 물고기가 하품하듯 검은 입술만 동그랗게 벌리고 있었다. 손발에 진흙을 묻힌 일꾼들이 나를 둘러싸고 일어났다 엎드리기를 반복했다.

"항아리 가져다 넣은 다음 마장 언덕에 묻어!"

큰 소리가 들렸다.

"그러지 마! 대나무 뗏목에 묶어서 강에 띄워!"

그리고 그루터기를 밟는 발소리와 철썩철썩 급하게 물속을 걷는 소리가 점점 가까이 들렸다.

나는 집 밖을 나가지 않았다. 항상 눈이 충혈되어 있다. 남편은 말수가 줄었다. 그는 말없이 어린 애 돌보듯 나를 돌봤다. 시어머니는 쇠약해진 며느리를 바라보며 눈물을 훔쳤다. 시어머니는 나를 무척 사랑했다. 고부지간이지만 마치 친정어머니와 딸 같았다. 나는 억울하게 매 맞은 소녀처럼 목이 메어 말했다.

"아가! 어찌 이 지경이 되었니?"

시어머니가 한숨을 쉬었다.

"우리 집이 대대로 착하게 살았고, 누구에게 악하게 한 적도 없는데 아이한테 이런 업보를 안기다니!"

남편이 한약 주전자를 들고 있었다. 그가 놀라서 바닥에 떨어뜨렸다. 주전자가 깨지고 갈색 한약이 흘러나오며 증기가 어둡게 퍼져나갔다.

나는 잠을 이루지 못했다. 어두운 밤 꿈속에서 삿갓을 쓴 일꾼들이 풀밭에 앉아 물담배를 빠는 모습을 봤다. 그리고 그들은 그 아이를 뱀장어 가죽 색깔의 항아리에 넣은 다음 뚜껑을 닫고 마장 언덕에 묻으러 갔다. 또 꿈속에서 그 아이를 대나무 뗏목에 태워 황룡강 나루에서 흘려보내는 것도 보았다. 검은 머리를 풀어 헤치고 하얀 어깨를 드러내고 처녀 가슴처럼 부풀어 오른 젖가슴에 몸은 뱀 같고 물갈퀴가 있는 용이 뗏목을 강둑으로 밀고 있었다. 나는 발버둥

치며 소리 질렀다.

"내 아이 돌려줘요! 내 아이 돌려달라고!"

잠에서 깨어나 비로소 내가 남편 품에 안겨 있는 것을 알았다. 온몸이 차가워지면서 식은땀이 흘렀다. 남편의 어깨도 땀으로 젖었다. 그는 꿈속에서 발버둥 치는 아내의 팔다리를 잡고 있느라 아주 많이 고생했다.

3

갑신년 여름이 생각났다. 비가 오지 않았는데 상류에서 일주일 동안 물이 흘러내렸다. 우리 마을에 큰 홍수가 졌다. 쓰레기와 마른나무, 생나무 가지가 휩쓸려 왔다. 한밤중에 황룡강 둑이 무너졌다. 물이 콸콸 흘렀고, 개와 닭, 소와 물소가 울어댔다. 염소가 우리를 들이받으며 쉰 소리로 울어댔다. 사람들은 경황이 없어 난리에 도망치듯 홍수를 피해 달렸다. 나는 다행히 마을 입구의 벵골보리수로 올라갔다. 밤새도록 나무 위에서 엄마를 불러댔고, 홍수에 휩쓸리는 것보다 이무기한테 잡혀서 물에 처박힐까 봐 더 무서웠다.

달밤. 벵골보리수는 홍수에 휩쓸리지 않으려고 몸을 굽혀 버티고 있었다. 나는 배고픔에 힘이 바닥났다. 한밤중에 홍수가 벵골보리수 뿌리를 뽑아냈고, 나도 휩쓸렸다. 다음 날 아침 깨어보니 내가 이무기 언덕에 뻗어 있었다. 주변에서는 물이 콸콸 흐르고 있었다. 앉은 사람, 선 사람, 어수선했다. 사람들 소리가 크게 울려 퍼졌다. 얼룩개가 짖어댔고, 그 소리를 들으니, 속이 탔다. 우리 어머니는 입을 씰룩이며 웃으면서 "이무기가 너를 건져내서 여기로 데려왔다."라고 말했다. 나는 너무 놀랐다.

내가 16살 때, 역사학 교수님이 학생들을 데리고 우리 마을로 현장 실습을 왔다. 그들은 물고기 잡는 우리를 고용해서 이무기 언덕에서 유적 발굴을 시켰다. 나는 그 낯선 사람 중에 이옌하 마을의 따오가 있음을 알았다. 따오는 나를 아주 좋아하면서도 놀리는 것 같았다. 일주일 내내 파고, 긁어냈지만 조개껍데기 한 조각이나 동물 뼈 한 개도 볼 수 없었고, 송판 한 개만 찾았다. 흙을 다시 덮을 때 따오는 여자 모양의 짚으로 만든 인형을 던져넣었다. 나는 "따오, 이게 뭐야?"라고 물었다. 따오는 "부적이야! 그것은 이무기의 혼으로, 여자아이 뼈야. 누구든지 나를 사랑하다가 버리면 미치게 되고, 이무기가 될 거야!"라고 했다. 낯선 사람들이 웃었다. 나는 부끄럽기도 하고 당황스럽기도 했다. 한참 후 서로 사랑하게 됐을 때 그 짚 인형에 관해서 물었는데, 그는 알 수 없는 웃음을 지으며 말했었다.

다시 시끄러워졌다. 달밤에 안개가 수면 위로 피어올랐다. 커다란 파도가 부서지며 동굴로 밀려 들어왔다. 이옌하 마을 도둑은 한밤중이 되기를 기다렸다. 사공도 쉬러 갔다. 그는 도둑질한 물건을 머리에 이고 옷을 벗은 다음 강을 헤엄쳐 건너려고 했을 때, 야간 고기잡이배가 굴속에서 안개와 함께 밀려 나와 가까이 다가왔다. 윗도리를 헐렁하게 입고 배 뒤쪽에 앉아 있던 아가씨가 "올라오세요! 강을 건너드릴게요."라고 말했다. 도둑은 물건을 안고 배로 뛰어올랐다. 한적한 강 중간쯤 왔을 때, 배에 처녀 혼자 있는 것을 알고는 손을 뻗어 아가씨를 만졌다. 아가씨가 강으로 뛰어내렸다. 도둑은 그 아가씨가 가슴 윗부분만 사람이고, 나머지는 뱀 같으며 손발이 물갈퀴라는 것을 깨달았다. 너무 놀랐다. 그는 막 이무기를 만졌다는 것을 알았다. 어찌할 바를 모르고 있는데, 소녀는 어깨와 가슴을 물 밖으로 드러냈다. 물갈퀴 손으로 배 옆을 붙잡고 있었다. 물이 밀려 들어오고 배가 가라앉았다. 도둑은 물속에서 강물을 실컷 마셨고, 강가로 밀려났다. 너무 떨려서 다리를 붙잡고 도망치는데 뒤에서 소리쳤다. "여보세요! 이것 당신 것!" 그가 뒤돌아보니 여전히 그 아가씨였다. 그러나 옷을 단정하게 입었고, 윗도리도 말랐고, 바지도 말랐으며, 바짓가랑이를 접어서 하얀 종아리가 드러났다. 그가 도둑질한 배에 놓고 내린 물건도 말라 있었다, 그녀는 물건을 돌려준 뒤, 배를 저어 안갯속으로 사라졌다. 이무기는 볼 수 없었다. 그날 밤 이후 도둑은 정신이 나갔고, 반년 동안 멍청하게 지냈다.

이무기와 나루터는 내 어린 시절 아주 신비롭고 전설 같은 안개와 같았다.

4

내 남편 이름은 라인데, 전선으로 출발하기 전에 휴가를 받은 군인이었다. 그는 결혼하고 싶지 않아서 휴가 초반에 이곳저곳을 쏘다녔다. 휴가가 끝날 무렵 어머니가 재촉하니 비로소 상대자를 찾게 되었다. 그때 나는 사랑하는 사람이 죽어서 슬픔이 채 가시지 않은 때였고, 그를 만났다.

신부를 배로 데려갔다. 배가 나루에 도착해서 사람들이 모두 내리고, 내가 물을 떠서 시어머니의 발을 씻기기를 기다렸다. 이러한 풍습이 언제부터 시작됐는지 알 수 없었다. 사람들은 '시어머니와 며느리는 본래 갈등이 있는 것이다. 며느리가 물로 시어머니의 발을 씻어 마음을 얻는 것'이라고 했다. 나를 데려가기 전, 친정어머니는 호리병과 같은 마른 박으로 만든 작은 바가지를 주면서 며느리 역할을 할 때 필요한 일들을 당부했다.

사람들은 흔히 인생을 나루터에 비유한다. 처녀 팔자는 열두 나루 중 하나다. 그때 나는 내가 몇 번째 나루를 만난 것인지 알지 못했다.

결혼 행렬이 이어지고 있었다. 갑자기 사람들이 놀라고 소란스러웠다. "청년들이 나 같으면 나라를 잃는다!"라고 소리쳤다. 나는 따오를 보았다. 그의 가슴에 대나무 채반을 달고 있었는데, 석회로 "나는 탈영병이다."라는 글자를 써놓았다. 나는 그 채반 뒤에 있는 사람이 내가 사랑했던 사람인 것을 믿을 수 없었다. 미국 폭격기의 포탄이 온 북베트남을 안개처럼 뒤덮었다. 대학도 문을 닫았고, 그는 입대했다. 사람들은 '그가 남부 전쟁터에서 죽은 지 일 년이 되었다.'라고 소곤거렸다. 또 '그가 죽음이 무서워 왼발에 총부리를 대고 쏘았다.'라고도 했다. 어떤 사람은 '따오가 총을 닦다가 강도당해서 총을 뺏겼고, 부대에서 군적을 박탈하고 쫓아냈으며, 고향에 돌아온 지 며칠 되었다.'라고 했다. 면에서는 벌로, 벽돌 만드는 노동을 시켰다. 밤이면 민병대가 따오를 묶어서 온 마을을 끌고 다녔다. 따오는 절뚝거리며 앞서서 가고, 민병대는 K44 소총을 겨누며 뒤따랐다. 아이들은 뒤따라가며 한목소리로 "청년들이 나 같으면 나라를 잃는다!"라고 소리쳤다. 나는 남편을 따라가며 마음이 심란했다.

어제 랑이 나와 결혼했고, 다음 날 바로 부대로 돌아갔다. 그가 가면 언제 돌아올지 알 수 없었다. 남편은 슬픔을 가슴에 품었다. 그는 한 사람씩 인사를 건네고는 등을 돌려 떠나갔다. 아주 빠르게 갔다. 마치 시간이 길어지면 떠나지 못할 것처럼.

5

남편과 떨어져 사는 아내에게는 수만 가지의 고통이 있다. 그 고통 하나하나는 같은 것이 하나도 없었다. 긴긴밤 나는 잠을 이룰 수 없었다. 베개를 끌어안고 남편을 그리며 하얗게 밤을 새웠다. 나는 남편의 색바랜 옷을 끌어다 얼굴에 댔다. 그리움이 더욱 사무쳤다. 가장 힘든 것은 생리대를 사용하는 그 금기의 며칠 동안이었다. 내 젖가슴은 단단해지고 아팠다. 젖꼭지가 수그러들고, 볼은 붉어지며, 눈은 빛났다. 언제나 남편이 돌아오길 기다렸다.

남자 냄새를 모르는 여자는 호기심과 소심함이 있지만 남자 냄새를 아는 여자는 이미 중독되었다. 밤이면 밤마다 나는 오만 가지 상상을 하며 베개를 얼굴에 대고 남편의 냄새를 찾았다. 참을 수 없을 때는 나락을 맷돌에 넣고 아침이 될 때까지 빻았다. 또는 우물물을 끼얹으며 타는 속을 식혔고, 때로는 시어머니의 침대로 가서 시어머니의 냄새를 찾기도 했다.

시어머니는 알고 있었다. 시어머니도 오랫동안 남편을 기다리며 세월을 보냈기 때문에 며느리의 마음을 이해했다. 시어머니는 아무 말 없이 옷장 안의 토기에 넣어 두었던 자식의 속옷을 꺼내며 손으로 입을 막고 중얼거렸다. 시어머니는 아들이 멀리 갔을 때 며느리가 마음을 굳게 갖도록 민간 처방을 했다.[2]

• •

2. 역주. 베트남에서는 사람이 실종되거나 멀리 떠났을 때 토기로 만든 솥에 내복을 넣어두면 그 사람이 속이 타서 빨리 돌아온다는 미신이 있다고 한다.

내 남편의 이옌하 마을에는 목욕하는 곳이 두 군데 있었다. 여자들이 목욕하는 곳은 상류였고, 남자들이 하는 곳은 하류였는데 두 곳은 몇백 걸음 떨어져 있었다. 여자들은 긴 옷을 입은 채로 강 가운데로 갔고 물이 차오르는 대로 두었다. 물이 가슴까지 차오르면 옷을 머리 위로 올리거나, 벗어서 강가로 던졌다. 나는 이 목욕하는 곳에서 이른바 스캔들에 연루됐다. 두 명의 민병대와 조장이 이곳을 지나다가 순간 머리를 풀어 헤치고, 어깨를 드러냈다가 물속으로 들어가는 여자를 보았다. 그리고 물을 헤치는 소리와 남자의 머리를 보았다. 이무기와 사람이 엉켜 있는 것 같았다. 결국 따오와 내가 물속에 있었다. 민병대 조장은 군대를 피한 탈영병, 절뚝발이, 약시자, 팔 굽어진 자, 체중 미달자, 집에 머무는 자 또는 포탄이 쏟아지는 전쟁터에 있는 병사의 아내를 꼬드기는 자 등을 아주 싫어했다. 그의 아내가 바지선을 모는 노동자의 아기를 임신했었다. 그는 엄청 화가 나서 나를 데리고 부두로 가서 뱃사람과 얘기했다. 나는 억울했다.

"내가 씻고 있었는데 발에 쥐가 났어요…."

따오는 당황했고 두려움에 떨면서 말했다.

"나는 물소를 끌고 이곳을 지나고 있었는데, 갑자기 살려달라는 소리가 들렸어요."

민병대 조장은 입을 씰룩이며 경멸하듯 말했다.

"자해 죄에다가 탈영해서 우리 면의 '벼는 한 톨도 소중하고, 군대는 한 사람도 귀하다'는 목표를 5년 연속으로 달성 못 하게 했지. 게다가 전쟁터에 있는 병사들이 맘 편하게 전투할 수 없게 만들고, 후방의 정책을 위반했어. 또 이무기 얘기를 꾸며대기까지

하네. 옛날부터 지금까지 이무기가 사람을 구했다는 얘기를 들어봤지만, 사람이 이무기를 구했다는 얘기는 처음 듣는구먼. 내 생각에, 물속에 있던 이무기는 이 통통한 여자인 것을 알고 네가 뛰어든 것 같은데…."

민병대는 따오와 이무기라는 나를 데리고 면사무소로 가서 경위서를 작성했다. 따오는 여전히 팬티만 입은 채로 뒤따르고 있었다. '이무기'는 물에 젖어 허벅지에 꽉 달라붙은 검은 비단 바지에, 몸에는 젖은 브래지어만 걸치게 했다. 벌거벗은 이무기 역할은 달빛 아래 더욱 빛났다. 갑자기 민병대 조장이 '이무기'에게 서라고 하고는 윗도리를 입으라면서 풀어주었다. 그는 미국과 괴뢰와 싸우고 있는 생사를 넘나드는 전쟁터의 병사를 생각해서 풀어준다고 했다. 몇 발짝 걷다가 그가 뒤에서 '힘들어. 암컷은 배신의 종자야!'라고 저주하는 말을 들었다.

'암컷이 배신의 종자'라고? 나는 우리 집 대나무 울타리를 보았다. 작은 숫사마귀가 배가 불룩한 암사마귀를 올라타고 있었다. 숫사마귀는 교미를 마치고 너무 피곤해서 암사마귀의 등에서 내려오자마자 뻗었다. 암사마귀는 숫사마귀의 뱃속에서 내장이 튀어나올 때까지 발로 찼다. 사람들은 전갈도 그렇다고 했다. 사랑하고 교미를 한 후에는 생기를 모두 빼냈기 때문에 언제나 수컷이 더 피곤하다고 했다. 암컷은 뒤돌아서 상대방을 잡아먹는다고 했다.

나는 암컷 전갈이 수컷 전갈의 살을 먹는 것을 본 적이 없다. 동네 연못에서 물뱀을 본 적이 있다. 암컷이 허물을 벗을 때 수컷은 늘 옆에서 지켜주었고, 먹이를 가져다주었다. 수컷이 허물을 벗을 때 암컷은 다른 수컷을 집으로 데려온다. 그들은 막 벗은 허물 냄새 가운데 사랑을 나눈다. 그리고 막 허물을 벗어, 자신을 지킬 수 없는 옛사랑을 먹어 치운다.

나는 여자이고 암컷이다. 사람들은 나를 배신의 종자라고 볼까?

6

전쟁이 끝나고 남편이 돌아왔다. 긁힌 자국 하나 없이 완전한 신체로 돌아왔다. 정말 기뻤다. 모자, 형제, 부부가 만나서 기뻐할수록 남편은 그만큼 속을 끓였다. 어떻게 알았는지 남편은 자기 아내에 관한 소문을 알았다. 밤이 되어 모든 사람이 돌아가고 난 후, 설날처럼 즐거워야 했지만, 우리 집은 장례식보다 슬펐다. 시어머니가 말했다.

"어머니인 내가 네 아내를 잘 지키지 못했다."

남편은 말끝을 흐리며 주절거렸다.

"수년 동안 포탄 속에서도 살았는데, 세상 소문 때문에 죽게 생겼네."

내 차례가 되어, 분명하지만 냉담하게 말했다.

"나는 당신의 아내지요. 오직 당신만이 내가 정절을 지켰는지 아닌지 알 거예요."

남편은 멍한 표정을 지었다. 그는 내가 그렇게 말하리라 전혀 예상치 못한 것이 분명했다. 그는 전쟁 시기에 아주 많이 깨지기 쉬운 자기 혼인의 운명에 관해 알 수 없었다. 아내를 믿어야 할지 말아야 할지는 수년 동안 집을 떠나 있던 병사에게 쉽지 않은 결정이었다.

그날 밤 이옌하 온 마을이 잠을 못 이루었다. 달이 아주 밝았다. 시원한 산바람이 슬프게 불어왔다. 십대들은 마을 길을 따라 달구경하러 가자고 재촉했다. 황룡강에는 환하게 불을 밝히고 야간 고기잡이배의 옆구리는 두드리는 소리가 딱딱 울려 퍼졌다. 부부의 밤, 우리는 물속 동굴에서 엉켜 있는 이무기처럼 서로를 휘감고 있었다.

다음 날 아침이었다.

시어머니는 아주 일찍 일어나서 흙마루 계단에 앉아 머리를 빗으며 순간순간 며느리 방을 쳐다보고 있었다. 남편이 일어나 어머니 옆에 앉았다.

"어제 제가 참지 않았으면 탈영병 따오를 죽였을 거예요. 다행히 제가 잘 참았지요. 까딱했으면 끝날뻔했어요."

"아들아, 그게 무슨 말이냐?"

"어머니, 생각 안 나요? 전에 제가 집사람과 하룻밤 보내고 남쪽으로 전쟁하러 갔잖아요. 그 신혼 첫날 밤, 집사람은 월경 중이었어요. 저희 부부는 서로 끌어안고 있다가 울기만 했어요."

"그 말은 어젯밤까지도 네 아내가 처녀였단 말이냐?"

"네, 여전히 처녀지요. 제 아내는 제가 알죠."

시어머니는 놀라서 더는 말하지 않았다. 그녀는 아들과 며느리가 그런 끔찍한 상황에 있을 거라고는 예상치 못했다. 나는 방에 조용히 누워 있다가 그때 비로소 밖으로 나갔다. 두 손으로 머리칼을 쓸어내렸다. 눈은 행복감으로 빛났다. 나는 조심스럽게 시어머니 옆에 앉았다. 그때 시어머니가 입을 열었다.

"나도 믿고 싶지 않았다. 당시 네 얘기는 있을 수 없는 얘기였다. 이 어미를 이해해다오."

"저 아무도 미워하지 않아요. 아무것도 두렵지 않고요. 오직 남편이 적을 치러 갔다가 안 돌아올까 봐 걱정했어요. 제가 남편을 잃으면 누가 제 한을 풀어줄까요?”

7

나는 셋째와 넷째를 낳았지만, 여전히 불그스레한 고깃덩어리였다. 시어머니는 슬프기도 하고 무섭기도 했다. 종일 염불을 외우거나 절에 갔다. 부처는 어디에 있는지 여전히 우리를 돌보지 않았다. 사람들은 ‘친정의 백 가지 복도 시댁 빚만 못하다’라고 했다. 대대로 시댁은 착하게 살았다. 그러나 그 짐은 내가 짊어져야 했다. 그래서 그 짐을 어디에 던진단 말인가?

내가 다섯째를 낳았는데 붉은 고깃덩어리가 들어 있는 주머니였다. 마치 이무기가 알주머니를 낳은 것 같았다. 그것은 인간도 아니었고 짐승도 아니었다. 그러나 그 형상은 내 속에서 나온 것이다. 이쯤 되자 마을 사람들은 나를 냉담하게 피하기 시작했다. 나는 반은 미친 바보가 되었다.

남편이 말하길 내가 황룽강 가를 헤매고 다닌 적이 있다고 했다. 그러다가 강물로 뛰어들어 보라색 히아신스꽃을 건져다가 강가에 놓고 다시 건져내고 무얼 하려고 하는지 몰랐다고 했다. 나도 마쟝 언덕에 갔던 일이 기억났다. 언덕은 인적도 없고 추웠다. 야생 파인애플이 주변에 빽빽했다. 들개가 짖어대며 먹이를 찾고 있었다. 파란 눈에 털이 엉망인 들고양이가 으르렁거렸다. 나는 명 짧은 어린애가 묻혀 있는 언덕 북쪽 구석으로 갔다. 봉분이랄 것도 없었다. 어떤 묘가 뱀장어 가죽색의 항아리인지 알 수 없었다.

나는 오후 내내 어안이 벙벙했다.

8

물 흐르는 밤이었다.

우리 부부는 새우 그물을 걷으러 갔다. 랜턴을 밝게 비추었다. 새우 눈이 빛을 받아서 붉은색 작은 점처럼 보였다. 몇 번 그물을 걷으니 반 소쿠리가 되었다. 피곤해서 나는 남편에게 풀로 만든 텐트에 돗자리를 깔아달라고 했다. 남편은 이무기 언덕 아래에 풀로 텐트를 만들어 그물을 볼 수 있게 했다. 피곤하거나 새우가 움직이지 않을 때는 그물을 주시했다. 텐트에서 새벽까지 한숨을 잤을 때, 이른 아침에 시장 가는 사람들이 웅성거리는 소리를 들었다. 언제부터인지 몰랐는데 시장 가는 사람, 그물 올리는 사람, 새우 잡는 사람 등이 이곳을 지나가면서 누구나 흙 한 줌씩을 언덕에 버리고 갔다. 오랜 세월이 지나 언덕을 계속 넓어지고 높아져서 커다란 봉우리가 되었다.

남풍이 불어왔다. 그물이 가끔 나루터로 내려지기도 했다. 나는 눈을 감고 꿈꾸는 것 같았다. 한밤중에서 아침이 되었고, 여자 소리에 놀랐다.

"사공! 우리 모녀를 건너게 해주세요!"

사공을 부르는 소리가 아주 분명했다. 그리고 다시 소리쳤다.

"내 아이 돌려줘요! 내 아이 돌려주세요!"

그 외침이 고요한 한밤중에 울려 퍼졌다. 갑자기 한 여자가 바람처럼 가벼운 발걸음으로 봉우리에서 내려왔다.

"사람들이 내 아기를 데려다 강에 버렸어요. 내 아기 좀 살려주세요!"

아는 사람이었다.

“사오 언니 무언가에 홀렸어요. 언니는 애 낳은 적이 없어요. 정신 차리세요!”

“우리 아기들이 저 물속에 떠내려가고 있어요. 제발 건져주세요.”

나는 나루터를 바라보았다. 은빛 달 아래 안개가 자욱했다. 나는 놀라서 내 눈을 의심했다. 탈영병 따오였다. 진짜였다. 따오는 핏덩이를 바나나 뗏목에 태워 밀어, 점점 강가에서 멀어져 갔다. 바나나 뗏목이 빙글빙글 돌면서 천천히 떠내려갔다. 그리고 사오 언니가 물속으로 뛰어들어 가라앉았다. 잔잔한 파도가 밀려오다가 갑자기 이무기가 솟아올랐다. 검고 긴 머리에 젖가슴을 드러냈다. 그런데 몸은 뱀이었다. 그것은 갑자기 머리를 물속에 담그고 물갈퀴 발을 수면에 드러냈다. 다시 머리를 드러내기를 반복했다. 이무기가 수영하고 있었다. 그리고 바나나 뗏목을 강가로 밀어냈다.

너무 놀라서 나는 눈을 부릅떴다. 따오가 보이지 않았다. 그리고 바나나 뗏목도 사라졌다. 오직 흰 야생 오리 떼가 날면서 우는 소리가 수면에 울려 퍼졌다.

“사오! 사오!” 남편이 내 어깨를 흔들었다.

“혼이 나갔네! 꿈꿨는가?”

얼굴에 땀이 흥건했다. 나는 나루터를 바라보았다. 그물이 강물 속에 조용히 내려앉아 있었다. 달빛은 여전히 은빛이었다.

“사오가 사공을 불렀고, 강물로 뛰어들어 이무기로 변신한 것이 분명해.”

“정신 나갔어요? 미쳤어요? 제가 사오예요. 바로 당신 아내인데, 어떤 사오가 더 있나요? 됐어요. 늦었으니, 아침까지 그물을 올립시다."

곰곰이 생각해도 어떤 것이 사실이고 어떤 것이 꿈인지 알 수 없었다. 우리 부부는 아침까지 그물을 올렸지만 새우 한 마리도 잡지 못했다. 썩은 장작과 쓰레기뿐이었다.

새우를 팔러 시장 가는 길에 따오를 만났다. 그는 물소 수레에 갈색 항아리와 솥을 운반하고 있었다.

"아이고, 무서워! 내일부터 이것들 나르지 마세요."

"알았어. 사람들이 요 몇 년 동안, 이 갈색 항아리를 많이 쓰네."

나는 꿈 얘기를 하고 말했다.

"따오, 현장 실습했던 것 기억하나? 당신이 이무기 언덕에 짚으로 만든 인형을 묻었잖아? 나와 당신의 옛 얘기는 지난 일이야…."

따오는 환하게 웃으며 내 말을 잘랐다.

"기억하지. 그것은 허풍인데, 그렇지만 이 얘기는 진짜야."

"옛날에 점성국 병사가 바다에서 자주 우리 대월국을 약탈했어. 쩐 왕조 예종 때, 정성국 해군이 황롱강 하구로 들어왔어. 그들이 가는 곳에는 피가 흥건하고 연기가 가득했지. 그런데 우리 마을에 왔을 때는 아무것도 없는 것처럼 조용했다고 해. 쩐캇쩐 장군이 쩨방응아에서 대승을 거두었을 때 점성국 군대가 철수했을 때인데, 그들이 우리 마을에 왔을 때처럼 철수할 때도 아무 일 없었다고 해. 그래서 전쟁 중에도 우리 마을은 평화로웠다고 해. 그런데 3개월 후에 이상한 일이 벌어졌어. 남편도 없는 수십 명의 처녀와 여자들이 임신한 거야. 군대도 없는데 반란이 일어난 거지. 마을은 전쟁으로 파괴된 다른 마을보다 더 슬펐어. 마을 규약이 엄격했지. 그 수십 명의 여자를 삭발시키고 석회를 바른 다음, 바나나 뗏목에 묶어서 강으로 흘려보냈어. 신기한 것은 아침에 바다로 흘려보냈는데, 오후가 되자 바나나 뗏목이 나루터로 돌아온 거야. 그것은 밀물 때 새우, 물고기, 게, 물뱀, 거북이, 이무기, 자라 등이 밀려오면서 뗏목에 붙어서 나루터로 밀려온 거였어. 마을은 밀물과 각종 어류의 힘 앞에 밀렸지. 결국 그 고난의 여자들을 받아들였어. 날이 차고 달이 차서 그들이 아이를 낳았고, 그 아이들은 마을 혈통이 아닌 곱슬머리에 검은 피부, 큰 눈을 가졌어. 더 신기한 것은 그 여자 중 한 사람이 붉은 덩어리를 낳았는데 입이 동전처럼 동그랗고 꽥꽥 소리를 냈다는 거야. 젊은 엄마는 너무 놀라서 기절했어. 마을 사람들은 괴물이라면서 바나나 뗏목에 실어서 바다로 보냈지. 젊은 엄마는 미치게 된 거야. 그래서 늘 '내 아이 돌려줘… 내 아이 돌려줘…' 하고 다닌 거야. 밤에 머리를 풀어 헤치고 황룡강으로 달려가, 강으로 뛰어들어 헤엄을 치면서 자기 자식을 찾아다녔어. 정말 힘들었지. 그 여자가 찬물을 마시고 죽어서 이무기가 됐고, 나루터로 흘러온 거야. 동전, 물소 뼈, 거북이 껍질, 여자 인형 등을 함께 묻었어. 그 이무기 언덕은 바로 그 젊은 엄마의 무덤이야. 사람들은 물속 동굴과 수면에 그 여자의 혼이 떠돌다가 사람이 빠져 죽는 것을 보면 이무기로 변신해서 구해준다고 말하고 있어. 아마 이것은 몰랐을 거야."

"어젯밤 사오가 그 언덕에 흙을 버렸어?"

"아니, 우리 남편도 그러지 않았을 거야."

"아이고! 사오 당신 부부의 소쿠리에 새우가 안 들어 있다는 것이 맞네. 흙 한 줌 집어다가 거기에 던져야지. 그걸 몰랐단 말이야!"

9

우리 부부는 12km를 걸어서 읍내 병원에서 검사받았다. 의사는 우리가 건강도 좋고, 신체도 이상 없다고 했다. 현재 원인을 찾을 수 없다고 했다. 우리가 하노이에 있는 군 병원을 소개해 줄 수 있는데, 너무 멀고 돈이 많이 드는데 가능하냐고 했다. 갈 수 있고말고. 쯔엉선, 서부 고원, 남부를 갔었는데 하노이를 못 갈 이유가 없었다. 남편은 나에게 소를 팔라고 했다. 시어머니는 귀걸이를 내놓았다. 친정엄마는 나락을 주었다. 옆 마을에 사는 결혼한 시누이는 돼지 두 마리를 주었다. 귀걸이만 그대로 두고 나머지는 팔아서 병원비로 썼다. 사람이 있어야 재물도 있는 것이다.

우리는 검사받았는데, 거의 열 가지는 되는 것 같았다. 군의관의 결론은 건강도 좋고, 생리도 정상이라고 했다. 그리고 나에게 밖에서 기다리라고 했다. 남편에게 따로 할 말이 있다고 했다. 결국 그는 남편을 연구용으로 수백 개의 기형 태아 시체를 유리병에 보관하고 있는 차갑고 하얀 방으로 데려갔다. 그는 사진을 보여주고, 한 병을 가리키면서 설명했다. 이것은 고엽제에 오염된 남자가 정상적으로 출산을 한 경우인데, 나중이 그 아이가 결혼해서 아이를 낳았는데 마치 붉은색 리치 같은 핏덩어리를 낳은 경우라고 했다. 이 후과가 너무나 심각하다고 했다. 그리고 언제 끝날지도 모른다고 했다. 그는 남편의 눈이 충혈되고 귀가 먹먹해질 때까지 위로하고 당부하고 격려했고, 포르말린 냄새를 견딜 수 없을 만큼 있다가 비로소 밖으로 나왔다.

집에 와서 남편은 사흘 동안 누워 있었다. 나흘째 나를 방으로 불렀다. 남편은 십 년은 더 늙어 보였다. 너무 안타까웠다. 나는 남편의 팔베개에 누웠다.

“이제는 당신에게 숨기지 않겠소. 의사 말이 내가 고엽제에 중독됐다고 하더군. 백 번을 임신해도 백 번 다 기형을 낳을 거라고 하네.”

남편은 내가 놀라고 고통스러워할 것으로 생각했다. 그러나 내 눈은 말라 있었다. 무슨 눈물이 남아 있다고 울 것인가! 남편이 고엽제 환자이거나 내가 기형아를 낳는 것이나 아픔은 매한가지였다.

“언제 고엽제에 중독됐나요? 당신은 알겠죠?”

“그때 어떻게 알 수 있었겠어. 의사의 설명을 듣고 나서 며칠 동안 누워 있으며 기억해 봤지. 아마도 잎사귀가 다 떨어진 숲을 행군할 때인 것 같아. 갈증이 나서 우리는 계곡물을 마셨고, 수통에 물을 가득 담았지. 그리고 한번은 부대가 오래된 숲속에 머문 적이 있었어. 미국 비행기가 천천히 날며 하얀 안개 같은 물질을 뿌려댔지. 며칠 만에 잎사귀 색이 순식간에 바뀌었고, 바람이 살짝만 불어도 떨어졌어. 나무는 잎이 모두 떨어지고 앙상한 가지만 남았고, 숲 전체가 죽은 색이었지. 길을 가다 보면 가끔 철 또는 플라스틱 드럼통이 보였어. 숲속에 뒹굴고 있었지. 어떤 분대원은 고향으로 가져가 엄마에게 드려서 물통으로 쓰면 좋겠다고 했어. 그것이 미국 비행기가 떨어뜨린 고엽제 통이었고, 지금까지도 그것을 모르는 사람도 있어.”

나는 남편의 가슴에 얼굴을 묻었다. 이때처럼 남편이 불쌍한 적이 없었다. 그러나 정말로 마음이 아팠고, 짜증이 났다.

10

남편은 옛 같은 부대원인 하반냉의 편지를 받았는데, 새 아내가 아들을 낳았다는 내용이었다. 남편은 달걀 열 개와 찹쌀 다섯 통을 준비해서 방문하겠다고 했다.

조그만 언덕 위에 고상 가옥이 한 채 있었다. 문이 조금 열려 있었는데 아이 울음소리가 났다. 울타리에는 흰색 기저귀가 널려있었다. 바닥에 벌거벗은 아이는 둥근 머리에 머리칼이 하나도 없고 손도 없고 원숭이처럼 이가 다 드러나 있었다. 나는 물릴까 봐 남편 엉덩이 뒤에 바짝 붙었다. 게다가 머리가 둘인 뱀이 기둥 아래에 동그랗게 똬리를 틀고 있었다.

남편과 하반냉은 잠시 어리둥절하다가 서로를 알아보았다. 그는 아내에게 아이를 데려와 귀한 손님에게 인사하라고 했다. 나는 아이를 보며, 그의 아내가 젊다고 칭찬했다. 그는 첫 번째 아내가 세 번 출산했는데 모두 기형을 낳았다고 했다. 그녀는 너무 무서워서 그는 물론 저 바닥에 앉아 있는 사람이 되지 못한 아이도 버리고 갔다고 했다. 이 사람은 새 아내라고 했다.

얘기가 깊어지는데 갑자기 남편이 새파랗게 질렸다. 남편은 냉씨를 끌고 가서 식수통을 가리켰다.

"자네 저것 어디서 가져왔어?"

"해방되고 나서 열사 묘를 참배했다가 숲속에 있던 것을 주워 왔네. 행군할 때 북쪽으로 가는 트럭에 실어 왔어. 함께 제대한 친구 몇 명에게 놀러 오라고 했고, 저들이 가져왔어. 자네도 가져갈 수 있으면 하나 가져가서 물통을 쓰시게."

남편은 아이고를 연발했다. 청각장애인은 총을 겁내지 않는다고 했다. 남편 친구는 죽음을 집으로 가져온 것이다. 이것은 제초제, 발광제 통이었다. 저 기형의 아이는 고엽제에 오염된 아버지로부터인지 아니면 이 통에서 온 것인지는 알 수 없었다. 그제야 냉 씨의 얼굴이 일그러지며 두려움에 떨었다.

11

하반냉 집에서 돌아온 후부터 남편은 시어머니와 얘기하면서 친구가 운이 좋은 사람이라고 칭찬했다. 여러 날 숙고한 끝에 남편은 나를 '해방'시키기로 결정했다고 말했다. 그는 내가 새로운 행복을 찾아 정상적인 아이를 낳기를 바랐다. 내가 옛 부두를 떠나는 배처럼 떠나서 복이 있다면 새로운 운명을 만날 것이고, 새로운 나루터에 정박하기를 바랐다. 바구니가 꽉 찬 것같이 따뜻하게 의지할 곳을 찾기를 바랐다. 사실 나도 그것을 생각한 적이 있었다. 그러나 그때 나는 아찔했고, 버려졌다는 느낌이 들었다. 나는 하반냉이 둘째 부인을 얻어 정상적인 아이를 낳았기 때문에 남편도 새로운 결혼에 희망을 걸고 있다는 것을 이해했다. 안됐다. 남편은 내가 경도가 끊어진 지 1년이 넘었다는 것을 몰랐다. 하얀 면 기저귀를 널 때마다 자신이 남자가 아니라 30살의 여자인 것을 일깨우는 것으로, 남편이 이미 싫증이 났겠지만, 더 짜증이 나지 않도록 한 것이다. 나는 남편에게 무척 화가 났다.

하루는 남편이 밖에 나갔을 때 시어머니가 힘들게 물었다.

"친구 집에 다녀온 후, 어떻게 생각하니?"

"아무 생각 없는데요."

나는 화가 나서 무례한 줄 알았지만 차갑게 쏘아댔다. 그런데도 시어머니는 여전히 참고 있었다.

"사오야! 랑한테 너를 버리고 새장가 들라고 한 것은 내가 아니다.

나도 깊이 생각해 보았다. 너도 불쌍하고, 랑 녀석도 불쌍하다. 네가 시댁의 혈통을 생각한다면….”

“그러면 남편을 버리라고요?” 나는 엉엉 울음을 터뜨렸다. 수많은 고통과 분노를 속에 쌓아왔었다.

“어머니, 어머니 더는 말하지 마세요. 어머니도 남편이 새 아내를 얻으면 냉의 둘째 부인처럼 건강한 아이를 낳을 거로 생각하시죠?”

갑자기 시어머니가 며느리 앞에 엎드렸다.

“어미에게 부탁한다. 어미에게 부탁한다. 어미야! 어미가 그렇게 생각한다면 우리 집안은 하늘 같은 은혜를 입는 것이다. 그러나 어미는 내 뜻을 다 이해하지 못할 거야. 어미도 내 속으로 난 자식이 필요하다. 우리 집안도 어미에게 일생 내내 일만 하라고 할 수도 없구나. 그것도 큰 죄야.”

“그만요! 어머니 더는 말하지 마세요. 제가 즉시 실행할게요…. 제가 남편과 어머니 뜻대로 하겠습니다.”

그때는 그 어떤 진솔한 말도 귀에 들어오지 않았다. 그리고 나는 조용히 나만의 계획을 준비했다.

12

나는 남편에게서 도망치듯 이혼했다. 친정엄마는 딸이 불쌍해서 슬퍼하며 속으로 우셨다. 모든 일이 미리 정해진 것처럼 흘러갔는데, 돌아보니 나 자신이 바보 같았다. 반년이 지났고 나는 억지로 지난 아픈 과거를 잊으려 했다. 그러나 결코 잊을 수가 없었다. 잊으려고 하면 할수록 옛 추억과 모습이 되살아났다. 멀리 떠난 남편을 한없이 기다리던 밤 시어머니와 며느리가 마치 서로 이를 잡아주던 친자매

같이 지낸 일, 남편의 구릿빛 얼굴과 시큼한 땀 냄새, 밤에 부부가 함께 새우잡이 하던 때, 다섯 번이나 기형을 출산한 일, 우리 엄마가 나를 이무기라고 생각하는 것…. 모든 일이 바로 엊그제 같았다.

나는 자주 강가로 나가서 전 남편의 집 쪽을 바라보았다. 저녁연기가 처마 위로 올라오고 있었다. 나는 내 친구가 오늘 남편에게 어떤 음식을 해줄 건지 가늠하곤 했다. 어젯밤 남편이 새 아내 옆에 누워서 내 생각을 했을까? 사람들은 여자가 남자에게 몸을 바치면 일생 내내 죽거나 살거나 그 사람과 함께 한다고 했다. 그런데 어찌하여 나는 남편과 생사를 같이하지 못할까?

나는 자신이 어디에 있는지 모르기 때문에 고통스럽다는 것을 알았다. 그리고 옛날 따오의 부적에 관한 생각이 여전히 따라다녔다. 강을 건넜다. 곡괭이를 메고 이무기 언덕으로 가서 땅을 팠다. 나는 이무기의 혼이 박힌 여자 인형 부적을 파내리라고 마음먹었다. 그래야 내 맘이 편할 것 같았다. 나는 미치광이처럼 땅을 팠다.

하늘이 점지했는지, 내가 막 한 뼛조각을 파냈을 때 따오가 물소 수레를 끌고 지나갔다. 무슨 뼈인지 알 수 없다. 나는 엉엉 울었다.

"내가 이무기가 됐어! 따오 씨!"

"사오, 왜 이렇게 멍청해. 유치한 시절의 내 근거 없는 말을 누가 믿어!"

"그럼, 이 뼈는 뭐야?"

"뼈? 이무기…."

나는 눈살을 찌푸렸다.

"나와 당신이 무슨 인연이 있길래 이리 얽힌 것일까? 왜 당신이 자꾸 날 괴롭히지?"

여전히 절뚝거리는 따오의 다리를 보면 화도 나고 불쌍하기도 했다. 내가 책망하는 말에 대답하지 않고 잠시 주저하다가 그가 말했다.

"사오야, 랑의 새 아내가 아이를 낳았는데, 산파가 세어보니 열한 개의 핏덩이더래. 마치 이무기가 알을 낳은 것 같단다."

나는 떨렸다. 두 귀에 수만 개의 종소리가 울려 퍼지는 것처럼 윙윙거렸다.

랑과 나, 누가 더 고생인가?

13

나는 다시 강을 건넜다.

내 친구는 너무 약한 것일까? 시댁의 '빚'을 감당하지 못했다. 그녀가 랑을 버리고 갔다는 것은 사실이었다. 랑은 조용히 냉정하게 견디고 있었다. 그의 어머니가 심하게 아팠다. 낫기는 어려워 보였다. 그녀와 랑은 내가 필요했다. 실제로 이때 우리는 서로 절실하게 필요했다. 이쯤에서 나는 열세 번째 나루에 정착할 수밖에 없었다.

나는 저녁 시간에 강을 건너기로 했다. 마지막 배를 타려고 했다. 안개가 수면 위에 가득 퍼졌다. 물건을 나르는 배 한 척이 강가에서 흔들거리며 저녁 식사를 준비하고 있었다. 나는 선실에 가득 쌓아 놓은 뱀장어 색의 토기와 항아리를 보았다. 손발이 떨렸다. 너무 무서웠다. 요 몇 년 동안 사람들은 그것을 너무 많이 사용했다. 강 가운데쯤 왔을 때 사공은 바나나 뗏목과 만났다. 여자 뱃사공은 "잘 잡고 앉아 있어요. 제가 건네줄게요. 오후부터 지금까지 바나나 뗏목이 너무 많이 나루터로 흘러오네요."라고 말했다. 나는 이무기,

거북이, 자라가 헤엄치며 밀고 있다고 의심했다. 장대를 가져다 물속을 휘저었으나 걸리는 것이 없었다. 사공은 바나나 뗏목을 피하려고 했다. 나루에 거의 도착했을 때는 더는 나갈 재주가 없었다. 바나나 뗏목이 앞과 뒤, 주변을 둘러쌌고 가로막았다. 사공은 노젓기를 포기하고 장대로 바나나 뗏목을 하나씩 밀어냈지만, 다른 뗏목이 밀고 들어왔다. "이 나루에는 댈 수 없겠어요. 돌아가야 해요. 아니면 다른 나루터로 가야죠." "아가씨! 이 나루가 마지막 나루고, 건너가도 끝이에요." "내가 허리를 굽혀 바나나 뗏목을 밀어내고 있어요. 뗏목이 점점 멀어지고 있어요. 배가 나루에 도착합니다. 정말 신기하죠! 나는 방금 일어난 일을 설명할 수 없어요."

이번 강 건너는 일은 너무 힘들었다. 나는 강가로 올라섰다. 바나나 뗏목은 다시 볼 수 없었다. 배와 사공은 수면의 안개 속으로 사라졌다.

뱀장어 색의 토기와 항아리를 실은 짐배는 여전히 불을 환하게 밝히고 있었다.

나뭇잎 배 Thuyền lá

목욕 터였다.

수없이 많은 나뭇잎 배들. 빽빽한 나뭇잎 배들. 그 배들은 휘어진 봉나무 잎으로 만들어졌다. 누군가가 그 잎의 양 끝을 움켜쥐고, 숲의 가시로 잎을 꿰맸다. 마치 나뭇잎 배처럼. 사랑의 메시지다. 정말 낭만적이다. 전쟁, 폭탄이 하늘을 가리는데, 누가 여전히 그 나뭇잎 배를 닥롱강[3]에 띄우고 있을까?

희미한 바람 속에서 들려오는 노랫소리가 은은하게 메아리친다. 미엔의 발걸음은 마치 유령에 이끌리듯, 자신도 모르게 무의식적으로 걷고 있었다. 노랫소리는 점점 더 커진다. 갑자기, 미엔은 자신이 더 이상 목욕 터에 있지 않다는 것을 깨달았다. 마치 신비롭고

3. 역주. 베트남 중부 꽝찌성의 닥롱현에 있는 강 이름. 소수 종족의 언어로 '큰 강'이라는 의미가 있다고 한다.

낯선 땅을 발견한 듯, 놀란 미엔의 두 발은 깊은 숲속에 있는 한 가느다란 오솔길 위에 서 있었다. 사실, 이 길은 인간이 만든 길이 아니라, 숲속의 야생 동물들이 자주 다니며 생긴 발자국 길이었다.

"에이. 언니 이름이 미엔 맞아요? 길을 잃은 거 아니에요?"

미엔은 깜짝 놀랐다.

도대체 누가 자기 이름까지 알고 있는 걸까? 미엔은 손으로 눈을 가리며 방금 목소리가 들려온 나뭇잎 사이를 올려다보았다. 발걸음은 무언가에 이끌려 가듯 통제할 수 없었다. 미엔은, 이 세상에서 한 번도 본 적 없는 공간에 빠져들었다. 어머니, 아버지! 미엔이 사람을 잘못 본 게 아닐까? 햇빛과 비에 바래어 은색으로 변한 나일론 해먹이 삐걱거린다. 흔들흔들. 하늘에 떠 있는 연처럼 가느다란 해먹 위에 연인이 나란히 앉아 있다. 두 손을 맞잡고, 다른 한 손으로는 해먹 끈을 잡고 있다. 미엔은 눈이 푸른 한 남자를 알아차렸다. 곱슬곱슬한 금발. 턱수염은 짙은 청록색을 띠고 있었다. 그는 군복을 입고 있었다. 서양 사람? 아마도 미국인일 것이다. 그리고 젊은 여자는 해방군 복장을 하고 있었다. 넓은 테두리의 모자에, 고무 샌들, 그리고 십자가가 그려진 구급용 가방을 어깨에 걸치고 있었다. 여자의 품에는 양 끝을 꿰맨 나뭇잎들이 마치 배처럼 가득 담겨 있었다. 아마도 여자는 미엔이 어리둥절해 보였기에 말을 걸었을 것이다.

"네! 제 이름은 미엔이에요. 우리 편 동료들을 찾고 있었어요."

"우리는 들었어요. 당신이 이 숲으로 다시 들어왔을 때부터 말이죠. 우리 편 여기 있어요. 난 오랫동안 여기서 모두를 기다렸어요."

미군은 슬프게도 어설픈 발음의 베트남어로 말했다.

"됐어요. 세상은 우리를 오래전에 잊었어요. 이제 누가 우리를 찾겠어요?"

미엔은 화가 나서 소리쳤다.

"누가 당신을 찾는다고요? 난 우리 동료를 찾느라 바쁜데, 당신네 사람을 찾느라 시간 낭비할 줄 아세요?"

미군이 말했다.

"네, 우리가 이 땅에서 어떤 처지에 놓여 있는지 잘 알고 있어요. 우리가 미움을 받고 차별받아 마땅하다고 생각했지만, 이렇게 심하고 오래 지속될 줄은 몰랐어요."

"됐어요. 당신은 아직 이 전쟁이 끝난 후 베트남 사람들의 마음을 이해하지 못했을 거예요."

젊은 여자가 미국 군인의 등을 토닥이며 미엔에게 말했다.

"미엔 언니, 이해해 주세요! 이 사람은 미국인이지만 우리 베트남 사람처럼 서러워하는 마음이 있어요. 참 안됐죠. 베트남에서 같이 싸웠던 친구들은 다 집으로 돌아갔는데, 이 사람은 여전히 이 숲속을 떠돌고 있어요."

그때 미엔은 조금 긴장이 풀린 얼굴로 젊은 여자에게 말했다.

"내가 집에 데려다줄까? 너 여기 너무 오래 있었잖아."

"아니요! 미엔 언니, 먼저 이 미국 군인을 도와줄 방법이 있나요? 이 사람이 고향으로 돌아가야 나도 마음이 놓일 것 같아요."

"그러니까 너는 엄마에게 돌아가고 싶지 않다는 거야?"

"미엔 언니, 그런 말 하지 마세요. 누구보다도 우리가 돌아가고 싶은 마음이 크죠. 하지만, 내가 집에 돌아가고 이 사람을 이 푸른 숲속에 혼자 남겨둘 수는 없잖아요?"

"그래도, 최소한 너의 고향이나 부모님 성함, 혹은 가족들에 대해 말해줘야 하지 않겠니?"

"아니요! 언니는 이미 알고 있어요. 언니는 나를 집으로 데려다줄 거예요. 하지만 저는 이 사람을 이 숲속에 남겨둘 수 없어요."

미엔은 속으로 감탄했다. 미엔은 지금까지 수많은 동료를 만났지만, 대부분은 고향에 있는 부모님께 돌아가고 싶어 했다. 어떤 사람들은 멀리서 미엔에게 소리치며 돌아가고 싶다고 재촉했고, 미엔이 데려다주기 전에 이미 화를 내며 불만을 터뜨리기도 했다. 그런데 이 젊은 여자는, 그 낯선 미군과 함께 남겠다고 고집을 부리고 있었다.

"참 의리 있구나! 난 아직 뭐라고 말할 수 없을 것 같아. 너와 그 미군에게 말해두지만, 나는 아직 저쪽 편에 대한 원한이 깊어. 내 양심은 아직도 많은 억눌린 감정이 있어서, 너와 그 친절한 미군이 생각하는 것처럼 자비롭게 행동할 수 있는 상태가 아니야."

"오, 그러면 언니가 인정한 거네요. 알았어요. 고통은 하루 이틀에 잊히기 어려운 법이죠." 그녀는 기뻐하는 듯했다. "살아 있는 사람들은 자신의 삶을 위해 살아가야 하죠. 원한은 쉽게 사라지지 않아요."

미엔이 말했다.

"남의 고통을 비웃는 건 무정한 사람의 짓이야. 내 불행이 그렇게 기쁜 거야?"

"아니에요!" 미국 군인이 끼어들며 말했다. "당신은 내 친구에게 너무 불공평해요. 내 친구는 단지 당신이 자꾸 부정하고, 자신의 고통스러운 진실을 받아들이지 않아서 그런 거예요. 받아들이세요. 우리는 모두 폭력으로 가득 찬 시대의 희생자들이에요. 나처럼 건강하고 힘센 남자들도 이렇게 쓰러졌는데, 내 여자 친구나 당신 같은 나약한 사람들은 오죽하겠어요."

해방군 복장을 한 여자는 한숨을 내쉬었다. 마치 지구처럼 무겁고 슬픈 목소리로 말했다.

"몇십 년이 지났는데도 원한이 아직 풀리지 않았군요. 살아 있는 당신들이 고집이 세고 원한을 오래 품네요. 우리 죽은 사람들보다 못해요."

죽은 사람과 저쪽 편에 있는 사람들과 논쟁할 수는 없었다. 미엔은 어쩔 수 없이 타협하고 회피할 방법을 찾았다.

"그만하자. 그 문제는 내가 좀 더 생각해 볼게. 설마 내가 목을 길게 빼고 당신들 두 사람과 대화를 계속할 수는 없잖아. 너는 아직 미국인 친구 때문에 돌아가고 싶지 않겠지. 하지만, 땅으로 내려올 수 있겠니? 그리고 이 숲속에 우리 동료들이 어디 숨어 있는지, 우리가 맨눈으로는 볼 수 없는 그들을 가르쳐줄 수 있어?"

"오, 그건 내가 말할 수 있지." 그녀는 땅으로 훌쩍 뛰어내렸다. 아니, 그녀는 날아다닌다고 해야 맞을 것이다. 마치 가벼운 바람처럼. 미엔은 순간 소름이 돋았다. 몸이 떨렸다. "내가 언니에게 지도를 그려줄게요. 우리 동료들도 무척 집에 가고 싶어 하고 있어요."

지형. 강과 개울. 고지대. 해방군 동료들이 숨어 있는 장소들이 모두 그녀의 집게손가락 끝마디로 그려낸 선을 통해, 지면에 드러났다. 마치 미엔이 어떤 공포 영화의 주인공이 된 것처럼.

희미했다. 음울했다. 끝없이 아득한 느낌이었다. 어딘가에서 흐느끼는 소리가 들렸다. 서러움과 원망이 섞인 울음소리. 그 울음소리는 차가운 바람에 실려 미엔의 가슴을 찔렀고, 미엔은 그 소리에 마음이 불편해 견딜 수가 없었다.

미엔은 나뭇잎으로 뒤덮인 하늘을 올려다보았다. 해방군 복장의 소녀도 나뭇잎을 바라보았다. 미군은 두 손바닥으로 얼굴을 감싸고 흐느끼고 있었다. 나뭇잎 배들이 땅으로 천천히 떨어졌다.

"울지 마. 제발 울지 마!…. 내가 도와줄게. 양키야!"

미엔은 크게 소리쳤다. 그 목소리는 대자연의 푸르름을 타고 멀리 퍼졌다. 산 벽에 부딪히고, "어이…. 어이…." 하는 메아리가 울려 퍼졌다. 여운이 길게 이어져 넓게 퍼졌다.

순간, 미엔은 번쩍 정신을 차렸다. 알고 보니 그저 하루의 끝에서 꾼 꿈이었다. 미엔은 나뭇잎이 무성한 곳에 서서 오랜 시간 동안 몽롱한 상태에 빠져 있었다. 주변에는 나일론 해먹도 없었고, 발아래 나뭇잎 배도 없었다. 하지만 여전히 "어이…. 어이…." 하는 메아리가 들려왔다. 사람의 목소리도 아니고, 짐승의 울음도 아니었다. 미엔은 나뭇잎을 헤치고 밖으로 나왔다. 짐승이 지나간 길에는 전날 내린 비로 젖은 흙 위에 발자국이 여기저기 찍혀 있었다. 태양은 산마루에 걸려 있었다. 짙게 붉은 석양이 대자연의 푸르름 위로 핏빛처럼 쏟아지고 있었다. 해먹도 없었다. 사람의 그림자 하나 없는 고요한 풍경이었다.

"우리는 여기 있어요."

여전히 가벼운 바람 속에서 들려오는 음산한 목소리. 모호했다. 그리고 급박했다. 멀리 퍼져나갔다. 현실인지 헛것인지 모를.

"우리 여기 있어요…. 여…. 여…."

미엔은 다시 나뭇잎 아래로 들어갔다. 주위를 둘러보며 희미한 메아리가 들려온 곳을 찾으려 하며 하늘을 올려다보았다. 맙소사!

나뭇잎 아래 나일론 해먹이 있었다. 진짜 해먹이었다! 전쟁 시절 해방군에게 지급된 해먹이었다. 바래고 낡았다! 사람은 없었다! 바람이 불어 해먹은 한쪽으로 밀렸다. 바람이 잦아들자, 해먹은 다시 제자리로 가까이 돌아갔다. 미엔은 완전히 정신을 차렸다. 더 이상 혼미한 상태가 아니었다. 직감적으로 미엔은 무언가 놀라운 것이 그 해먹 속에 있을 것이라고 느꼈다.

그곳에는 미엔이 한 번도 본 적 없는 식물이 있었다. 겉껍질은 곰팡이가 핀 듯 거무튀튀하고, 거칠며, 잎은 넓고 푸르렀다. 미엔은 나무에 오르기 시작했다. 두 손으로 나무줄기를 움켜잡고, 두 발로 나무를 감싸며 한 걸음 한 걸음 천천히, 하지만 확실하게. 마치 고양이가 야자나무를 오르듯이. 마침내 미엔은 해먹이 묶여 있는 나뭇가지에 도달했다.

미엔은 그날의 핏빛 석양을 영원히 잊을 수 없었다. 그 붉게 물든 황혼은 말로 설명할 수 없는 우울하고 애처로운 느낌으로 다가왔다. 촉촉한 땅. 나뭇잎이 촘촘히 얽혀 마치 무덤 같은 지붕을 이루고 있어, 머리 위로 지나가는 태양을 볼 수 없었다. 여명도 보이지 않고, 황혼도 볼 수 없었다. 어두컴컴하고 축축했다. 미엔이 서 있던 공간은 마치 차가운 아치형 묘지처럼 보였다. 그리고 눈앞에 나타난 것은 나뭇잎이 가득 담긴 배였다. 맞다, 나일론 해먹이 나뭇잎, 썩은 잎, 작은 나뭇가지들이 가득 담긴 배로 변해 있었다. 몇 개의 가느다란 덩굴이 해먹 끈을 따라 나무에 엉켜 있었다. 미엔의 두개골은 완전히 텅 비어 뇌가 없었다. 그것은 하나의 정박지가 되어버렸고, 그 배는 우연히 거기에 걸려 영원히 떠나지 않고 머물러 있었다. 나중에 미엔은 희미하게 깨어나고 혼미한 상태에서 잠을 자던 중, 그 나뭇잎 배가 다시 나타나 해먹을 흔들곤 했다. 결국 미엔은 친구인 정신과 의사에게 도움을 요청해야 했다.

"너는 내 머릿속에 들어 있는 그 미국 놈의 유골을 담고 있는 해먹을 꺼내줘야 해. 이렇게 계속 있다가는 나 미쳐버릴 것 같아."

미엔의 친구가 말했다.

"어떤 약도 그걸 치료할 수 없어. 그 전쟁의 배는 네 머릿속에 영원히 걸려 있을 거야."

"내 머리가 터질 것 같아. 너도 어쩔 수 없는 거야?"

"의학적으로도 아무런 방법이 없어."

"머릿속에 걸린 그 유골 배를 내보내야 해. 네가 무슨 방법이든 생각해 내야 해!"

"어떤 배도 오래 떠돌면 언젠가 정박할 곳을 찾게 돼. 네 머리가 좋은 정박지가 되었고, 그 배는 거기에 영원히 머무를 거야. 어쩔 수 없이 기다릴 수밖에 없어. 시간이 지나면 사람들은 기억과 전쟁의 아픔에서 점점 멀어지게 돼. 그러면 그 배도 방향을 돌려 떠날 거야. 네 머릿속 정박지를 떠나면서 흔적 하나 남기지 않고 사라질 거야."

사람이 너무 행복하면 그 행복을 쉽게 포기하지 못하듯, 사람이 너무 불행하면 그 불행을 벗어나기도 참으로 어렵다. 사랑에 깊이 빠지고 그로 인해 고통받는 사람은 그 사랑을 쉽게 잊을 수 없듯이 말이다.

미엔은 전쟁에서 쉽게 벗어나지 못한 사람이었다.

미엔이 기억하기로, 당시 나뭇잎으로 뒤덮인 묘지처럼 느껴진 그 공간은 어둡지도 밝지도 않았다. 흐릿한 흰빛 속에 얇은 안개가 살랑살랑 피어올라 나뭇가지를 감싸고 있었고, 그 나뭇가지는 해먹과 거의 평행하게 뻗어 있었다. 무엇이 그렇게 강력하게 미엔을 유혹하고 끌어당겼는지 알 수 없었지만, 미엔은 나뭇가지를 따라 기어오르기 시작했다. 해먹 속에 있던 노란 잎과 마른 잎들이 갑자기 꿈틀거리더니, 누군가 그 안에서 몸을 움직이며 밖으로 빠져나오려는 것처럼 잎들이 들썩였다. 미엔은 머리를 크게 묶어 올리고, 두 발로 나뭇가지를 감싸 매달린 채 몸을 뒤집어 거꾸로 매달렸다. 마치 박쥐처럼, 자신이 한 편의 어둡고 무서운 영화의 주인공이 된 듯한 기분이었다. 미엔은 두 손을 뻗어 마른 잎을 한 움큼씩 집어 해먹 밖으로 던지기 시작했다. 마른 잎들이 땅으로 천천히 떨어졌다. 마른 잎들이 사라지자 썩어가는 잎들이 나타났고, 그 아래에는 오랜 시간 풍화된 썩은 잎 더미가 쌓여 있었다. 숨이 막힐 듯한 긴장감 속에, 미엔은, 마치 누군가의 쇠 같은 손이 목을 조르는 듯한 압박감을 느꼈다. 코로는 숨을 들이쉴 수가 없었다. 눈앞에 펼쳐진 광경이 믿기지 않았다. 미엔이 마지막 썩은 잎을 모두 치우자, 해골이 서서히 드러나기 시작했다. 녹슨 AK 소총 하나, 녹슨 철모 하나, 중국산 벨트 하나 — 그 역시 녹슬어 있었다. 그리고 미국산 벨트 하나는 스테인리스로 된 버클이 있었지만, 그마저도 오염되어 있었다. 잡다한 나일론 포장지가 몇 개 흩어져 있었고, 미엔은 두 개의 해골이 나란히 누워 있는 것을 발견했다. 하나는 작고, 다른 하나는 우람하게 덩치가 컸다. 폭풍과 바람에 이리저리 흩날리며 두 해골의 갈비뼈가 서로 엉켜 있었고, 두 해골은 해먹의 머리 쪽이 아닌 가운데로 굴러가 있었다. 긴 머리카락이 있었다. 미엔은 그 해골이 여자일 것으로 추측했다.

조금 더 뒤적이던 중, 갑자기 나일론 가방 하나가 튀어나왔다. 미국이 전쟁 중 사용했던 클레이모어 가방과 같은 형태였다. 미엔은 신중하게 가방을 열었다. 오, 안에 있던 건 다름 아닌 일기장이었다.

종이는 누렇게 바래 있었고, 여러 페이지는 글씨가 번져 있었다. 일기장 주인이 글을 쓰며 눈물을 흘린 듯한 흔적이었다. 미엔은 몇 장을 넘겼다. 그 순간 화약, 폭탄, 전쟁의 냄새와 더불어 숲이 불타는 연기 냄새가 코끝을 찔렀다. 그리고 시체에서 나는 차갑고 비릿한 냄새가 미엔의 코로 몰려왔다.

… 나는 푸 장군을 따라 헬리콥터를 타고 전장을 시찰할 수 있었다. 아마 내가 기자이기도 하고, 게다가 아름다운 여성이기 때문에 푸 장군이 나를 동행시킨 것 같다. 남자 기자들은 감히 꿈도 꾸지 못할 일이다. 그들은 내가 작성할 뜨거운 전쟁 리포트를 질투하게 될 것이다. 헬리콥터에서 내려다본 지상은 폭탄 구덩이들로 가득했다. 참호는 군데군데 무너져 있었고, 엉켜 있는 철조망과 철 기둥, 임시 활주로가 보였다. 그 모두가 여전히 뜨겁게 느껴졌다. 남베트남군과 해방군 병사들의 시신이 이리저리 뒤엉켜 있었다. 분명 그들의 체온은 아직 따뜻할 것이다. 타다 남은 검은 연기 몇 가닥이 여기저기서 피어오르고 있었다. 위장복을 입은 병사들이 다친 전우와 죽은 자들을 헬리콥터로 나르고 있었다. 전투가 막 끝난 참이었다. 그리고 이번 전투에서 남베트남군이 승리했다. 그들은 가능한 한 빨리 이 위험한 곳을 떠나기 위해 서둘러 임무를 마치고 있었다.

푸 장군의 얼굴은 차갑고 무표정했다. 마치 죽음과 황폐함에 전혀 개의치 않는 듯했다. 그에게 전쟁은 파괴와 죽음 그 자체였고, 예전에도 그랬고 앞으로도 계속 그렇게 될 것이라는 표정이었다.

그것이 전쟁의 본질이자 변하지 않는 사실인 것처럼.

또 다른 페이지에는 이렇게 적혀 있었다.

푸 장군의 참모 장교는 얼굴이 약간 길쭉하고, 눈은 마치 올빼미처럼 번뜩였으며, 얇은 입술은 항상 축축했다. 그는 내 가슴을 게걸스럽게 노려보며 마치 내 팽팽한 가슴을 날것으로 먹어버릴 듯한 눈빛을 보냈다. 나는 몸을 돌려 그 역겨운 전쟁터에서 여자에 굶주린 남자의 추악한 시선을 피하며 푸 장군에게 물었다.

"장군님! 이런 말을 들었을 때, 마음이 아프지 않으셨나요? '장군 한 명이 성공하면 만 명의 군인이 죽는다'라는 말이요."

푸 장군은 냉정하게 대답했다.

"어떤 영광스러운 도시도 흑인과 황인 병사의 피와 땀 위에 세워지지 않았겠소? 어떤 승리의 배가 전장에서 목숨을 잃은 어머니와 아내의 눈물 위에 떠 있지 않겠소? 진급한 장교들의 행복과 성공은 병사들의 불행과 시체, 피와 살 위에 세워진 것이 아니겠소? 제발 내 말을 전쟁 리포트에 쓰지 말아주시오. 그렇지 않으면 내가 군법회의에 설지도 모릅니다."

또 다른 부분에서, 그 여기자는 위장복을 입고 연인의 편지를 모두 옮겨 적는다. 미엔은 그가 탈영병 노동자임을 깨닫는다. 그녀는 여러 차례 그를 찾아가 먹을 것을 나누어주곤 했다. 그녀가 돌아올 때마다 그는 불안하고 초조한 마음에 사로잡혔다. 그가 쓴 편지에는 이렇게 적혀 있었다.

"우리는 탈영병 노동자로서 정말 비참한 삶을 살고 있어. 감옥에 갇힌 건 아니지만, 마치 굶주리고 학대받는 짐승처럼 살아가고 있지. 국가의 운명 앞에서 시민의 책임을 저버린 거니까. 우리는 탄약을 운반하라는 명령을 받았어. 105mm 포탄 한 발의 무게는 12kg이야. 두 발이 하나의 상자에 들어가고, 나는 그 상자를 두 개씩 등에 지고 언덕 아래에서 꼭대기까지 올라가야 해. 6월의 타는 듯한 더위 속에서 하루아침에 네 번이나 그렇게 올라갔어. 정말 사람의 몸이 다 마를 정도였지. 사실, 오후에는 미군과 티에우 정부의 군대가 충분히 탄약을 트럭으로 고지까지 운반해 줄 수 있어. 하지만 그들은 일부러 우리에게 이 지옥 같은 탄약 운반을 시키는 거야. 그 목적은 우리가 점점 더 지치고 몸이 망가지게 하려는 거지. 그렇게 해야만 탈영병인 우리를 완전히 복종시킬 수 있을 테니까. 결국, 우리는 사기가 완전히 꺾이고 나서야 새로운 부대로 돌아가게 될 거야. 하지만 그때가 되면 우리는 제1 전선으로 보내져, 포탄이나 총알에 몸이 찢기는 고기 방패가 될 뿐이야. 결국 어느 쪽이든 죽음이지. 나는 그중에서 고통스러운 죽음을 선택했어."

일기장 중간에 많은 페이지가 번져 있었다. 글을 쓸 때 눈물이 흘러내린 걸까? 아니면 기자가 취재하러 가는 길에 비를 맞은 것인지도 모른다. 미엔은 빠르게 넘겨보다가 그 일기의 주인이 불행을 겪었음을 깨달았다. 대략 그녀의 연인이 탈영병으로 끌려가 사역병이 된 이야기였다.

미엔은 안타까운 마음으로 말했다.

"미안해요. 아까 내가 실수로 말을 잘못했어요."

미군이 옆에 앉아 있는 여자에게 말했다.

"저기, 저 여자도 자비로운 사람이네, 그렇지? 내가 이야기해 볼게."

그가 미엔을 향해 돌아서서 말했다.

"화내지 말아요. 그저 서러움에, 마음이 상해서 그런 거예요. 우리가 여기서 몇십 년 동안 누워 있었거든요. 춥고 외로웠어요. 아무도 우리에게 향을 피우지 않죠. 살아 있는 사람들은 우리를 잊어버렸죠."

미엔이 말했다.

"그렇게 말하지 말아요. 전쟁이 끝난 후, 나라는 지치고 황폐해졌어요. 살아 있는 사람들은 할 일이 많아요. 그중 첫 번째는 먹고살기 위해 식량을 마련하는 거고요. 그다음은 미래로 나아갈 길을 찾는 거예요."

"네, 알아요! 루쉰 선생님이 말씀하시기를, '처음에는 길이 없었다. 사람들이 계속 가다 보니 길이 생겼다'라고 하셨죠. 우리 민족은 참 힘든 역사를 살아왔어요. 먼 과거의 봉건 시대에는 남진하는 천 리 길을 열어야 했고, 전쟁 시기에는 호찌민 루트를 열어야 했죠. 평화가 찾아오니 이제는 민족이 행복에 도달할 길을 찾아야 해요. 하지만 그 길 역시 고되고, 때로는 불투명하고, 아주 험난해요."

미엔이 놀라서 말했다.

"오, 당신 말이 너무 철학적이고 역사에 대해 해박한 것 같아요?"

"당신은 내가 보스턴에서 역사학과 4학년을 다니고 있다가 남베트남에서 싸우기 위해 군에 소집된 걸 몰랐어요?"

"아! 죄송해요. 제가 정말 살아 있는 사람의 눈으로만 봤네요. 그런데, 이 일기장은 누구 것이죠?"

"오, 그건 남베트남 공화국의 전쟁 기자였던 한 여성의 일기장이에요. 그녀는 헬리콥터를 타고 전투를 시찰하러 갔는데, 그만 비행기가 격추되어 이 숲에 추락했어요. 그리고 그 클레이모어 가방에 들어 있던 일기장이 우연히 우리 해먹에 떨어졌죠."

미엔은 점점 더 많은 것을 깨닫게 되었다. 이 신비한 숲에는 많은 전사자가 머물고 있었다. 미엔은 주위를 둘러보고 땅을 내려다보았다.

맙소사! 저기 공화국의 소장이 높은 언덕 위에서 홀로 생각에 잠긴 채 서 있었다. 그의 얼굴은 서쪽을 향해 있었고, 그는 무력하고 절망에 빠진 듯한 인내심으로 서 있었다. 그 주변에는 공화국 군인들과 해방군 병사들이 나일론 천 위에 모여 카드놀이를 하고 있었다. 어떤 이는 팔이 없고, 어떤 이는 다리가 없었으며, 어떤 이는 턱이 없는 모습이었다. 그리고 저기, 위장복을 입은 여성 기자가 혼자 앉아 뭔가를 쓰고 있었다. 전쟁은 이미 오래전에 끝났고, 숲은 다시 푸르러졌는데, 이제 더 이상 쓸 것이 있을까?

미엔은 다시 나무줄기를 타고 내려갈 방법을 찾기 위해 몸을 움직였다. 그러나 그 순간, 미엔은 깜짝 놀랐다. 나일론 해먹의 줄이 마치 방금 묶어 놓은 듯했다. 너무 꽉 묶이지도 않았고, 너무 느슨하지도 않았다. 미엔은 그것이 쯔엉선산맥을 넘는 병사들이 사용하는 '개목 매듭' 방식으로 묶였다는 것을 알아차렸다. 나무가 자라면서 매듭은 자연스럽게 넓어졌을 것이다. 병사들은 나무를 고를 때 적당한 크기의 나무를 선택했으며, 너무 크지도 작지도 않게 줄을 가슴 높이에 묶어 해먹이 땅에 닿지 않도록 했다. 두 끝을 재빠르게 당기면 해먹은 풀리면서 쉽게 말려져 이동할 수 있었다. 몇 년이나 지났을까? 나무는 자라났고, 해먹은 그 나무와 함께 높은 곳으로 옮겨졌다. 그들은 언제부터 이곳에 있었을까? 이 음산하고 축축하며 빛이 들지 않는 나뭇잎으로 뒤덮인 묘지

같은 공간에서 그들은 어떻게 죽었을까? 해먹은 남녀 두 사람을 지상에서 멀리 떨어진 원시림 속에 묻은 노출된 관과도 같았다.

아, 인간의 삶이란 얼마나 작고 연약하며, 마치 먼지처럼 덧없을까!

미엔은 동이 틀 무렵 잠에서 깨어났다. 나무 위에 앉은 두 마리의 휘파람새가 서로에게 사랑을 속삭이며 재잘거리고 있었다. 이 숲에 들어온 이후로 매일 아침, 지평선이 밝아올 즈음 그 시끄러운 새들이 미엔을 깨웠다.

미엔은 눈을 비비며 주위를 둘러보았다. 전쟁 때부터 몸에 배어 있던 거처와 군 장비를 확인하는 습관이었다. 그곳에는 30여 구의 온전한 유골들이 해먹에 대롱대롱 매달려 있었다. 미엔은 새벽녘에 피운 향이 아직 은은하게 남아 있음을 느꼈다. 천막의 말뚝은 여전히 단단히 박혀 있었고, 끈들도 팽팽히 묶여 있었다. 멧돼지가 길을 잃고 와서 방해하지도 않았다.

이제는 더 이상 초조한 걱정도 불안도 없었다. 작년에는 동료들의 유골을 정성스럽게 수습해서 나란히 세워두었기 때문이다. 살아 있을 때 부대에서 질서 있게 줄을 맞추었던 것처럼, 죽어서도 그들은 똑바로 줄지어 누워 있었다. 그러나 그날 밤, 숲속에서 멧돼지 한 마리가 길을 잃고 들어와 천막을 헤집어 놓았다. 멧돼지는 먹이를 찾아 끈을 끊고 유골을 싸매고 있던 천을 물어뜯어 헤집어 놓았다. 미엔은 깜짝 놀라 서둘러 횃불을 들고 휘둘렀다. 불길을 이리저리 휘저으며 멧돼지를 몰아내려 했고, 마치 원시 부족이 불춤을 추는 것처럼 불꽃으로 원을 그리며 흔들었다.

그 순간, 미엔은 자신의 불춤을 지켜보는 수많은 녹색 군복을 입은 사람들이 주변에 서 있는 것을 보았다. 아니다! 그들은 미엔을 둘러싸고 부드러운 원을 이루고 있었으며, 불꽃의 움직임에 따라 유연하게 솟아오르기도 하고 흩어지기도 했다. 멧돼지는 불을 두려워했다. 횃불을 이리저리 피하며 조용히 물러갔다.

아, 불은 원시 인간이 날것을 먹던 시절에서 음식을 익혀 먹도록 만든 도구였다. 그리고 불은 미엔을 멧돼지의 송곳니에서 구해주었다. 어쩌면, 녹색 군복을 입은 그 신비한 존재들이 미엔을 보호하며 지켜주었을지도 모른다.

죽음에서 가까스로 벗어났다. 미엔은 엉엉 울었다. 살아남았다는 사실에 울었고, 이 깊은 숲속 어둠 속에서 홀로 있다는 외로움과 막막함에 울었다. 아무도 시키지 않은 일을 혼자서 분투하고 있다는 생각에 서러워 울었고, 멧돼지가 뒤엎은 유골들이 섞여버린 상황에 대해 울었다. 뼈가 누구의 것인지 알 수 없는 그 혼란스러운 상황이 미엔의 마음을 짓눌렀다.

"저는 죄인이에요. 여러분께 죄를 지었어요. 제가 어떻게 해야 하나요?"

미엔은 땅에 엎드려 무질서하게 흩어진 해골과 뼛조각들 앞에서 절을 올렸다. 절망감에 휩싸인 채 눈물이 끝없이 흘렀고, 얼굴은 멍하니 굳어버렸다. 마치 옛날 동화 속의 '떰'처럼 말이다. 떰은 악독한 계모 아래서 자라며 쌀에 섞인 돌멩이를 모두 골라내야만 왕의 잔치에 갈 수 있었다. 하지만 떰은 미엔보다 행복했다. 떰은 돌을 하루에 다 고르지 못하면 이틀, 사흘, 혹은 평생을 들여서라도 결국엔 하얀 쌀만 남길 수 있었다. 게다가 떰에게는 부처님의 참새 떼가 있어 떰을 도와 돌멩이를 모두 골라내 주었다. 혹은, 떰이 반란을 일으켜 쌀과 돌을 전부 내던져 버리고 자신의 바람인 잔치에 참석할 수도 있었을 것이다.

그러나 미엔에게 누가 도움을 줄 것인가? 미엔은 어떤 뼈를 골라내고, 어떤 뼈를 남겨야 할지 전혀 알 수 없었다. 미엔에게는 선택의 여지가 없었다. 그녀는 그저 정확하게 일을 해야만 했다.

"너무 슬퍼하고 당황하지 마요, 작은 여인."

따뜻한 울림은 이 세상의 것이 아닌, 하늘에서 내려온 듯한 목소리였다. 미엔의 깊은 마음을 울리는 신비한 목소리였다.

"하늘이시여! 부처님이시여, 저를 도와주세요. 죽은 이들의 용서를 구할 면목조차 없습니다."

"나는 부처도 하늘도 아니요. 나는 죽은 자요. 죽은 자는 살아 있는 이들과 말할 수 없지만, 나는 당신과 말할 수 있소. 마음을 가라앉히시오. 불안해하거나 당황하면 큰일을 망치게 될 것이오. 보시오, 당신이 발견한 이 뼈들은 각기 다른 땅에서 발굴된 것이며, 그들이 살아 있을 때의 시간과 나이도 다르오. 그래서 뼈의 색깔이 다를 것이오. 같은 색깔을 가진 뼈들이 같은 유골이오."

"하지만, 이봐요. 제가 보기에는 모든 뼈가 똑같이 회색으로 보여요."

"달라요. 뼈는 회색이지만, 황색, 백색, 갈색, 흑색으로도 될 수 있어요. 심지어 두 개의 뼈가 모두 검은색처럼 보여도, 그 명암의 차이가 있을 겁니다. 당신이 알아낼 수 있을 거예요. 힘내요. 우리를 섞이지 않게 해주세요. 뼈가 섞이는 것은 너무나 고통스럽습니다. 우리의 영혼도 혼란에 빠져 헤매게 될 거예요. 설령 당신이 우리 유골을 북쪽으로 가져가더라도, 우리의 영혼은 이곳에 남아 떠돌며 이승을 떠나지 못할 겁니다."

"알겠어요! 제가 노력해 볼게요."

미엔의 눈앞에 빛이 번쩍였다. 이제 그녀는 더 이상 이 세상에 있지 않았다. 낯선 세계로 들어간 듯했다. 푸른 숲과 깊은 산도 사라졌다. 그 자리는 광대하고 막막한 공간이었고, 지평선까지 내다보였다. 메마른 땅, 황량한 풍경, 잎이 없는 앙상한 나무 몇 그루가 보였다. 회색의 슬픔이 가득한 그 공간은 적막하고 공허했다. 그런데 이상하게도, 갑자기 미엔의 시야는 매우 뚜렷해졌다. 뼈의 색상 차이를 명확하게 구분할 수 있게 되었고, 뼈의 명암까지 알아볼 수 있었다. 그리고 그렇게, 그녀는 더 이상 어려움 없이 뼛조각들을 제자리에 맞춰 놓기 시작했다.

그 과정에서 미엔은 기이한 의심 속에 빠졌다. 이 모두가 꿈속의 환상일까, 아니면 현실일까? 자신이 마치 신비한 세계에 떠밀려 들어가 있는 것처럼 느꼈다. 하지만 또렷한 의식 속에서 모든 일이 현실임을 깨달았다. 마치 어떤 병사가 나타나 미엔을 도와 뼈들을 정리해 주는 것처럼 느껴졌다. 그녀는 자신이 여전히 인간인가를 의심하며, 몽롱한 상태로 그 시간이 지나갔다.

그러나 한 가지는 분명했다. 환상이 아니었다.

아침이 밝아 물을 뜨러 갔을 때, 미엔은 놀랍게도 검은 털이 곤두선 멧돼지가 거대한 참나무 아래에 죽어 있는 것을 발견했다. 그것은 코에서 선혈을 쏟으며 죽어 있었고, 이미 몸이 딱딱하게 굳어 있었다.

***

이 이야기는 미엔의 머릿속에서 끊임없이 반복되며 되살아났다. 아마도 그것은 그녀를 깊이 사로잡은 강렬한 기억 때문일 것이다. 미엔이 겪은 일은 세상 사람들이 이해하지 못할, 평범하지 않은 일이었다. 그 나이에, 여자의 몸으로 홀로 숲을 헤매며 동료들의 무덤을 찾고 있다는 사실. 세상 사람들은 이 깊은 숲속에 나무들이 무덤처럼 덮인 곳이 있다는 걸 알기나 할까? 미엔이 여전히 해먹에 누워, 전날 밤 꿈의 잔상을 떨치지 못하고 있을 때, 갑자기 거대한 돌풍이 몰아쳤다. 숲이 짙은 안개에 뒤덮였고, 천막이 흔들렸으며, 낙엽들이 허공에 흩날렸다. 노랗게 물든 잎들이 바람에 실려 창문을 통해 천막 안으로 날아들었다. 그러다 돌연 바람이 멈췄다. 마지막 몇 개의 낙엽이 부드럽게 땅에 떨어진 뒤, 모두가 고요해졌다. 숲은 죽은 듯한 침묵에 잠겼다.

"미엔 씨, 당신은 우리를 숲에서 데리고 나갈 생각이 없죠?"

미엔은 해먹에서 벌떡 일어나 목소리가 들린 창문 쪽을 바라보았다. 아무도 없었다. 분명히 밖은 동이 트고 있었는데도 말이다. 휘파람새들은 이제 더 이상 장난치거나 노래하지 않았다. 아마 돌풍을 피해 어딘가로 도망갔을 것이다. 천막 안은 여전히 어둑했고, 천막의 지붕은 밤새 내려앉은 이슬로 인해 축 처져 있었다.

"그렇게 말하지 말아요. 기회를 기다리는 중이에요. 저를 이해해 주세요."

"언니처럼 숲까지 찾아온 사람도 망설이고 있다면, 세상 사람들은 말할 것도 없어요. 그들이 우리를 잊어버린 건 당연해요. 그 사람들은 우리가 얼마나 춥고 외로운지 모르겠죠."

미엔은 말했다.

"제발. 당신과 그 미국 병사를 땅에 묻을 기회를 기다리는 동안, 제가 할 수 있는 최선의 일을 할 거예요. 가장 이른 시일 안에 다시 돌아오겠다고 약속할게요."

"감사합니다." 그러나 그 목소리는 차가웠고 분노가 담겨 있었다. "그렇다면, 미엔 씨, 우리를 그냥 두세요. 당신은 아무것도 할 필요 없어요. 노란 낙엽들이 이미 우리를 다시 묻어주었어요."

노란 낙엽! 노란 낙엽… 미엔은 해먹에서 뛰어내렸다. 그녀는 천막 밖으로 나갔다. 바람이 휭휭 불고, 낙엽들이 발밑에서 쌓여 있었다. 황금빛 낙엽들이 그녀의 발밑을 덮고 있었다. 미엔은 낙엽을 밟으며 동물들이 다니던 길을 따라 숲을 가로질렀다. 낙엽들이 머리 위로, 어깨 위로, 귓속으로, 옷깃 속으로 떨어졌다. 미엔은 무덤 같은 나뭇잎이 덮인 곳으로 들어갔다. 나무를 타고 올랐다. 나뭇가지를 타고 기어갔다. 맙소사! 나일론 해먹은 노랗게 물든 잎들로 가득 차 있었다. 해먹은 부드럽게 흔들리고 있었다.

빛에 눈이 부신 미엔은 그 해먹 속에서 노란 잎으로 만든 배가 무덤처럼 덮인 나뭇잎 사이에서 반짝이는 모습을 보았다.

불타는 바위 Hòn đá cháy màu lửa

1

나는 영화 제작팀과의 관객 교류 행사에서 한 번 그를 만난 적이 있었다. 그와 우연히 만난 것은 그가 나를 시클로(삼륜 자전거)에 태워주던 날이었다.

그날, 석양의 빛은 점점 붉어지다가 결국 사라졌다. 후에 지역의 태양은 고대 성벽에 슬픔이 깃든 노란 갈색을 부어놓고 있었다. 구름 또한 흐엉강 위에 그림자를 드리웠고, 강 또한 흐름을 멈춘 듯했다. 절망감에 더해진 우울한 공간이 답답하고 고립된 느낌을 주었다. 나는 중간에 조용히 보고회장을 나왔다. 너무 지겨웠다! 우리나라에서 학회, 대회, 문학 창작 캠프, 연극, 영화제 등의 모든 행사는 언제나 성공적으로 평가된다. 모두가 기쁨에 찬 채로 손을 잡고, 아낌없이 칭찬하며 만족감에 젖어 있었다. 그러다가 다음번에는 이전보다 더 큰 성공을 거두었다고 평가한다.

나의 머릿속에는 전쟁 영화에 대한 회의적인 생각이 자리 잡고 있었다. 전투 장면에서 병사들이 다리를 방어하는 진지를 향해 기어가는데, 커다란 엉덩이가 적군의 총구 앞에서 들썩거리는 모습이 계속 보였다. 전투 중인데도 그들은 새 옷을 입고, 마치 퍼레이드에 나가듯이 깨끗하고 상처 하나 없이 멀쩡했다. 참호와 요새는 막 군사 훈련장이 된 듯이 완벽하게 모양을 갖추고, 전혀 상처 없이 단단했다. 시골에서 소년들이 물소 껍질을 불에 구워 먹기 위해 낙엽을 태우던 장면처럼 전투의 불길도 자연스러웠다. 전투 장면이 그렇게 평화롭다니, 인물은 오죽하겠는가….

나는 영화사에서 일하는 화가로서, 직업에 대한 자부심은 넘쳤다. 특히 동료들이 만든 전쟁 영화를 억지로 봐야 할 때마다 과거 군복을 입었던 날들의 명예가 침해당하는 것 같아서 나는 불안하기만 했다. 당연히 내가 화가로서 참여한 영화에 대해 사람들이 토론하고 평가할 때면 부끄러움을 느꼈다. 전쟁 영화라는 장르가 문학적 뿌리에서 점점 멀어지고 있다는 것을 느꼈기 때문이다.

2

그는 길 건너편에서 손님을 기다리고 있었다. 나는 길을 건너서 가장 가까운 인력거에 손짓했다. 그 행동은 꼭 오랜 습관은 아니었지만, 다른 생각에 잠겨 무심코 앉는 듯했다. 그가 물었다.

"실례합니다! 어디로 가시는지 물어봐도 될까요?"

"외곽 X 도로에 있는 티엔타이 정원으로요."

몸을 풀고 긴장을 풀어내며, 마음속 억눌린 기운을 내쫓고, 나는 잠시 드문 휴식을 찾으려고 눈을 감았다. 그는 느렸다. 약간 무기력했다. 조용히 바퀴를 돌렸다. 그는 피곤했지만, 생계와 칠 남매의 입에 풀칠하기 위해서 힘을 내야만 했다. 칠 남매 중에는 막 대학을 졸업한 큰아이가 있는가 하면, 아직 어린아이들도 있었다. 톡…. 탁, 톡…. 탁…. 멀쩡한 다리로 페달을 세게 밟고, 의족을 가볍게 페달을 밟았다. 새로운 고된 여정이 시작되었다.

시클로가 언덕을 거슬러 올라갔다. 갑자기, 나는 눈을 번쩍 떴다. 그는 허리를 굽히고 페달을 밟고 있었다. 그가 나에게 가까이 얼굴을 들이댈 때면, 땀 냄새와 함께 숨소리까지 느낄 수 있었다. 어디서 본 사람인 것 같은데? 나는 기억을 더듬으려고 했다. 뿌연 기억 속을 들쑤셨다. 그에 대해 꽤 오래 남아 있던 인상은 짙은 눈썹, 코가 서양인처럼 높고, 길고 울퉁불퉁한 흉터가 얼굴에 있는 남자였다는 점이다. 그리고 낡고 닳은 의족을 착용하고 있었다.

"죄송합니다! 이렇게 앉아 있는 것이 너무 잔인하네요. 이래서는…."

그는 흘러내리는 땀을 흉터 위에서 손으로 닦아내고, 억지로 희미하게 미소 지으며 고객에게 말했다.

"실례합니다! 형님. 저는 지금 일하고 있고, 형님은 예술가시죠. 제게는 형님이 최고의 고객이십니다."

"아…. 나를 아세요?"

"당연하죠. 온 나라가 아는걸요. 저만 아는 게 아니에요. 얼마 전 〈전쟁 중 일상의 순간〉이라는 영화가 끝나고, 영화팀이 관객들과 대화를 나눌 때, 제가 질문했죠. '여러분, 저는 영화 속 낙하산병들의 장비가 실제 전투에서 사용된 것과 다르다고 느꼈어요. 혹시 영화팀이 일부러 다르게 만든 건가요?' 그때 형님이 일어나 저를 보고 놀라지 않으셨나요? 혹시 형님은 제 얼굴에 있는 흉터를 보고 겁먹으셨나요? 형님이 화내지 않으셨으면 좋겠어요. 그때 형님의 설명은 제게 설득력이 없었어요….”

“괜찮아요, 말씀하세요. 거리낄 것 없어요.”

그는 잠시 머뭇거리다가 조용해졌다. 그는 전쟁에 관한 영화를 좋아했다. 가끔 시클로 운행도 쉬면서 영화를 보러 가곤 했지만, 영화는 그가 겪은 전쟁과 같지 않았다. 그가 영화를 보면서 아주 어색하고 불편했다는 것을 나는 본능적으로 느꼈다. 그는 오래된 관객이자 노련한 사람이며, 단순한 시클로 운전사가 아니었다.

“전쟁에 대해 상당히 관심이 많고, 잘 알고 계신 것 같네요?”

“네, 우리나라는 전쟁이 끊이지 않았죠. 형님이나 나 같은 나이에 전쟁에 대해 모르는 사람이 있을 리 없지요. 때로는 전쟁에 완전히 푹 빠져 있었죠. 전쟁의 폭탄과 포탄이 인간의 삶을 덮치는 것을 보고 무관심할 수 있는 사람은 심장이 없는 사람이죠.”

‘오호…. 해진 옷을 입은 시클로 운전사의 입에서 인생철학이 나오다니, 참 신기하군.’이라고 생각했다. 세상은 참 모순적이다. 얼굴 하얗고, 손에는 파란 핏줄이 보이는 지식인이 거칠게 말하는 반면, ‘넓은 어깨와 굵은 팔, 땀에 젖은 몸’의 노동자가 철학 교수처럼 깊이 있는 철학을 논하기도 한다.

“실례합니다만, 혹시 당신은 후에 출신인가요? 티엔타이 정원에 대해 아시나요?”

“당연히 알죠, 형님. 제가 이야기해 드릴까요?” 그가 다정하게 말했다.

편했다. 그의 친절함에 공감된 부분이 있었다. 나는 등을 의자에 기댄 채 시클로의 뒷좌석에 몸을 기댄 채, 눈을 감고 하루의 끝자락에서 평온함을 찾으려 했다. 티엔타이 정원이 서서히 흑백 사진에서 컬러 사진으로 변해가며 생생하고 생동감 있게 떠올랐다.

3

티엔타이 정원은 시 외곽에 있는 약 2천m² 크기의 부지로, 현재 시세로는 금 천 냥 정도였다. 주인은 본래 해병 중위 출신인데, 1975년 후에가 해방된 후 한동안 재교육을 받다가 귀가했다. '번개 치고 소나기 쏟아지는' 세월을 보낸 그는 서방으로 떠나지 않고, 정원과 분재를 가꾸며 생활에 몰두했다. 1980년대 초반, 온 나라가 굶주림에 시달리며 돈의 가치가 떨어지고, 후에 사람들은 하루 종일 먹기 위해서 일했고, 일부는 집을 헐값에 팔고 이주하는 가구도 있었다. 하지만 그 괴뢰정권의 해병 중위는 이 정원을 사서 후에 사람들을 놀라게 했다. 그 자금을 어디서 마련했는지는 아무도 알지 못했다. 후에 사람들은 원래 조용하고 남의 일에 간섭하지 않으며, 당시에도 밥벌이에만 몰두했기에 소문을 퍼뜨릴 여유조차 없었다. 이 정원 매매 이야기도 곧바로 밥벌이 속으로 사라졌다. 그곳의 다른 주민들과 달리, 당시 이처럼 넓은 땅을 가진 사람들은 대개 밀이나 고구마를 심어 기근에 대비했으나, 그 남베트남 군인은 오히려 장기적으로 자라는 나무를 심고, 분재를 사고, 분재 나무 형태를 만들었다. 그의 정원은 여느 정원과도 닮지 않은 질서로 채워졌다. 그가 가꾸는 분재와 나무는 점점 더 늘어났다. 나무의 형태는 마치 인간과 공동체처럼 각기 달랐다.

외로운 나무–함께 모인 나무. 고독한 나무–숲을 이룬 나무. 울퉁불퉁한 나무–하늘을 찌를 듯한 나무. 당당한 나무–주저하는 나무. 늠름한 나무–비굴한 나무. 강직한 나무–거짓된 나무. 약한 나무–강인한 나무. 연약한 나무…. 횡형, 직형, 사형, 현형…. 노매동귀자, 오복, 반석매전, 군자정직과 같은 이름을 붙일 수 있을 만큼 다양한 형태를 이루고 있었다. 티엔타이 정원에 들어서면 사람들은 각자의 감정과 생각을 나무에 담아 그 즐거움에 빠져들거나, 나무의 모습 속에 깊은 감정을 비추며 사색하게 된다. 각 나무는 저마다의 품격과 덕을 전하고 있었다.

그뿐만 아니라 그는 기이한 일을 하고 있었다. 전직 해병대 중위가 전쟁의 폐품과 이쪽과 저쪽 군인들의 전쟁 물품을 수집하고 구매하는 일이다. 예를 들어, 해병대 군모, 얼룩무늬 낙하산 조각, 남한 병사의 물통, 특공대의 군화, 공수 병사의 단검, 얼룩무늬 전투복, 미국의 지포 라이터, 병사의 일기, 성곽의 부서진 벽돌, AK 탄환이 박힌 으스러진 텃밤 언덕의 돌, 공포의 대로에 있었던 T54 전차의 조각 등이다. 그가 가장 자주 오가는 곳은 9번 도로를 따라가는, 타익한강과 성곽 주변이다. 전쟁 중, 그곳에서 자신의 젊음을 소모했지만 불타지 않았고, 이제는 군인 시절의 유물에 심취해 있다. 사람들은 그의 정원에 와서 영광스럽고 슬픈 과거를 다시 찾고, 분재나 전투용 군사 장비를 통해 인간의 운명을 떠올렸다.

감정이 가득한 이야기는, 한 시클로 운전사의 말에서 드러났다. 알고 보니, 그도 마음이 무거웠고, 정원 주인에게 공감하고 있었다. 매우 존경스럽고 감탄할 만했다.

여전히 덜컹…. 덜컹, 덜컹…. 덜컹…. 성한 다리로는 힘줘서 밟고, 의족 다리는 가볍게 밟았다. 덜컹…. 덜컹, 덜컹…. 덜컹…. 정말 힘겨워 보였다. 전혀 낭만적이지 않았다. 사람들은 두 발로 삶을 시작해도, 때로는 비틀거리며 넘어지기도 한다. 그런데 시클로 운전사는.

마음속에 연민과 동정심, 그리고 나눔의 감정이 일었다.

"정말 안됐네요. 어떻게 이런 처지가 되었나요? 혹시 폭탄 파편이나 철조망, 폐기물 등을 주워서 팔아 생활하다 보니…, 그리된 건가요?"

고통스러운 과거는 언제나 남아 있었다. 기억 속에서 숯처럼 남은 불씨가 그의 마음을 다시금 타오르게 했다. 그는 떳떳하게 전장에서 싸운 적이 있었다. 그는 '우리는 상대방의 능력과 실력에 밀려졌을 뿐이지, 그 패배가 부끄러울 일은 아니었다.'라고 생각했다.

"모두가 나를 운이 없는 사람이라고 생각하는 것 같습니다. 부담을 갖지 말고 들어요. 나는 1972년, 그 불타는 여름에 타잉꼬에서 한쪽 다리를 잃었소. 나는 공수부대원이었소."

"타잉꼬에 있었다고요?"

"네, 그렇습니다!"

"나도 그때 전투를 했어요, 타잉꼬 남서쪽에서. 처음엔 우리는 꽝찌 기차역 근처에서 싸웠습니다."

"나도 그랬어요. 아마도 형님이 던진 소련제 수류탄이 내 왼쪽 다리를 날려버렸을지도 모르겠네요."

"세상에, 그런 끔찍한 가정이라니…."

나는 잠시 주저했다. 공기는 멈춘 듯했고, 숨이 막히는 듯했다. 나는 전투가 시작된 그 순간부터 다칠 때까지, 적어도 수류탄 90개는 던졌다. 포탄이 쏟아지던 전장에서 수류탄이 그의 다리를 잘라버리든, 다른 남베트남 병사의 머리를 부수었든, 알 수 없는 일이었다. 나의 왼팔은 총알에 맞아 팔꿈치 아래가 잘려 나갔는데, 그가 한 일이 아니더라도 그와 함께 싸운 공수부대 동료의 짓일 수도 있었다. 전쟁이란 그런 것이다. 총알이 이미 장전된 상태에서 대면하여 상대방을 쏘지 않아도, 쓰러질 수밖에 없는 것이다. 나는 물었다.

"어떻게 당신이 그곳에서 싸웠다고 확신할 수 있나요?"

슬픔과 고통의 과거가 늘 마음속에 자리 잡고 있던 그는 다시금 감정이 치밀어 올랐다. 타잉꼬에서 싸운 것은 피할 수 없는 일이었다. 그는 자부심과 열등감 사이에서 말하려 해도 사람들이 믿지 않을 거로 생각했다. 그는 이제 사회의 변두리에 서 있었다. 지나가는 사람들은 한때 나와 그가 서로 총구를 겨누고 싸웠던 사실을 모른다. 그때는 서로 적이었고, 지금 그는 인정받지 못하는 퇴역 병사로서 시클로를 몰고 있고, 상대는 사회의 우대와 보살핌을 받는 상이군인이 되었다. 그는 시클로를 힘겹게 몰고 있었고, 그 상대는 유명한 화가로 변모한 것이다. 하지만 그게 무슨 상관이랴! 그의 목소리는 자부심과 슬픔이 섞인 감정으로 가득 차 있었다.

"형님이 한 말에 너무 슬퍼지네요. 패배한 사람은 자신을 숨겨야만 했어요. 누가 그 참혹한 전쟁에 참여했다고 자랑스럽게 말할 수 있겠습니까? 그런데 나는 열등감 없이 자랑스러운 패배를 인정합니다. 이길 만한 상대에게 진 것이니까요. 그런데 나도 솔직히 묻고 싶습니다. 무엇으로 형님이 그곳에서 싸웠다고 확신할 수 있나요?"

나는 몸을 완전히 돌려, 눈을 마주하며 그의 말을 집중해서 들었다. 한숨을 내쉬며 깊은 생각에 잠긴 듯 말했다.

“내가 이렇게 말해도 당신은 믿지 않을 것이고, 다른 사람들도 믿지 않을 것입니다. 그때 총소리가 잠시 멈춘 몇 번의 순간에, 나는 단검으로 이렇게 새겼습니다. ‘1972. 이곳에서 싸웠다.’라고요.”

“어디에 새겼습니까? 타잉꼬 성벽에요?” 그는 마치 보물을 발견한 것처럼 급히 물었다.

“아니요. 나는 단검으로 돌에 새긴 것이 아니라 파냈습니다. 그 돌은 성벽 밑에 쓰러져 있던, 커다란 돌로, 원래는 작은 신상 받침대였어요. 미국제 단검은 정말 훌륭했습니다. 청록빛 강철로 만들어졌고, 전장에서 죽은 공수부대원의 단검이었죠. 다섯 개의 단검 끝을 구부려가며 겨우 그 글자를 새겼습니다.”

“세상에…!”

그는 거의 “나도 그랬다”라고 소리칠 뻔했다. 이토록 신기하게 우연히 일치하다니! 그도 그와 같은 일을 했다. 그러나 그는 성벽 남서쪽에 그 문구를 새겼다.

“나는 티엔타이 정원에 그런 돌이 있다고 들었습니다.”

“나도 그 돌을 오랫동안 알고 있었어요. 형님이 한번 가서 그 돌이 맞는지 확인해 보세요.”

삶이란 그런 것이다. 천 가지, 만 가지로 변화하고 신비하게 변모한다. 그는 또 한 번의 기억을 찾는 광경을 목격했다. 반면, 나는 가슴에 손을 얹고, 심장이 격렬하게 뛰는 듯하며 마음속이 불안정하게 요동치는 듯 보였다.

4

숨이 멎은 듯했다. 공간은 응축되어 꽉 찬 것 같았다. 마치 그가 공수부대원들과 함께 타잉꼬성에 올라가 깃발을 꽂으려 했으나, 다시 밀려났던 날과 같았다. 그는 상대가 침묵하고 있음을 알았다. 두 사람 모두 침묵 속에 빠져들었다. 묻어두고, 잊고 싶지만 잊히지 않는 그리움이 가슴 속에서 일렁였다. 포탄이 쏟아져 내렸다. 모든 것이 폐허로 변했다. 연기는 치솟아 올라 거대한 버섯구름을 만들고, 이내 먼지로 뒤덮였다. 깨진 반쪽 벽돌조차 온전하지 않았다. 쇠가 쇠와 맞서고, 폭탄이 폭탄과 부딪히는데 어떻게 인간의 살과 뼈가 견딜 수 있을까? 그럼에도 그곳에는 여전히 낭만적인 돌이 살아남을 수 있었다.

그는 차분함을 되찾으며, 조금 전 상황이 그다지 놀랍거나 기이하지 않다는 것을 깨달았다. 세상에는 무수히 많은 유사한 일이 반복되며, 마치 조물주가 때로는 인간을 놀리듯이, 인간이 한편으로는 매우 영리하고 명석하지만, 또 다른 한편으로는 어리석고 무지하다는 것을 보여주는 듯했다. 이 화가만이 그런 돌을 가지고 있는 게 아니었다. 적어도 지금 그는 두 번째 돌이 있다는 것을 알고 있었다.

1972년 여름, '나는 이곳에서 싸웠다.' 그는 미국제 단검으로 타잉꼬 성벽에 그 문구를 새겼다. 그 순간은 폭탄과 총알이 쏟아지던 순간들 사이의 고요였다. 성벽은 절반이 무너져 있었고, 울퉁불퉁했다. 해방군의 수류탄이 성벽 앞에서 폭발했을 때, 그는 그 뒤에 숨어 있었다. 그 성벽은 그의 목숨을 지켜줬고, 그는 어머니에게로 돌아가 아내를 맞이하고 일곱 명의 자식을 낳았다. 그의 마음속에는 영웅적인 면모보다는 약간의 낭만이 더 강하게 남아 있었다. 그해 그는 너무나도 젊었었고, 겨우 스물한 살이었다.

전쟁이 끝난 후, 그는 무너진 성벽을 찾아 나섰다. 하지만 타잉꼬성은 어디에도 없었다. 모든 것이 폐허로 변했다. 성은 평지로 사라졌다. 그의 얼굴은 주름졌고, 그는 한쪽 다리를 잃었다. 의족을 달지 않은 채, 목발을 짚고 비틀거리며 걸었다. 방황하며, 멍하니 꽝찌 기차역을 돌아다니고, 결국 타잉꼬 성안으로 들어갔다…. 그의 목발은 계속해서 땅에 부딪혔다. 땅이 떨렸다. 그 떨림은 저승까지 전달되었다. 수많은 영혼이 깨어났다. 그는 중얼거리며 시를 읊었다.

하늘은 풀빛을 시샘하고,
구름은 연기에 시무룩하네.
낮과 밤은 잊음과 그리움을 헤아리며,
세월을 붙잡느라 허리가 휘었네.

잃어버린 청춘을 더듬어 찾고,
원혼은 내 어깨를 움켜잡네.
어리석던 젊은 날을 탓하지 않으리,
지금은 불꽃의 강에서 함께 목욕하네…

잊음과 그리움. 가득함과 비어 있음. 도대체 뭐가 뭔지 알 수가 없다…. 그러나 그것은 시였다. 그가 자신을 위해 쓴 시. 수백 편이 넘는다. 누군가는 그것을 시라고 부르고, 누군가는 그냥 주절거림이라 해도 상관없었다.

수십 번이나 그는 후에에서 타잉꼬로 나갔고, 매번 멍하니 서 있거나 눈물을 흘리며 깊이 생각에 잠기곤 했다. 이곳에 올 때마다 그는 남은 발에서 신발을 벗어 목에 걸었다. 어깨까지 내려오는 긴 머리, 수염은 빽빽하게 자라 서양 피라미드의 뿌리처럼 풍성했다. 그의 허리에는 클레이모어 가방이 느슨하게 걸쳐 있었다. 그는 마치 베트남 전쟁 당시 미군 제복이 가득했던 사이공 거리를 떠도는 퇴역 병사의 모습처럼 보였다. 하지만 그것은 그가 원했던 모습이었다. 그는 목발을 짚고 초록빛 신선한 풀밭 위를 절뚝거리며 걸었다. 잔디는 그의 남은 발바닥을 시원하게 감쌌지만, 그의 머리는 혼란스럽고, 마음은 고통스러웠다. 통제할 수 없는 혼란스러운 자문들이 머릿속을 어지럽혔다. 타잉꼬 성벽 중 온전한 부분이 남아 있을까? 성벽 아래 내 친구 공수부대원들이 묻혀 있지는 않을까? 내가 한때 총을 겨눴던 해방군 병사들의 원혼이 나타나 나를 원망하지는 않을까? 여러분, 이쪽 분들이든 저쪽 분들이든, 나도 이 땅에 내 다리를 남겼습니다.

한번은, 그가 후에에서 꽝찌로 갔다. 여름이 끝나가던 저녁, 붉은 석양이 눈부시게 찬란했다. 하늘은 푸르게 펼쳐졌고, 하늘은 끝없이 높았다. 그는 아시아 횡단 9번 도로 옆에서 차 한 잔을 마시며, 사람들 사이에 몰려 있는 무리를 보았다. 호기심에 그는 그 무리에 합류했다. 알고 보니, 정부에서 도로 구간을 재건하고 있었고, 도로 아래에서 소련제 T54 탱크 한 대가 발견되었다. 사람들은 대형 크레인을 사용해 그것을 들어 올려야 했다.

믿을 수 없는 놀라움이었지만, 진실은 그의 눈앞에 분명히 드러나 있었다. 수십 년 동안 잠들어 있던 기억이 갑자기 되살아났다. 과거

어느 해에 공수부대가 쏜 총에 의해 궤도가 끊어진 채 폭탄 구덩이 옆에 놓여 있던 소련제 T54 전차가 희미하게 그의 머릿속에 떠올랐다. 영웅심과 자부심이 그의 마음을 채웠다. 공수부대원들이 AR15 소총을 들고 T54 전차의 철갑에 하나씩 총알을 박았던 그 장면이 생생했다. 전차의 외피에는 병사들의 이름이 마치 녹슨 전차 철갑 위에 하나하나 새겨진 것처럼 보였다. 어쩌면 도로를 건설할 때 그 전차를 폭탄 구덩이에 밀어 넣고 그 위에 흙을 덮어버린 것일지도 몰랐다. 전차는 여러 곳이 녹슬어 있었고, 젖은 흙으로 더러워져 있었다. 그는 고생 끝에 그 전차에 새겨진 공수부대원들의 이름과 자신의 이름을 겨우 알아낼 수 있었다.

그날 저녁, 그는 곧바로 후에로 돌아갔다. 밤새 그리고 다음 날 아침까지 돈을 빌리려고 애썼다. 그리고 다시 꽝찌로 돌아갔지만, 그때는 이미 상처투성이의 소련제 T54 전차가 완전히 사라졌다. 어쩌면 그 전차는 어딘가에서 보관되고 있을지도 모르고, 아니면 고철상에게 먼저 팔려 갔을지도 몰랐다.

인생이란 그런 것이다. 그는 자신이 서서히 과거의 영광과 비극을 잃어가고 있음을 느꼈다. 그날 밤, 그는 아버지를 잃은 듯이 울었다. 눈물은 아쉬움과 슬픔, 그리고 후회로 가득했다. 그 후, 그는 자신의 느림과 실패한 운명 속에서 자신을 위로하며 희망을 되새겼다. 오래된 T54 전차를 사서 전쟁에서의 공적을 기념하는 것이 그렇게 미친 일은 아니야! 그와 같은 사람은 누구나 할 수 있는 일이지. 그러나 T54 탱크 전리품을 어디에 두지? 당시 그는 집도 없었고, 남의 집에 얹혀살고 있었기 때문이다.

수년이 흘렀고, 강산도 변했다. 모든 것이 달라졌다. 남은 것들은 형체를 알아볼 수 없었고, 새롭게 태어난 것들은 낯설기만 했다. 사라진 것들은 흔적도 없이 사라졌다. 그는 이곳을 방문할 때마다 마음이 울컥했다.

"죄송합니다만, 전에 싸웠을 때 남은 벽이…."

"복권을 사려는 줄 알았더니, 갑자기 물어보네요. 이 아저씨, 참 이상하네. 벽이 나랑 무슨 상관이 있어요?"

복권이 팔리지 않아 기분이 상한 소녀가 그의 말을 끊었다. 그는 당황하여 목발을 짚고 떠났다. 소녀는 뒤에서 투덜거리며 그를 내쫓는 듯한 말을 내뱉었다. 그는 무심코 생계를 위해 애쓰는 사람의 마음에 실망을 심어주고 말았다. 그러나 그는 그저 과거를 찾고자 하는 것이지, 잘못은 없었다.

"죄송합니다만, 1972년 붉게 타오르던 여름에 여기 남아 있던 벽, 지금은 어디 있는지 아시나요?"

길가에서 머리를 깎던 이발사가 무관심하게 대답했다.

"여기 살지도 않는 사람이 와서 묻네, 벽이 어디 있겠어요…. 참 귀찮게 굴고 말이야. 머리 자르러 온 줄 알았더니…."

그는 이제 정말로 미로 속에 빠진 듯했다. 폭탄과 총알이 쏟아졌던 그곳에서 온전한 벽돌 한 장도 남지 않았을 텐데, 하물며 벽이 남아 있겠는가! 그런데도 그는 계속해서, 목적도 없이 과거의 전쟁 유물을 찾아 헤매었다.

그는 계속해서 걸어 다녔다. 방황하며, 이리저리 돌아다녔다. 매번 물어볼 때마다 그는 언제나 "죄송합니다만…."으로 시작했다. 사람들은 모두 생계를 위해 분주했고, 그를 무심하고 차갑게 거절했다. 그는 생계를 위해 애쓰는 보통 사람들조차 외면하는 삶의 변두리에 서 있었다.

5

내가 말했다.

"나는 여러 번 타익한강을 건넜다. 사람들은 말하곤 한다. 타익한강은 '피꽃의 강'이고, '수중의 공동묘지'라고. 나는 그저 돌아오지 못한 전우들을 생각하면 마음이 아플 뿐이다."

배는 타익한강을 따라 내려가네…. 노를 살며시 저어다오
강바닥에 여전히 누워 있는 내 친구
스무 살의 젊음이 푸른 파도가 되어
천 년 동안 고요히 강가를 두드린다.

어느 전우가 쓴 시였지만, 나는 시인의 이름을 기억하지 못했다.

나는 타잉꼬로 향했다. 다친 왼팔은 팔꿈치 아래에서 짧게 잘려나갔고, 바람에 휘날리는 소매 속에 움츠린 채 있었다. 너무 아팠다! 만약 폭탄이 오른팔마저 잘라버렸다면, 입에 음식을 넣는 것도 힘들었을 것이다. 피카소나 빈센트 반 고흐처럼 유명해지고자 하는 꿈은 말할 것도 없고. 그러나 나는 여전히 운이 좋았고, 행복했다. 왜냐하면, 같은 해 1971년 4월에 징집되어 미술대학, 공과대학, 종합대학, 사범대학에서 온 친구 중 많은 이들이 어머니에게 돌아가지 못했기 때문이다. 나는 신발을 벗고 양말을 벗은 채 맨발로 천천히 걸었다. 푸른 풀 위를, 부드러운 흙 위를 말이다. 왜냐하면, 풀 아래에는 흙이 있고, 그 흙 아래에는 나의 전우들이 편히 쉬고

있기 때문이다.

남아 있는 성벽의 일부와 복원된 성문을 보자 내 마음에 깊은 회한이 일었다. 기념비는 슬프고, 웅장하며, 아침 햇살 아래 장엄하게 서 있었다. 둥근 아치형 지붕은 마치 누워 있는 동료들을 비바람으로부터 보호하는 집처럼 보였다. 돌기둥은 하늘을 향해 솟아 있었고, 그것은 천명을 상징하는 나무의 형상이었다. 세 개의 연꽃잎이 그 천명 나무에 붙어 있었고, 그것들은 층층이 쌓인 구름 형상을 하고 있었다. 천명 나무 꼭대기의 붉은 불꽃은 찬란하게 타오르며, 불멸을 상징하는 것 같았다. 기둥 밑에 있는 음양 모양은 윤회를 떠올리게 했다. 이것이 기념비의 의도인지, 아니면 사람들이 그런 의미를 부여한 것인지는 알 수 없었다.

타잉꼬는 수많은 사람의 공동묘지였다. 나는 마음이 혼란스러웠고, 무거웠다. 세월이 흘렀지만, 내 전우들의 영혼이 저 푸른 하늘 속에서 영원히 존재하는 것인지, 아니면 저 음양의 둥근 아치 아래에 머무르고 있는 것인지?

1972년. 이곳에서 전투를 치렀다. 그 후로, 나는 여러 번 이곳에 와서 한때 내 생명을 지켜준 바위를 찾아 헤맸다. 그 바위는 나를 살려준 보호막이었다. 수류탄이 바위 앞에서 폭발했을 때, 나는 바위 뒤에 몸을 숨겼다. 그 바위는 나에게 두 번째 생명을 준 '어머니 같은 바위'이었다. 또한 그 바위는 죽음을 막아주는 방패 역할을 했고, 총알이 나에게로 향할 때 그 바위가 대신 맞아 주었다. 총알구멍이 촘촘하게 뚫린 바위는 마치 내 생명을 지키기 위한 방패처럼 그곳에 있었다.

나는 몇 번이나 바위를 찾으러 왔었지만, 그때마다 정말로 절망하고 낙담했었다. 특히 내가 성벽 주변의 해자를 복구하던 공사 현장을 방문했을 때는 더욱 그랬다. 마치 이전처럼, 나는 바위를 찾으러 다니며 절박한 마음으로 간절히 기도하고 희미한 희망을 품고 있었다.

삽을 들고 땅을 파던 한 작업자가 이마의 땀을 닦으며 말했다.

"우리가 여기서 바위를 얼마나 많이 파냈는데, 그 바위가 당신 거라고 어떻게 알겠소?"

"그럼, 그 바위들은 어디로 갔나요?"

"아니, 이 사람 참 이상하네! 하늘에서 뚝 떨어진 사람인가? 작은 돌들은 해자 가장자리로 밀어 넣었고, 큰 바위들은 사람들이 집 짓는 데 기초로 사용하려고 가져갔소. 모양이 각진 바위들은 분재를 꾸미는 사람들이 가져갔소. 어디서 그 돌을 찾겠소?"

나는 실망한 표정으로 멍하니 서 있었다. 얼굴은 길게 늘어져 있었다. 그러자 삽을 들고 있던 작업자가 웃으며 말했다.

"농담이오. 바위가 그렇게 많을 리가 있겠소. 아마 당신은 멀리서 와서 잘 모르나 본데, 1972년 여름 이곳에서 전투가 치열해서 반쪽 벽돌 하나도 멀쩡하지 못했소. 하물며 돗자리 두 쪽만 한 바위가 멀쩡할 리가 있겠소?"

나는 깊은 실망감에 빠져, 마음속에 거대한 공허함이 가득 차는 것을 느꼈다. 무언가 귀중한 것을 잃은 기분이었다. 만약 눈물을 흘릴 수 있었다면, 청천백일하에서도 울고 말았을 것이다. 하지만 나는 여전히 그 돌을 찾아 헤맸다.

6

결국, 그와 나는 마침내 가야 할 곳에 도착했다. 그러나 그곳은 텅 비어 있었고, 정원은 파괴되었으며, 황량하고 스산한 모습만 남아 있었다. 한때 푸르렀던 낭만적이고 시적인 분위기는 마치 존재한 적이 없었던 것처럼 사라져 버렸다. 그들이 상상조차 못했던 광경이었다. 몇몇 철공들이 천천히 '티엔타이 정원'이라는 간판을 땅으로 내리고 있었다. 길게 뻗은 산업용 크레인의 강력한 팔은 마치 무엇이든 움켜쥐고 뽑아낼 것만 같은 위압감을 풍기고 있었다. 정원 구석에서는 돌이 가득 실린 덤프트럭이 윙윙 소리를 내며 대기하고 있었다. 벽돌 담을 세우기 위해 정원을 둘러싸고 있던 정교하게 다듬어진 나무 울타리는 뿌리째 뽑혀 있었다. 호황란 나무 아래 놓였던 뿌리 모양의 테이블과 그곳에서 주인과 손님이 장기를 두던 흔적은 온데간데없이 사라졌다. 오래된 나무들도 쓰러져 있었고, 크레인 삽에 의해 뿌리째 뽑혀 있었다. 음양 기와로 덮인 집 역시 얼마 지나지 않아 크레인으로 철거될 예정이었다. 그 정원의 황폐한 모습은 마치 그의 뱃속을 크레인이 휘저으며 파헤치는 듯한 아픔을 느끼게 했다.

주인은 나이가 예순 정도로 보이는 큰 체구의 남자였다. 각진 얼굴에, 짙은 눈썹이 약간 치켜 올라갔고, 콧대는 높고, 뺨은 빵빵한 편으로, 인상이 인자하고 풍채도 좋았다. 그는 당돌하게 찾아온 두 방문객을 의아한 눈으로 바라보다가, 그를 언젠가 이 정원에서 몇 번 본 적이 있다는 것을 기억해 낸 듯했다. 주인의 눈빛이 한층 부드러워졌고, 얼굴에 친절한 기색이 떠올랐다. 주인은 정원 철거 작업이 너무 더디게 진행되고 있다고 한탄했다. 그는 바쁜 가운데,

가정부에게 손님을 아직 철거하지 않은 오래된 집으로 안내하여 차를 대접하라고 일렀다. 나는 그에 대해 깊이 공감하는 표정을 지었다.

자리를 잡고 앉은 후, 차를 마시며 초조하게 기다리는 동안 몇 마디 대화가 오갔다. 그러다 나는 순간 주인의 사진을 보았다. 사진은 제단 위에 검은 띠가 대각선으로 걸쳐져 있었다. 사진 속 인물은 여전히 각진 얼굴에 짙은 눈썹이 살짝 치켜 올라갔고, 콧대가 높고, 뺨은 통통하고, 여전히 풍채 있는 모습이었다. 그러나 그는 해병대 유니폼을 입고 있었고, 그 사진 속 중위 계급장은 지금 늙고 초라한 예순 살의 주인과는 전혀 어울리지 않았다.

내가 당황하고 이해할 수 없다는 듯한 표정을 짓자, 그가 말했다.

"저 사람은 주인의 친동생이에요. 둘이 너무 닮았죠? 쌍둥이 같지 않나요? 저 사진은 그 전 중위가 죽기 반년 전에 찍은 거예요."

내가 말했다.

"정말 이상하네요. 설명이 안 됩니다."

그는 못 들은 척 아무 설명이 없었다. 불확실한 것은 그냥 불확실하게 두는 것이 좋다. 안개는 그냥 흘러가도록 두는 것이고, 해가 떠오르면 안개가 걷히면서 지상의 모든 것이 분명해질 것이다. 그러나 인생에서 모든 것을 알고 나면, 더 이상 신비가 없는 삶처럼 지루한 것도 없다. 내가 처음 왔기 때문에 낯설고 모든 것이 모호해 보였지만, 그는 이미 이곳을 너무 잘 알고 있었다.

이 동네 사람 중에서 이 가족의 속사정을 아는 사람은 몇 되지 않는다. 그들의 고향은 서쪽에 있는 떠이록 비행장 근처였다. 한 집에 쌍둥이 형제가 있었는데, 두 사람은 서로 다른 길을 갔다.

아까 그 나이 든 사람은 형으로, 혁명에 투신했다. 동생은 군대에 강제 징집되어 전투에 나갔다. 동생은 '전술 지역 1'에서 싸우다가 후퇴하여 다낭에서 최후의 방어전을 벌이던 중 다쳐 남자로서 능력을 잃었다. 퇴역하기도 전에 전쟁은 끝나버렸다. 1975년 이후, 두 형제는 서로를 찾으려 했지만 만나지 못했다. 그 후에서야 동생이 재교육 수용소에 있다는 사실을 알게 되었다. 몇 년이 지나서야 가족은 다시 재회했고, 그들은 이 땅을 사서 정원을 만들었다. 당시에는 이 땅의 가격이 매우 저렴했다. 처음에는 동생이 꽝찌로 나가서 남베트남 쪽 전투에서 사용된 전쟁 물품들을 수집하거나 사 모았다. 그것은 자신의 운명과 신세를 돌아보는 일이자, 과거를 깨우며 살아가는 방식이었다. 형은 그 일에 무관심할 뿐만 아니라 속으로는 조롱하며, 냉소적인 미소를 감추었다.

형은 사이공에서 국가 일을 하느라 가끔 후에로 돌아왔다. 형제는 몇 마디 대화를 나누었지만, 형은 항상 동생을 비난했다. 남자도 아니고 여자도 아닌 녀석이 헛되게 수고만 한다며, 동생이 하는 일들이 쓸모없고 무의미하다고 생각했다. 그러나 나중에는 이렇게 생각했다. 내 동생은 퇴역 군인이 되어 후손도 없으니, 말릴 이유도 없고, 그가 시대에 뒤처진 남자로서의 꿈을 따라가게 두는 게 낫다. 그러고 나니 그 일에도 나름대로 의미가 있다고 여겨졌다. 이후 형은 여기저기 다니며 해방군 쪽 전쟁 물품들도 몇 개 주워 모아 이곳에 함께 두었다. 내가 찾았던 돌은 이 집에 실제로 있었다.

한번은, 장기를 두고 난 후, 티엔타이 정원의 주인이 그에게 말했다.

"나는 자네가 꽝찌에서 싸운 적이 있다는 걸 알고 있네. 이 이야기는 자네가 믿지 않을 수도 있지만, 그때는 해가 지는 저녁이었고, 나와 해병대 중대는 타잉꼬 성벽 아래에서 불길과 폭탄, 총탄 속에 갇혀 있었네. 나는 '1972. 이곳에서 싸웠다'라고 새겨진 돌을 봤어."

그는 깜짝 놀라며 마음을 다잡고 말했다.

"형님께서 보신 것이 잘못 보신 게 아닐까요? 그런 포탄과 총알이 난무하는 상황에서 몸을 숨기기도 바쁜데, 누가 그 와중에 그런 영웅심에 빠져 낭만적으로 글자를 새길 여유가 있었겠습니까."

전 남베트남 중위가 말했다.

"내가 확실히 봤어. 아마도 어떤 병사가 전투가 심각해지기 전이거나 잠시 폭격이 멈췄을 때 그 글자를 새겼을지도 모른다네."

"네, 그렇겠네요." 그는 이야기에 빠져들어 맞장구를 쳤다.

"정말로 어떤 미친 병사가 그 치열한 전투 속에서 그런 글자를 새겼을지도 모르죠. 즉, 싸울 사람은 싸우고, 꿈꾸고 영웅적인 사람은 그저 낭만적인 영웅심에 빠졌겠죠."

"맞아. 그리고 나는 해방군 병사가 해병대원의 시신을 덮고 있는 걸 봤어. 둘이 근접전으로 싸운 거지. 해병대원은 친구였는데, 죽기 전에 해방군 병사의 목을 물어뜯어 죽였어. 나는 그 친구를 찾으려고 시신을 뒤집었고, 피가 돌 위로 흥건히 흘렀지. 그 장면이 자정 무렵마다 떠올라서 나는 오랫동안 깊은 잠을 잘 수가 없었네. 그래서 내 정원에는 반드시 그 돌이 있어야 한다고 결심했지."

그는 온몸에 소름이 돋았다. 그는 입술을 꽉 깨물었다. 조금만 더 있으면 그도 자신이 타잉꼬 성벽에 피로 새긴 문구를 말해버릴 뻔했다.

반년이 지난 후, 그는 티엔타이 정원에서 그 돌을 보았다. 그 돌은 불과 연기에 그을리고, 상처투성이로 패이고, 총탄과 포탄 파편에 찔린 자국들로 가득했다. 전 남베트남 중위가 그 돌을 꽝찌에서 샀는지, 주워 온 것인지 알 수 없었다. 어쩌면 그가 직접 다시 조각했을지도 모른다. 지금, 그 중위는 몇 달 전에 세상을 떠났다. 안타깝게도 그는 아무것도 가져갈 수 없었다….

정원 주인이 잠시 일이 끝나고 손님이 있는 집으로 들어왔다. 몇 마디 인사를 주고받다가, 그는 시클로 운전사를 알아보고, 자기 동생과 친구로 지낸 사이라는 것을 알게 되었다. 그러나 그의 표정은 차가웠고, 나와 시클로 운전사처럼 가슴 아픈 감정을 품고 있는 사람은 아니었다. 나에게는 이 모든 일이 비밀스럽고 기이한 일이었으나, 시클로 운전사에게는 이 낭만적인 정원이 전혀 낯설지 않았다. 그는 기억했다. 정원의 주인이 아직 은퇴하기 전, 그는 시클로 운전사로서 정원 앞에서 손님을 기다리며 앉아서 졸곤 했었다. 때로는 손님이 없어 정원 안으로 들어가 담배를 피우고 연한 차를 마시며, 전 해병대 중위였던 주인이 친구와 장기를 두는 모습을 지켜보기도 했다. 그렇게 지켜보는 사이, 그도 모르게 장기 실력이 늘었고, 어느새 주인의 장기 상대가 되었다. 그러나 그는 생계를 책임져야 했기에, 장기만 둘 수는 없었다. 시클로 일을 멈추면 집안이 가난해지고 아내와 아이들이 굶게 될 터였다. 주인은 세상을 잘 아는 사람이었고, 그의 사정을 이해했다. 주인은 심심함을 달래줄 사람이 필요했고, 그는 그런 역할을 곧잘 했던 것이다. 그래서 주인은 그에게 바둑을 두는 시간에 돈을 주곤 했다. 그 돈을 아이들 학용품을 사는 데 쓰든, 장기 상대가 되어주는 대가로 받든 상관없었다.

나와 그는 주인에게 바위를 보여 달라고 요청했다. 주인은 아무렇지 않게 고개를 저었다. 나는 일이 잘 풀리지 않음을 직감했다. 더는 기회가 없는 것이었다. 정원은 이미 황폐하게 변해 있었고, 그들 눈앞에 그 처참한 광경이 펼쳐지고 있었다.

주인은 평생 집안일보다는 국가 일을 하느라 바빴다. 그의 동생이 전쟁 물품을 수집하던 일도 어리석고 쓸모없는 짓이라며, 책만 파고들다 이상한 낭만에 빠진 지식인들이나 할 법한 일이라고 생각했다. 동생의 바위가 진짜인지 가짜인지도 알 수 없었지만, 주인에게는 아무 의미도 없었다. 바위가 없다고 해서 누가 죽기라도 할까? 정원이 무너져도 그만이었다. 그에게는 더 중요한 일이 많았고, 적어도 가족의 생계는 그 무엇보다도 중요한 문제였다. 그의 아내와 아이들은 그가 은퇴한 지 몇 달 만에 이미 정원 터에 2성급 호텔을 짓는 절차를 마쳤다. 형수는 동생을 잊었고, 아이들도 삼촌을 금세 잊었다. 불운한 그의 동생은 더 이상 이 집에서 자리를 차지할 수 없었다. 주인은 동생을 잊지 않았으나, 동생의 방식대로 기릴 생각은 없었다. 모든 것을 정리하고 치워버리는 것이 나았다.

그는 몇몇 소중한 분재와 희귀한 나무들만 남겨 호텔을 꾸밀 생각이었고, 나머지는 급히 팔아 치우고 호텔 공사 터를 확보했다. 전쟁 물품은 폐품처럼 팔아 치웠고, 나머지는 도시 환경미화원에게 맡겨 쓰레기차에 실어 보냈다. 큰 바위들과 남베트남 중위가 조각하려 했던 미완성의 조각품들도 덤프트럭에 실려 석회 가마로 보내졌다. 주인은 담담했다. 그에게 모든 일은 간단했다. 인생이란 생로병사일 뿐이며, 죽을 때는 아무것도 가져갈 수 없다. 왜 굳이 과거의 고통이나 화려한 영광에 집착하며 끌어안고 사나?

"당신들, 저 마지막 덤프트럭에 가봐. 혹시라도 그 돌덩이가 아직

짐칸에 그대로 있을지도 몰라."

그와 나는 깜짝 놀라 급히 밖으로 뛰어나갔지만, 덤프트럭은 이미 오래전에 떠나버렸다. 시클로! 시클로! 새로운 여정이 시작됐다. 이제 여기까지 왔으니, 그는 한쪽 다리가 없는 퇴역 군인으로서 자리에 앉고, 덤프트럭이 지나간 길을 따라 급히 페달을 밟았다.

7

그때, 붉은 노을이 지고 있었다. 떠이록산맥은 푸르고 아득했다. 산기슭의 석회 가마에서 연기가 뭉게뭉게 피어올라 하늘로 용처럼 솟구쳤다. 그와 내가 도착했을 때, 한 무리의 일꾼들이 돌을 깨고 있었다. 가슴 근육은 땀에 젖어 번쩍거렸고, 다섯 근짜리 망치가 온 힘을 다해 내려쳤다. 몇 마리의 소는 여전히 멍에에 묶인 채, 빈 짐칸을 지키고 있었다. 덤프트럭도 빈 채로 있었다. 그 옆에는 갓 구운 석회가 있었고, 또 다른 가마에는 일꾼들이 돌을 옮겨 넣고 있었다.

"실례합니다!"

그가 조심스럽게 덤프트럭 운전사에게 물었다.

"저기…. 혹시 글씨가 새겨진 바위가 없었나요…." 운전사가 짜증을 내며 소리쳤다.

"글씨라니? 바위에 무슨 글씨가…. 귀찮게 하네."

옮긴이 후기

베트남 작가 스엉응웻밍을 처음 만난 것은 2004년 1월 4일 오후, 하노이 장보 호수 근처에 있는 레이크사이드 호텔이었다. 당시 그는 현역 군인 작가로 중령이었다. 나는 「베트남 단편 소설을 통해 본 시장경제의 비극」이라는 논문을 준비하고 있었다. 1995년부터 2000년 사이에 출판된 베트남 단편집 중에서 고른 20여 작품의 작가를 만나고 있을 때였다. 지금도 그 첫 만남이 생생하다. 그는 혼자 오지 않고, 다른 작가 한 분을 데리고 왔었다. 10여 년이 지난 후에 그가 말하기를 당시에는 혼자서 나를 만날 수 없었다고 했다. 그래서 다른 작가와 동행할 수밖에 없었다고 했다.

그와 인연을 맺은 지 20년이 되었다. 내가 하노이를 방문할 때마다 거의 만났던 것 같다. 그러다가 작년에 그가 자기 작품을 파일로 보내왔다. 몇 달 묵혀두었다가 읽기 시작했는데, 너무나 재미있게 읽었다. 그래서 번역을 시작했다. 생생한 묘사와 탄탄한 구성으로 흥미롭게 읽었다.

이 단편 소설집은 전쟁의 상처와 그 후유증을 정교하게 묘사한 다양한 이야기들을 통해 인간의 내면을 깊이 탐구하고 있다. 각각의 작품들은 베트남의 역사적 경험을 바탕으로 한 개인들의 삶을 다루며, 사랑, 상실, 고향에 대한 그리움, 그리고 회복의 이야기를 담고 있다. 특히, 전쟁으로 인해 파괴된 삶과 그 속에서 살아남은 사람들의 고통과 재건 과정을 섬세하게 그려내어 독자들에게 깊은 여운을 남긴다.

이 책에서 등장하는 이야기는 베트남 전쟁을 직접 경험한 인물들의 시선에서 전쟁의 참상을 묘사할 뿐만 아니라, 전쟁 이후의 삶 속에서 일상적으로 겪는 심리적 갈등과 상처를 다루고 있다. 예를 들어, 「붉은 단풍잎」에서는 주인공 미엔이 파리에서의 평화로운 삶을 살고 있지만, 단풍잎의 붉은 색을 통해 전쟁의 기억과 상처가 다시 떠오르는 장면이 있다. 이처럼 평범한 일상에서도 전쟁의 상흔은 쉽게 잊히지 않으며, 개인의 내면을 끊임없이 괴롭히고 있다는 점을 강조한다.

또한 「랑하의 밤」은 베트남 전쟁에 참전했던 한 미국인 참전용사가 전쟁 후 베트남을 다시 방문하며 겪는 심리적 혼란과 상실감을 중심으로 전개된다. 이 이야기에서는 전쟁 후유증을 겪고 있는 사람들 간의 소통의 어려움과 서로 다른 입장에서 전쟁을 바라보는 시각 차이가 두드러지게 묘사된다. 한국 독자들은 이러한 내용을 통해 한국전쟁의 상처와 그 후유증을 떠올리며 공감할 수 있을 것이다.

「쩌우강 나루터 사람」은 베트남 고등학교 10학년 국어 교과서에 실렸고, 연극으로도 공연되었다.

이 소설집은 단순히 전쟁의 고통을 묘사하는 데 그치지 않고, 그 안에서 피어나는 사랑과 희망, 그리고 재건의 가능성까지 포착하고 있다. 주인공들이 겪는 다양한 감정과 갈등은 독자에게 인간의 회복력과 생존 본능에 대해 다시금 생각하게 한다. 전쟁 속에서도 인간은 사랑하고, 미래를 꿈꾸며, 결국 다시 일어설 수 있다는 메시지를 전하고 있다.

베트남전이 끝난 지 수십 년이 지났다. 우리는 베트남인의 시각으로 베트남전을 볼 기회가 없었다. 이 책은 그런 부족함을 채워주는 것이 될 수 있다고 생각한다. 이 단편집에는 베트남 전쟁 즉, 미국과의 전쟁에 관한 내용이 많지만 프랑스와의 전쟁, 캄보디아 참전에 관한 내용도 있다. 이를 통해 우리는 베트남을 더 많이 알게 되리라 생각한다. 출판계의 어려운 환경에도 출판을 결정해 준 도서출판 b의 조기조 대표님과 편집부에 감사드린다. 정확하고 가독성 있는 번역을 하려고 노력했음에도 부족한 점이 있다면 그것은 오로지 번역자의 한계라고 생각하고, 독자 여러분의 양해를 구한다.

나는 1995년 3월부터 30년을 부산외국어대학교 베트남어과에서 교수로 재직하고, 2025년 2월 퇴직을 앞두고 있다. 이 책의 번역은 퇴직을 기념하는 일이라고도 할 수 있다.

2025년 1월
배양수

비판세계문학 4

랑하의 밤

초판 1쇄 발행 2025년 1월 27일

지은이 스엉응웻밍
옮긴이 배양수
펴낸이 조기조
펴낸곳 도서출판 b | 등록 2003년 2월 24일 제12-348호
주 소 08504 서울특별시 금천구 가산디지털2로 169-23 가산모비우스타워 1501-2호
전 화 02-6293-7070(대) | 팩시밀리 02-6293-8080
이메일 bbooks@naver.com | 홈페이지 b-book.co.kr

ISBN 979-11-92986-33-3 03830
값 16,000원